U0815285

消失的龙头

采药师　著

中国出版集团
现代出版社

图书在版编目（CIP）数据

消失的龙头 / 采药师著 . -- 北京 : 现代出版社，2020.3

ISBN 978-7-5143-8499-4

Ⅰ . ①消… Ⅱ . ①采… Ⅲ . ①长篇小说－中国－当代 Ⅳ . ① I247.5

中国版本图书馆 CIP 数据核字 (2020) 第 058922 号

消失的龙头

作　者	采药师
责任编辑	徐　芬
出版发行	现代出版社
地　址	北京市安定门外安华里 504 号
邮政编辑	100011
电　话	010-64267325　64245264（传真）
网　址	www.1980xd.com
电子邮箱	xiandai@vip.sina.com
印　刷	三河市国英印务有限公司
开　本	787mm × 1092mm　1/16
印　张	20.5
字　数	235 千字
版　次	2020 年 6 月第 1 版　2020 年 6 月第 1 次印刷
书　号	978-7-5143-8499-4
定　价	51.80 元

目　录

第二章　天师的典故

第三章　图画的规则

第四章　乾隆爷的心思

第五章　爷爷的词典

第六章　石斛蜂蜜水

第七章　黄泉的善恶

第八章　神秘的客人

第九章　暗夜下的彩虹

楔子　罗刹鬼

唐广明元年，公元 880 年，深秋初冬。长安城内，愁月惨淡、阴云笼罩，黑黢黢的街上，死寂无声。

城中的达官显贵、富商大贾，人人自危，如等招魂。城东一户人家，此刻便有一人正瑟瑟发抖。他看见了罗刹恶鬼，看见了真正的地狱。

那些罗刹恶鬼，正漫山遍野聚集在长安城外。他们各个披发、锦衣、红腰带，满脸血污，两眼泛着幽幽的绿光。众多的平民百姓，不分男女老幼，正被这群罗刹恶鬼驱赶着、拖拽着，塞进巨大的石臼，走向死亡。惨叫声、呼救声、痛哭声、哀求声，混杂着叫骂声、狂笑声，震颤着长安城里每一个人的心。

…………

他哆嗦着将手中的神物重新放回神龛，又哆嗦着拿起神案上的寸余檀香顶礼膜拜，神龛内白色的云烟氤氲升腾……

他决定了，打破家族世代严守的禁忌，哪怕被诅咒。其实他知道，即使没有家族的诅咒，任何的投机取巧，贪取捷径，逆天改命，都会遭到报应。或许他的宿命，就是给这座皇城陪葬。可他真的不想死，不想被罗刹恶鬼拉走、吞噬，不想坠入这种无边地狱中。

只是他不知道，他的这一决定，会引发多少血雨腥风、鬼蜮伎俩；

多少王朝因此更迭，历史也将为此转向！无数人为此生，无数人因此死，直到现在……

2017 年，江西龙虎山，秋分前夜，微雨初歇，窗外星稀月朗，竹枝弄影，正是沏一壶好茶邀好友闲叙的好时光，但令龚道长没有想到的是，今晚等候的这位客人，却要了自己的命。

对于方外之人来说，死亡是飞升羽化，早已坦然，但他怎么也想不到，自己竟会以这样的方式离开世界。道士有大醉而化，有行舟颂歌而化，有睡梦而化，也有端坐于井旁而化。但像今晚，被人击中后脑勺，引发心脏和呼吸骤停而化，是否能算标新立异？这个问题，恐怕他只能飞往神仙国度后再思考了。

现在，古朴方桌上的盖碗倾斜，茶水横流，猛烈的重击使龚道长的面门磕到面前的方桌上，两颗门牙飞到桌上那摊嫩绿的茶叶中，鲜红的血水则混合着琥珀色的茶水在桌上漫延，流向桌沿，又慢慢向下滴落……

窗外无声，窗内死寂，只有这混合着血的茶水，或混合着茶水的血，不停地坠落着，一滴追着一滴，一滴赶着一滴，逐渐连成一条细线，如道生一，一生二，二生三，最后坠入玄牝之门……

第一章　往事只能回味

许文涛径直走向西南角的铜钟龙头展柜区域。只见展柜的玻璃已被人用蛮力砸碎，放在里面的那对铜钟龙头消失不见了，而挂在展柜里的那件酱红色的天师蟒袍还完好地挂着。

1. 龙头

每年九月，是龙虎山最舒爽的时候，黏闷的暑气早已退去，湿冷的寒气还远没有到来。空气温润如玉，清风徐徐拂面，正是游玩龙虎山的好时节。

尤其是下过一场时停时歇的毛毛细雨后的晚上，月明星稀，天空靛蓝幽远，如洗如镜，竹弄影、桂飘香，秋虫的叫声也是格外清亮，让人顿生壶中仙境之感。

然而今晚，随清风入窗的，除了竹影虫鸣桂飘香外，还有远处泸溪河畔隐隐约约传来的喧闹音乐声。明天是龙虎山一年一度的帐篷节。这是龙虎山连续第十三年在泸溪河畔的桃花洲和情人滩举办帐篷节。

此时此刻，时断时续、漫漫散散、隐隐约约传来的音乐声，就是工作人员连夜在为帐篷节音乐会做最后的准备。对此，倪道长则是泰然处之，多年的修道早已使他心静如水。

但是，今天晚上却有点例外，无论怎样吐纳胎息，倪道长也无法抱朴守一，致静复虚，进入那体内的壶中仙境，反而有些心烦意乱，惶惶然总感觉有什么事忘了做，又或者有什么事将要发生似的。渐渐地，心烦意乱变成了惴惴不安。突然，一阵雷声遥遥而来，似有大雨将至。

“明日是秋分日，不该再有雷声的。”秋分日，昼夜等长，日垂直于赤道始南移，阳气衰而阴气升，最应静心内守，韬光养晦，而这一道雷，却使倪道长不由得睁开了眼睛……

凌晨3点，比往常早了一个半小时，既然无法入定又睡意全无，倪道长干脆起床做了一套导引之术。稍作休息后，洗漱完毕，他决定提前去自己的工作岗位——灵芝园敕书阁。

恰逢帐篷节，又是周末，来龙虎山的游客肯定很多，作为天师府珍贵文物的展示场所，敕书阁必定会有很多游客参观游览，此刻早点过去，做好准备工作也好。

倪道长穿戴利落，揣上手电筒，向灵芝园走去。灵芝园位于天师府中轴线的最后方，原是历代天师栽花种药之地，因为连着天师生活起居的私第府后厅，也顺带成了天师茶余饭后的消遣之所。现在这里

既是倪道长的工作场所，也是他的修行场所。

沿着天师府中轴线东侧的廊道，一直向北走到底，会看到左侧一个小门。这个小门的宽窄仅容一人通过。拐进小门，就来到了灵芝园的八卦门前。八卦门的左右分别雕塑着松、鹤、梅、鹿，门的上方则装饰着大型的二龙戏珠雕塑。

穿过这道代表着友情、长生、不老、辟邪、祥瑞等寓意的八卦门后，就进入了灵芝园内。灵芝园是四合院布局，坐北朝南，东西为厢房，正北是敕书阁，也叫藏经楼，最初是由第四十八代天师张彦頨奉明朝嘉靖皇帝之命建造，用来供奉历代皇帝诏书、书信墨宝和收藏经书典籍的地方。

不过，如今它早已失去了原来的作用，被改造为天师府历史文物展览馆，用来收藏和展示与天师府相关的各种文物，供游人观赏。人们习惯上把这里称为“灵芝园博物馆”。倪道长的工作就是负责这个博物馆日常的管理和游客接待，闲暇之余，就在敕书阁门前的两株桂花树下，悟道修行。

伴着晨曦的微光，倪道长稳步走向敕书阁。敕书阁分上下两层，为重檐硬山式古建筑，建在离地面近一米高的石台基上，在幽微的晨光中显得影影绰绰，像一只巨大的怪兽，随时准备吞噬天地间的一切。

敕书阁前面的两株桂花树，一株开银花，一株开金花，微风浮动，甜香扑鼻。然而此刻，倪道长并没有心思细细体味，他总隐隐感觉哪里不对，不安的情绪更强烈了。

穿过院子，走上台阶，他看见敕书阁的门竟然虚掩着，没有上锁。他心头一紧，连忙举起手电筒，想要确认。

门真的没锁！门确实虚掩着！

倪道长心里“咯噔”一下，随后又安慰自己：“可能龚道长昨夜没走……”但倪道长还是感觉到了一股不祥的气氛。他伸手去推虚掩着的门，小心翼翼地，像是要踏入一个异样的世界，而不是自己熟悉的办公场所。

“吱——”虚掩着的门被推开了，“一人不进庙，二人不观井”，前一句，倪道长今天算是感受到了。

踏入敕书阁大门，倪道长借助手电筒，开始从东南角向西南角逐次检查，还好并没有什么异常，可当光束照射到西南角时，他惊呆了——

博物馆被洗劫了！

这是倪道长瞬间得出的结论，不管他想不想相信，愿不愿相信，他都不能不相信。博物馆的西侧区域，一片狼藉，玻璃碎片掉了一地，还有血迹。

倪道长有些慌乱，要知道这里存放着天师府历代天师众多珍贵的文物真迹。惊慌中，倪道长甚至忘了开灯，仅凭着手电筒的照射来检查是否有文物丢失。

很快，倪道长就发现，在西南角，靠南墙而立的巨大展柜被人砸开了，里面珍藏的一双铜钟龙头不见了——珍贵的大上清宫铜钟龙头不见了！

倪道长脑子里“嗡”的一下，一阵眩晕，凭着最后一丝理智和意志，他转身沿着西北角的楼梯，向二楼走去。

倪道长没有想到，在自己有生之年，竟然会遭遇两次铜钟龙头失窃。

当他踩着木质楼梯，“咯吱咯吱”走到二楼的会客室时，他看见会客室的门敞开着，龚道长坐在椅子上，面门栽在方桌上，双臂下垂，桌上盖碗倾翻，茶叶四散。

倪道长的手电筒“啪”的一声掉到了地上，他腿一软，贴着门墙瘫坐在门口的地上，最后的一丝理智和意志也被击垮了。

片刻之后，倪道长哆哆嗦嗦地从身上摸出了手机……

2. 歌曲

凌晨4点11分，摇晃了一夜的Z59次列车，终于准点到达了鹰潭火车站。莫同尘一夜没睡好，对铺的呼噜声和弥漫在车厢里的脚臭气折磨了他一夜，当然更折磨他的是此次来鹰潭的目的。

鹰潭，一个地处江西东北部的地级小城市，离省会南昌只有一个小时的车程。因市区龙头山下有一深潭，潭深水漩，涟漪兴其中，常有“雄鹰翔其上”，故名“鹰潭”。

莫同尘第一次知道鹰潭这个城市，是在钱钟书的小说《围城》里。但真正使鹰潭声名鹊起、享誉世界，并拥有“道都”美誉的，却是龙虎山的存在。被誉为“道教祖庭”的龙虎山就坐落在鹰潭市的西南郊，离市中心的鹰潭火车站只有半小时车程。

相传，龙虎山原名“云锦山”。东汉永元二年（90年），第一代天师张道陵率弟子王长来此结草庐修道炼丹，炼成九天神丹，丹成而龙虎现，故将此山改名“龙虎山”。

之后，张道陵在此居住三十余年，炼丹布道、禳灾医病、广收门徒，创立正一天师道，中国道教由此开始发端并光大。龙虎山也因此被称为中国道教的发祥地。

再之后，中国历史上很多的故事，帝王将相、英雄人物、阴谋阳谋都与龙虎山和张天师产生了千丝万缕、欲说还休、剪不断理还乱的关系，甚至在一定程度上影响了朝代的更迭和历史的走向。

不过，就普通老百姓来说，对龙虎山最深的记忆和兴趣，还是来自四大名著之一的《水浒传》开篇“张天师祈禳瘟疫，洪太尉误走妖魔”。从此天罡地煞一百零八魔君误入人间，杀富济贫，替天行道。虽说这本书里有众多诡异、不符合史实之处，且究竟作者是谁、成书于何时，至今仍众说纷纭，但丝毫不影响老百姓对它及梁山英雄好汉们的喜爱和想象。

只是现在的莫同尘并不知道，他这次意外的龙虎山之旅将会揭开《水浒传》成书的许多秘密。《水浒传》的故事为什么会发生在龙虎山，其中还隐藏着什么惊天秘密、风云诡谲之事，以及他这一趟将遭遇的诡异凶险，死里逃生，都是他现在所不能想到的。

当然，即便他能未卜先知，此刻也没有心情去关心这些，他现在更关心的问题是，出站后怎么去龙虎山。尽管他查了攻略，知道在火车站广场有直达龙虎山的公交车和旅游专线，也可以打车过去，但目

前这个时间点儿，深更半夜的，还有车吗？还是需要在鹰潭市内挨到天亮才行？

莫同尘背着包，随着人流离开站台，顺着通道，向出站口走去。他没有想到，在这样一个小站，深更半夜的竟然有这么多人下车，大家提着大包小包，乌泱乌泱地向出站口涌去。

很快，莫同尘意识到自己担心的问题根本不是问题。毕竟鹰潭也是知名的旅游城市，龙虎山更早已凭着丹山碧水、道教祖庭和古越悬棺的“龙虎三绝”享誉世界。

还没等莫同尘走到出站口，“万年、万年、万年……余干、余干、余干……贵溪、贵溪、贵溪……打车吗？打车吗？……你去哪儿？”出租车拉客声就喧嚣而至。瞬间，莫同尘觉得自己就像一条洗剥干净的小黄鱼，与一把干辣椒一同被扔进烟熏火燎的热油锅里翻滚，一如那江西菜，味重而热烈。

莫同尘稳定心神，挤出人群，装出一副经常出门的老江湖的样子，经过几轮观察、偷听和试探，最后锁定了一位看上去五十来岁、面善的师傅，车费从一百砍到六十，然后上车向龙虎山驶去……

莫同尘坐在后座上，将背包揽在胸前，看着车窗外灯火辉煌的城市。面对司机师傅的询问，莫同尘说自己是来出差的，其实并不是有意说谎，只是人生地不熟，又是凌晨，还是小心为妙。

师傅倒是很热情，不断向他介绍龙虎山，来这里应该玩什么、吃什么、看什么……莫同尘也乐意从当地人口里了解一下即将要去的龙虎山。

聊了一会儿，二人不再说话，师傅专心致志地开车，以应付那些不时呼啸而过的重型卡车。莫同尘也有些疲倦，戴上耳机闭上了眼睛。耳机里传来熟悉的旋律，是那首从昨天开始已经听了无数遍的歌曲——

《往事只能回味》。

莫同尘不明白，久未联系的爷爷，为什么会突然在昨天以自己生日的名义，给自己点播这首歌，当然，还有那条奇怪的短信。

3. 短信

一切都是从周四，也就是前天开始的。

那天晚上，莫同尘窝在床上，看完陈宝良先生写的《中国风俗通史（明代卷）》后，不打算接着看“清代卷”，于是就刷起了朋友圈，翻看同班同学兼室友叶钧逃课去南京游玩的照片。

看着这位被大家称为“黄金叶”的大款同学在朋友圈里晒的各种搞怪照片，莫同尘忽然很庆幸他没在身边。若是他在，如此清静而宝贵的时间，恐怕就会被毁掉了。毕竟谁也架不住他隔三岔五一身酒气，再带个姑娘回来瞎折腾。有一次，他竟然带回来两个，非要发给自己一个，第二天还“义正词严”地教育自己，真是很让人头疼。

想到这里，莫同尘不自觉地摇头。只是这次，不知道叶钧又忽悠了谁替他上课点名，反正自己是不能再帮他了。谁让他有钱任性逃课多，搞得各科老师都特别关注他，只要上课替他答到，老师都会直接抬头问：“那个叶钧又没来？”

莫同尘想想自己也是瞎操心，于是把手机放到床头，关灯准备睡觉。刚要睡着，手机就震了一下，收到一条短信，莫同尘以为又是叶钧无聊的“深夜问候”。因为只要他不在寝室，就爱干这种事。

莫同尘本不想搭理，但又禁不住好奇，便摸过手机来，想看看他又在搞什么鬼，却没想到发短信的人是自己久未联系的爷爷。

“小同，爷爷在龙虎山给你祈福啦，你来还愿吧！14020671715。”

“搞什么！”莫同尘嘟囔着把手机扔回床头。

从上大学开始，自己已经三年没怎么跟爷爷说话了，回家的次数就更少。想起三年前爷爷干的事，莫同尘仍然很生气！只不过这次他感觉有点奇怪，爷爷一辈子老唯物主义，也跟着考古队挖过不少墓，最鄙视别人信神哪、鬼呀的，结果老了老了，怎么就开始信祈福还愿这种事了？

多想无益，谁知道爷爷突然哪根神经搭错了呢？明天还要上课，趁早睡觉才是正道。莫同尘翻了个身，闭上了双眼。

第二天，莫同尘照常上课，并未在意昨夜的小插曲。中午照常和同学去食堂吃饭，听着学校的午间广播，大家边吃边聊得正开心，忽然从广播里传来了自己和爷爷的名字。莫同尘下意识地绷直了身体，仔细听起来：

“文学院的莫同尘同学，文学院的莫同尘同学，今天是你的生日，你的爷爷，也就是我校考古文博学院德高望重、受人尊敬的退休老教授张和光先生，为你点播了一首歌，祝你生日快乐，学业有成！下面请莫同尘同学和全校师生一起欣赏这首饱含着浓浓亲情和爱意的歌曲——《往事只能回味》。”

接着，广播里就传来了岳云鹏和宋小宝的声音：

时光一逝永不回
往事只能回味
忆童年时竹马青梅
两小无猜日夜相随
…………

刚刚还一片嘈杂的食堂，瞬间就安静了下来。这个食堂里，大多是莫同尘的同班同学，或是同学院的同学，此刻，大家都停止了吃饭，齐刷刷地转身盯着莫同尘。

突然，不知道是谁带了个头，同学们一下子哄堂大笑，坐在莫同尘对面的那位，甚至不得不把嘴里塞得满满的饭菜吐到餐盘里，再跟着大家有节奏地笑起来。

“张和光是你爷爷呀！”

“张和光是谁？”

“就是那个考古学院的教授，上《文物鉴赏与艺术修养》选修课的那个。”

“特顽固，不好说话的那个？”

“你爷爷是不是特别喜欢邓丽君？”

“你怎么和你爷爷不一个姓啊？”

面对同学们劈头盖脸的各种问题，莫同尘又羞又恼，无意解释，只能起身离开。

“搞什么！从小到大从来没对自己说过一句生日快乐的爷爷，竟突然给自己当众点歌，这犯的是什么邪？”

莫同尘匆匆走出食堂，站在门口想透口气。他是了解爷爷的，小时候每当自己过生日，爷爷只会煮一碗长寿面，后来在自己强烈的要求下，爷爷才学会了买蛋糕，但是无论是长寿面还是蛋糕，爷爷从来都没有跟自己说过一句“生日快乐”，而是只有一句不轻不重的“吃吧”。不过莫同尘还是能读得懂爷爷眼睛里的慈爱和深情，他知道爷爷只是羞于表达而已。

但今天爷爷却说了这么多祝福的话，更诡异的是，今天压根儿就不是自己的生日。自记事起，自己的每一个生日都是爷爷帮着过的，虽然最近这三年自己总是在找各种理由逃避回家过生日，但爷爷作为一个精神矍铄的老头儿，不可能记错日子。莫同尘突然想起昨晚的短信，究竟是出了什么事？

这时候，莫同尘才意识到已经有三个多月没有爷爷的消息了。三个月前，爷爷曾给自己发过一条短信，说要去龙虎山一段时间，叮嘱自己好好学习，注意身体。之后，爷爷就再也没有联系过自己，自己也没有联系过爷爷。

至于爷爷去龙虎山干什么，是去旅游还是出差，或者是其他什么事，莫同尘并不清楚，也没有兴趣了解。

走到食堂对面的槐树下，莫同尘决定给爷爷打个电话。很奇怪，爷爷的电话始终处于关机状态。莫同尘突然觉得有点孤单和失落，随手翻看起昨晚那条莫名其妙的短信。

“小同，爷爷在龙虎山给你祈福啦，你来还愿吧！ 14020671715。”

“爷爷换电话号码了？”莫同尘试着拨打这个 140 的号码，结果却是无法接通。反复拨打几次都是一样。不是关机就是无法接通，这与爷爷平时的习惯完全不一样。静下心来，莫同尘很快认定，爷爷是一定不会记错自己的生日的，也是一定不会莫名其妙一改往日信仰给自己“祈福”的。要想知道爷爷为什么会如此反常，恐怕只有见到爷爷才行。

莫同尘决定去龙虎山一趟，看看爷爷究竟怎么了，出了什么事。但是他很快就意识到一个问题，没有了联系方式，到了龙虎山该去哪儿找爷爷？

不过现在，莫同尘已经能够确信，这个答案就在这首歌里。

“到了，你订酒店了吗？”

听到司机师傅的话，莫同尘摘下了耳机。

4. 符号

凌晨4点20分，还在睡梦中的龙虎山景区安保部主任许文涛迷迷糊糊地接了个电话。当他听到电话里的内容时，整个人立马就清醒了。他一骨碌下床，随便扯了件衣服，就匆匆跑出门。

半小时后，当许文涛赶到灵芝园敕书阁现场时，上清派出所的夏所长和警员们都已到达，开始进行物证保护和固定工作。

上清派出所和天师府都在上清古镇上，两者相距不足一千米，由于工作的需要，双方经常打交道，彼此都很熟络，所以没什么寒暄客气，就直接进入了工作状态。

“都什么情况？”许文涛开门见山。夏所长挥挥手，让他直接过去看，并告诉他分局的刑侦同事已经在路上了，很快就到。许文涛没有多说话，向旁边的一位警员借了一副手套和鞋套后，进入现场。

敕书阁内部非常宽敞，是一个有上百平方米大小的展厅，除了沿墙设置的一圈展柜，还以门为南北中轴线，在展厅中部空旷区域呈东西对称放置着两个长桌形展柜和两个立柜形展柜。

东边的长桌形展柜展示的是历代朝廷颁给天师府的圣旨、御书等，西边的长桌形展柜展示的是天师府建筑群看样。东边的立柜形展柜展示的是各种天师八卦镜、道教八卦镜等，西边的立柜形展柜则展示着令牌、玉简、法印、法尺等天师法器。

沿着敕书阁的四面墙所设置的展柜、展位，展示着历代天师的印玺、法剑、铜镜、法衣、符箓、雕塑、器皿、摆件、书籍等各种文物。

而被盗窃的大上清宫铜钟龙头就放置在大厅西南角、背靠南墙的展柜里。在这个展柜里，同时展出的还有元世祖忽必烈赐给第三十八代天师张与材的蟒袍。

许文涛知道事情的严重性，他努力克制着心中的紧张和兴奋，尽量不表露出来。对于从小就梦想当警察，却因身体原因，一直不能得偿所愿的他来说，老天似乎在今天给了他机会，来证明他是不是那块料。自从大学毕业来景区上班后，他还是第一次遇见这么大的案子。

许文涛径直走向西南角的铜钟龙头展柜区域。只见展柜的玻璃已被人用蛮力砸碎，放在里面的那对铜钟龙头消失不见了，而挂在展柜里的那件酱红色的天师蟒袍还完好地挂着。

“奇怪，为什么只偷龙头，不拿蟒袍？”许文涛盯着破损的展柜，感到疑惑。

这件元世祖忽必烈赐给第三十八代天师张与材的蟒袍，虽然不像“天师府镇府三宝”之一的铜钟龙头那样早已“名声在外”，可价值依然不容小觑。

“难道遇到不上路子的人了，还是嫌犯另有目的？”

许文涛转头看向周围的展柜，除了有些展柜的玻璃上有被甩上去的几滴血迹外，其余都完好无损，没什么异样。许文涛又向后面的楼梯踱去。

敕书阁的西北角和东北角的立柱后面，分别设有木质楼梯通往二楼。西北角的楼梯通往二楼的会客室，东北角的楼梯通往二楼的储物室。在两个楼梯口，都悬挂有“谢绝参观”的牌子，禁止游客上楼。此刻有两个警员在西边楼梯口守着。

楼梯旁的北面墙上有一个窗户，两个窗扇虚掩着。许文涛从楼梯下绕过去，仔细检查了窗台和窗扇，似乎有人蹬踏的痕迹。

从楼梯底下绕出来，许文涛走回大厅的中央，看了一眼屋顶上的摄像头，就向门外走去。“不用去看了，被剪了！”站在门口的夏所长看出了许文涛的意图。

“嗯，就丢了龙头？”许文涛应声后问道。

“初步排查，是这样。”夏所长回答。

“看来凶手是冲着龙头来的……不过……”许文涛自己嘀咕。

“不过什么？”夏所长瞥了一眼许文涛，对于许文涛当初一心想考警校的事情，他也有所耳闻。

“有点奇怪……为什么有打斗的血迹……”许文涛琢磨着。“龚道长是死在楼上的，是吧？”许文涛扭头问坐在一旁椅子上，还没有缓过劲来的倪道长。倪道长呆滞地点点头。

“内讧？还是两拨人？”许文涛自顾自地琢磨。

这时，夏所长看见分局刑侦的同事赶到了，于是上去打了个招呼。除一部分警员负责大厅和外围侦查外，剩下的跟着夏所长上了楼。许文涛也跟了过去。

龚道长还是保持着昨晚的姿势，脑袋栽在桌面上，双臂下垂着。桌上的茶水已经流净，只在桌面上留下了干涸的水渍和半干的茶叶。

桌子上沏茶的盖碗翻倒着。两个茶杯，放在龚道长面前的，倒着；放在龚道长对面的，还存着大半杯冷茶水。在这个茶杯旁边，摆放着一本看上去有些年头的字帖，粗糙的纸张泛着黄色。

“看来，昨天晚上，在龚道长对面坐着一个人，或许他就是凶手……”许文涛小心地观察着、琢磨着。周边的警员，也在小心地拍照、取证。一边的夏所长不时和刑侦的韩队长低声交流几句。

许文涛站在一旁，看着一位警员将桌子上的茶具一个一个地捡起来，装进物证袋里，连桌上的那堆泼洒出来的茶叶也被收集起来。之后，这位警员拿起桌上的那本字帖，翻了翻，然后装进了物证袋。

“等等！”

站在桌子对面的许文涛，阻止了正在拉上物证袋封口的警员。周围的警员，都停下手头的工作，扭头看着他。

许文涛走过去，从那位警员手中拿过物证袋，将那本字帖重新掏了出来，仔细看着字帖的背面，又低头盯着刚才放字帖的桌面位置。

“怎么了？”夏所长和韩队长走了过来。

“夏所长、韩队，你们看。”许文涛把字帖背面朝上，指给两个人。在字帖背面，有一个已经洇干了的茶水痕迹，看上去像是圆圈里面画着个“×”。而放这个字帖的桌面位置，也隐隐有一个相同的茶水痕迹。三人抬头相互凝视着，琢磨着这个圆圈里加“×”的茶水痕迹。

“也就是说，有个人蘸着茶水，在桌面上画了这个符号，然后，拿这本书又盖上了。”许文涛率先开口，在桌面上隔空边说边演示着，“很显然，就是坐在对面的那个人！”

倪道长又被叫上来了。倪道长证实，这本字帖是龚道长的。龚道长几乎天天照着它临摹练字。但是，倪道长并不认识这个洇干在字帖背面的符号，而且也不认为这是一个道教符号。

不过可以肯定的是，这个符号不是凑巧，也不是意外，而是有人有意为之。他想表达什么？他的目的是什么？他是谁？大家陷入了沉思。

“韩队……”

一个声音从背后传来，大家扭头看向声音的来源处，是检查龚道长尸体的警员。他摊开手掌，展示出一张字条。字条上的折痕显示，这张字条曾经被折成一个方块。

“上面有字，在他上衣兜里发现的。”那个警员汇报说。

许文涛、夏所长、韩队长三人连忙围了过去。在这个有三分之一A4纸大小的字条上，用红色的笔迹写着十二个字：

元龙有头无头　九九归一缺一

大家面面相觑，都不明白是什么意思。韩队长拿着字条给倪道长看，倪道长也摇头。

“这个，龚道长有什么仇人吗？”韩队长问。

倪道长坚定地摇头：“一个修道几十年的老道，能有什么仇人！”

“最近，他有什么异常的行为吗？”韩队长接着问。

倪道长想了想，又摇头。

“那他最近，有没有接触过什么可疑的陌生人？”

“有。”倪道长想起了一个人。

5．酒店服务员

付完钱，下了车，看着出租车掉头离开，莫同尘转身向华泉酒店方向走去。

华泉酒店位于龙虎山游客中心正北偏东的华泉艺术小镇上，距离游客中心约一千五百米。莫同尘没有让出租车直接开到酒店门口，而是选择了在不远处的路口停下。

根据那首歌的提示，他相信爷爷就住在这里。马上就能见到爷爷了，莫同尘反而有一丝犹豫，不知道见面后该如何开口，场面会不会很尴尬。他需要这段路来调整一下，缓冲一下。

清晨5点，晨曦微亮，四下寂静无人，只有不时传来的虫鸟鸣叫声和着徐徐微风。远处山峦苍茫依稀可见，华泉艺术小镇就处在前方不远处的山坳里。莫同尘在空旷笔直的柏油路上走着，想象着和爷爷见面的场景，似乎每一步都在为自己积攒力量。

突然，手机响了，他被拽回到现实中。不用猜，肯定是叶钧。莫同尘有些无奈，但还是很快接了起来。

"咦，你没睡呀？"这回反而是电话那头的叶钧感到意外了。

"嗯。"

"干吗呢？这不正常啊！"电话那头的叶钧察觉到了不寻常。

"你不是也没睡吗？"

"我哪儿能睡呀！金陵的潘西这么摆[①]……"除了叶钧的大嗓门，电话里还夹杂着不止一个带着醉意的女孩叫出租车的声音。

"没事的话，我先挂啦。"

"哎、哎，别，你告诉我，你干吗不睡觉，这违反地球规律呀！"电话那头的叶钧不甘心。

"我在龙虎山，刚到。"莫同尘知道，不给他一个答案，别想消停。

"你爷爷的事？时光一逝永不回，往事只能回味，忆童年时竹马青梅，两小无猜日夜相随……"叶钧在电话里拿腔捏调地唱起来，引得身旁的女孩一阵娇嗔嬉笑。

"你怎么知道的？"莫同尘有点不自在。

"我怎么能不知道！学校里的事，有我不知道的吗？"电话那头

---

① 南京方言，意思是说南京的女孩子很漂亮，很有吸引力。金陵，南京古称，始于战国时楚威王熊商于此建金陵邑。潘西，实作"盼兮"，南京方言，指代女孩子，据传源自《诗经·卫风·硕人》"巧笑倩兮，美目盼兮"。摆，在南京方言里具有多重含义，即有显摆的意思，也可有厉害，炫酷，漂亮等意思。

的叶钧明显很嘚瑟。

也是，对于坚信“花钱”是最高效办事方法的叶钧来说，这还真不是什么事。莫同尘已经对这位“黄金叶”同学的作为见怪不怪了。

“喂，听说别人去龙虎山都是去修仙的，你爷爷咋去学唱歌了？人家是去看破红尘，你爷爷咋就像坠入红尘了呢？”喝得有点舌头大的叶钧开始在电话里叨叨。

“你爷爷才……”

“喂，你爷爷是不是特意想给你制造惊喜，想和你来一趟说走就走的旅行，想和你一起去吹吹风，给你道歉，缓和关系呀？”

“不，不可能。”

“不可能什么呀，你说你也是，不就是当初你爷爷给你换了个专业嘛！至于这么大气性吗？三年不跟你爷爷说话，你说你要是跟你爷爷搞好关系，我去年的选修至于挂吗？”叶钧话锋一转又开始教训莫同尘。

“你挂科，跟我有什么关系呀！谁让你报他的选修了！再说了，你懂什么呀……”莫同尘反驳道。

“我当然懂了！你看看我，当初想报旅游专业，一辈子周游世界，结果被我家老头子打一顿，报了工商管理，本以为毕业了找找关系能进我们那儿的工商局，结果被调剂到中文系，你说我怨谁呀！怨我家老头子？他不打死我！你知足吧！”

“行了，别说你的血泪家史了。”莫同尘每次听到都会哭笑不得。

“对了，你找到你爷爷了吗？”

“没有呢。”

“要不要我去帮忙啊！”

“不用。”

“不用？没有我，你行吗？整天就知道死看书，平时叫你出去玩都不去，现在一个人去龙虎山，别你爷爷没找到，再把你自己弄丢了。嗯，对了，你知道你爷爷住哪儿吗？你不会是瞎找吧？”叶钧在电话里叨叨不停。

“我已经到酒店门口了，不说了，挂了！”莫同尘走到了酒店门口。

“哎、哎，你真不需要我呀！你行吗？”不等叶钧说完，莫同尘就挂了电话。

莫同尘被叶钧一顿叨叨，搞得有点头昏脑涨，刚刚积攒起来的勇气，现在都不知道跑哪儿去了。站在华泉酒店前面的广场上，莫同尘深深地呼吸了几口清新湿润的空气，然后向亮着灯的大堂走去。

虽然是清晨5点多，大堂依然有服务员在前台值守。莫同尘进门后，径直向前台走去。

“您好！呃……”莫同尘想着怎么说比较合适。

“你是莫同尘吧！”前台的服务员笑着跟他打招呼。

“你怎么知道我？”莫同尘不敢相信，这里竟然有人认识自己。

“你是来找你爷爷的吧？走，我带你去！”前台的服务员笑得更开心了。

“等等，你怎么知道我，知道我爷爷的？”莫同尘觉得这不一定是好事。

6. 嫌疑人

灵芝园内，人人一脸肃穆，气氛也很紧张。对于铜钟龙头的价值，不用多说，在场的人都非常明白。

天师府自北宋崇宁四年（1105 年）始建以来，历经九百多年，留下了众多珍贵的文物，其中最珍贵、最享有盛誉的有三件，被称为“天师府镇府三宝”，而这三件中最有影响力的就是大上清宫元代铜钟。因为无论是对曾经敕令建造它，寄希望于它能使风雨飘摇的政权再次“皇图永固”的大元王朝来说，还是对历经沧桑直到现在的天师府来说，它都具有特别的意义。

而现在被盗窃的龙头，就是铜钟顶端的钟钮，用于悬挂铜钟的部件。20 世纪 80 年代，在“文革”刚刚结束的混乱中，有人曾经偷偷把它从铜钟上锯掉、盗走，之后它被神秘买家买走，试图运往海外，直到最后一刻，才侥幸在厦门海关被追回。被追回来的龙头一直被天师府秘密珍藏着，直到灵芝园敕书阁博物馆开放，才被移藏于此，供游客观赏。

现在不仅铜钟龙头丢失了，还有一位道士丧命，案件又发生在帐篷节期间、十一黄金周前。案情重大，时间敏感，大家自然很有压力。不过，在敕书阁二楼的会客室里，面对韩队长的询问，倪道长想起了一个人。这条嫌疑人线索，让大家精神一振。

根据倪道长的讲述，这个人看起来有七十多岁，精神矍铄，身体硬朗，自称是大学的退休教授，闲来无事，所以出来游山玩水、休养身心，打算在龙虎山住一段时间。

最近两周，这个人一直在灵芝园里转悠，很喜欢看这些展览的文物。尤其是对那对铜钟龙头和一个陶瓮感兴趣，每次都能盯着看半天。有时候，这人中午都是自带干粮，在这解决的。

“他偶尔也会和我聊两句，主要是询问一些展出文物的情况。但他跟龚道长似乎更投缘，聊得更多。每当龚道长当值的时候，他基本都会来，和龚道长一起喝茶聊天。可谁知道，咳……”说完，倪道长叹了口气。

“你知道他叫什么吗？”韩队长问道。

“他自己说姓张，从北京来的，名字叫什么，我还真不知道。”

“那你知道他住哪儿吗？”韩队长接着问。

倪道长摇头。

“你刚才说的那个陶瓮，是下面那个吗？”

“嗯，就是楼梯边那个。”倪道长回答。

韩队长一行人从二楼下来。在距离楼梯口不远的北墙下，放着一只一米多高、一搂粗的大陶瓮。灰黑色的瓮壁上还裸露着黄色的陶底，

像是刚从土里刨出来的一样。韩队长蹲在这个瓮前，仔细观看着。

这只陶瓮古朴拙美，花纹精细，分为上下两部分，可以打开。韩队长站起来，小心地移开上半部分瓮，往里面看了看，什么也没有。

“这是什么东西？”韩队长边看边问。

“三十六代天师的瓮棺。”倪道长回答。韩队长又小心地把上半部分盖回去。

“夏所长、许主任，这次龙头丢了，会不会和三十年前那次龙头被盗有关？”倪道长忧虑地问道。大家都沉默不语。

“既然这个张教授能天天来这里，说明他一定住在景区，查一下景区的酒店，一定能找到。”韩队长分析道。夏所长和许文涛都认同韩队长的观点，相关查访工作随之被安排下去。

“不过……”韩队长面带忧虑，将夏所长和许文涛拉到一个角落。“时间紧急，咱们就在这碰一下吧。”韩队长压低声音说出了自己的想法，“既然嫌犯已经得手，就会尽快逃走，应该不会再在景区逗留，所以当下这个情况，最要紧的是在外围紧急设卡布控，别让他们跑太远，要尽快抓住他们。”

大家都很认同韩队长的观点，于是对下一步工作做了分工。韩队长负责向上级汇报，统一协调，在外围侦查布控，严密监控各种交通设施；夏所长和许文涛则负责在景区内做侦查摸排，寻找破案线索。双方紧密配合，尽量在这对铜钟龙头离开江西前，把它追回来。

“还有，今天是帐篷节，一周后是十一黄金周，这要是传出去……”许文涛挠挠头，有些担心。

“所以，咱们的侦查工作只能秘密进行，除了必要的汇报，尽量封锁消息，控制知情的人数，减少不必要的影响，咱们要外松内紧。”夏所长说着抬起了手臂，狠狠地攥了下拳头。

“还有，不管那个张教授是什么角色，从现场的痕迹看，作案的应该不止一个人，大家注意些。”韩队长说完，许文涛认同地狠狠点了点头。

商议完毕，看着现场清理得差不多了，韩队长就带队匆匆离开，安排外围事务去了，现场只留下夏所长和许文涛进行收尾工作。

这时，许文涛接了一个电话，然后兴冲冲地向倪道长跑去。

“是不是这个人？”许文涛兴奋地向倪道长播放手机上的监控视频片段。夏所长也跟过来看。

监控视频显示的是昨天晚上10点半左右的敕书阁。有一个人推门进入没有开灯的敕书阁大厅，之后熟门熟路地向二楼的会客室走去。黑暗中的身影有点模糊，倪道长不敢完全确认，只能说身形步态很像那个张教授。

许文涛又给倪道长看了几张白天的监控视频截图。一个看起来表情严肃、头发花白的老头儿，正眯着眼、弯着腰，盯着展柜里的龙头专注地看着。

“就是他，那个张教授！”倪道长脱口而出。

这时，夏所长那边排查酒店的警员也传来信息。

“找到了，符合特征的就这一个人。”夏所长挂完电话后说道。

“哪儿？”许文涛急不可待地问道。

“华泉酒店！”

7. 爷爷

华泉酒店大堂，前台的女服务员看着莫同尘惊愕的表情，扑哧又笑了。

“你爷爷是不是张和光张老先生？”女服务员问道。

“是，你怎么知道的？”莫同尘还是有点蒙。

“你的照片被你爷爷摆在床头，每天都擦，看得比什么都金贵，你爷爷每天都念叨你，提起你来呀，眼里都冒着光，你说我能不认识你吗？”女服务员笑盈盈地说。莫同尘一时不知道该说什么好。

“走吧，我带你去你爷爷的房间！”女服务员举起手中的对讲机，“小陆，你来前台盯一下，我带客人上楼。”说完，招呼还在愣神的莫同尘向电梯走去。

“我叫桂春梅，你叫我桂桂或者春梅都行，”女服务员边走边说，“你爷爷在我们酒店已经住了三个多月了，老先生人真的很好，还帮了我的大忙，我还不知道怎么谢他呢！”听桂春梅在前面哇啦哇啦地说着，莫同尘默不出声地跟在后面，心里冒出了一句：“好个鬼！”

“你是怎么找到这里的，你爷爷告诉你的？”等电梯时桂春梅问道。

莫同尘拿出手机在桂春梅面前晃了晃，手机屏幕上显示的是网易云音乐里的一首歌《往事只能回味》。

“凭一首歌找到的，你爷爷就告诉你这个？”桂春梅瞪大了眼睛。莫同尘点点头。

“你们爷儿俩真逗！”说着，桂春梅带着莫同尘进了电梯，按了五层。

原来，莫同尘对于爷爷留下的短信和那首《往事只能回味》百思不得其解。尤其对那条“小同，爷爷在龙虎山给你祈福啦，你来还愿吧！14020671715”的短信感到莫名其妙，无从下手。

于是，他就开始从《往事只能回味》这首歌着手。他相信不喜欢流行音乐的爷爷一定有所用意，不会平白无故给自己点这么一首歌的。但这首歌对于莫同尘的年纪来说，有点太古老了。

通过查询资料，莫同尘才知道，这首歌发表于1970年，由林煌坤作词、刘家昌作曲，最早由台湾歌手尤雅演唱，后来又被众多知名歌手翻唱过，成为历久弥新、传唱不休的经典华语歌曲。但是这首歌和爷爷有什么关系，莫同尘一直没有弄明白。直到他在网上，用“往事只能回味”“龙虎山”等关键词做关联搜索时，发现了一条2010年的新闻“台湾音乐鬼才刘家昌归隐龙虎山，投资兴建宾馆”，才找到了其中的关联。

在来龙虎山的火车上，莫同尘又通过鹰潭老乡得知，当初刘家昌修建的龙虎山迎宾馆，已经改名为“华泉酒店”，成为龙虎山华泉艺术小镇的一部分。直到这时，莫同尘才完全明白了爷爷选这首歌的用意。

电梯里，桂春梅兴致盎然地向莫同尘介绍这座酒店：“这座酒店倾注了刘家昌先生全部的心血，是由他亲自设计建造的，他自己说这是他的‘最后一件艺术作品’……”

其实，不用桂春梅介绍太多，莫同尘也能感受到这家酒店独特的艺术审美。当然，莫同尘现在没有心情欣赏这些，他现在心里想的是，待会儿见到爷爷要如何避免尴尬，如何没话找话。毕竟长时间的冷战，让莫同尘都不知道该和爷爷说些什么了。而且他还没有做好见爷爷的准备，甚至也没有原谅爷爷。

其实，刚才在电话里，叶钧只说对了一半。他和爷爷之间的问题不仅仅是因为爷爷偷偷修改了他的高考志愿，把历史系改成了中文系，而是从小学开始，爷爷明知道他对历史、考古和文物表现出越来越大的兴趣，还要蛮横地严厉制止，既不允许他去书房看那些古籍和论文资料，更不愿意带他去博物馆看那些未公开展出的文物。甚至，有一次他偷偷拿着爷爷的工作证，以替爷爷跑腿的名义，去学校的图书馆古籍档案室借阅资料，结果却被爷爷发现领回家，第一次挨了揍。

从此，爷孙俩的战争就是一个如何费尽心思藏好书，不让孙子看到，另一个如何费尽心机瞒着爷爷看到想看的书的过程。别人的童年，是如何在父母回家时，关好电视，装作在写作业；莫同尘的童年是如何在爷爷回家时，把书放回原处，装作在看动画片。其实，他真的很怀念之前的爷爷，虽然不善表达，但总是很慈爱。

不知不觉间，五层到了，桂春梅领着莫同尘走出电梯通道，右拐，向503房间走去。走廊里，迎面走过来一男一女。只见那位男士，五十多岁的模样，和蔼而优雅，穿着黑色的皮鞋，灰黑色的西裤、马甲，打着领结，上身一件短款的灰色大衣，花白卷曲的头发，微微发蓝的眼睛，举手投足间从容有度，一脸的善意谦逊。

而那位女士，看起来二十五六岁的样子，黑色的皮衣皮裤，黑色的羊皮短靴，修剪得当的短发，精致的妆容，薄薄的嘴唇上涂着烈红的唇膏，冷漠的面颊上却有一双摄人心魄的眼睛，脖子上戴一皮绳项链，下面的吊坠被挡在了黑色的T恤里，一副冷漠又病态的御姐形象，高傲又魅惑，睥睨世间一切。

双方走近时，桂春梅出于职业素养，向他们微笑致意："您好！"两个人都没有回话。那位男士面带微笑，伸起两根手指，优雅地向桂春梅回了一个略带夸张的绅士礼；而那位女士，则面无表情，双眸里的魅惑荡漾却深不见底，有着一股勾魂摄魄的力量。

这两个人看上去并不像中国人，而像东西方的混血，浑身上下散发着异域的气质和风情。双方侧身而过时，莫同尘和桂春梅不禁又扭头多看了一眼，结果发现对方也在看他们。年长的男士又给了一个优雅的绅士致意，之后向电梯走去，这下反而使莫同尘和桂春梅觉得有失礼貌。

二人不再说话，加快脚步，向 503 房间走去。

“这么早，老先生应该还没起床呢，看见你他肯定惊喜！”站在 503 门前，桂春梅笑着，扬手开始敲门。

没有人应声，桂春梅加重了敲门的力度，却发现门只是虚掩着。当桂春梅带着诧异，轻轻推开门的时候，她被眼前的景象惊呆了，一切都失控了……

8．表哥

走进房间的桂春梅，无论如何都不敢相信自己的亲眼所见。整个房间被翻得乱七八糟，像是世界末日一般，而张和光老先生也并没有在房间内。

“这……”桂春梅意识到事态严重，她想立刻报警，却被莫同尘拦住了。

“给我十分钟，在报警前，我想知道我爷爷到底发生了什么事！”莫同尘态度诚恳而坚决地请求道。桂春梅看着莫同尘，没有吭声，也没有报警。

莫同尘不再理会桂春梅，开始仔细检查房间。整个房间看似混乱，好像很多东西是随意乱扔的，却难掩仔细翻动过的痕迹。衣柜、书桌、沙发、厕所、床具、台灯、电视、墙上的油画和装饰，甚至藏在暗格里的小冰箱都被人翻看过。看来，有人似乎在找什么东西。

莫同尘见爷爷的胰岛素还在冰箱里放着，于是把冰箱的门好好关上。地板上，有许多散乱的照片和纸张文件，其中有一本看似有些年头、封皮呈豆绿色的《现代汉语词典》，还有一只红蓝铅笔和一支铜柄被摸得发亮的放大镜。莫同尘一眼就认出，这些是爷爷的东西，是他平时习惯带在身边的工作工具。

小时候，自己最喜欢偷偷玩爷爷的放大镜，在太阳光下烧蚂蚁、烧小虫子。而那本豆绿色封皮的老《现代汉语词典》是爷爷在 1979 年花巨款四块五购买的。在这本词典里，还夹着半张酒店的便笺纸，像是被人随手放进去的。

莫同尘把这些东西捡起来，全放进了自己的包里。桂春梅想制止，动了动嘴唇，最终还是没有说出口。

“丢了什么东西吗？”桂春梅小心地问道。

莫同尘摇头，表示不知道。

“你说，老先生会不会……”桂春梅没忍心说出后半句。

莫同尘明白桂春梅的意思，这也正是他最担心的。眼下这情景，究竟是偶发的入室盗窃、抢劫，还是有预谋的绑架，甚至是……

莫同尘不敢再想下去，他需要验证才能得出结论。莫同尘仔细地检查了一下地板，然后深深地吸了一口气，向厕所走去。在厕所仔细查看后，他紧张的神经稍微放松了一点。

还好，没有发现血迹，也没有发现爷爷洗好并晾晒在厕所的袜子。这说明爷爷昨晚并没有在房间睡觉，因为他知道爷爷有把当天穿过的袜子洗干净晾起来，再睡觉的习惯。无论多晚多累，即使跟随考古队出现场，这个习惯也不会落下。

莫同尘又想起了一件事，连忙从厕所走回房间，在房间内翻找起来，他必须再次确认。

“你找什么呢？”桂春梅问道。

“笔。”莫同尘边找边说。

“什么笔？”桂春梅不明白。

“注射笔，胰岛素注射笔！”

桂春梅也想起来，她曾经在餐厅看见过老先生用餐前，给自己注射的情景。“那笔不是老先生每天都随身带着吗？”

莫同尘没有回答桂春梅的问题，而是埋头四处翻看着。最终，莫同尘在窗帘的拖尾下，找到了那根蓝色的胰岛素注射笔。看来这支笔原本可能放在旁边的电视桌上，被昨晚找东西的人碰掉后，滚落到了窗帘下。

莫同尘扭开注射笔，发现里面的胰岛素还剩一半没有用完。莫同尘不安起来。

糖尿病患者都会随身携带注射笔，以便用餐时定时定量注射，控制血糖，患糖尿病的爷爷当然也不例外。但现在，爷爷的注射笔留在房间里，却没有临睡前肯定会晾晒的袜子，这说明什么？

看来爷爷至少昨天晚饭后，曾经回过房间，然后又出去了，可能按他的计划，很快就会回来，并不打算在别处过夜，所以他才把注射笔放在桌子上，没有带走。之后，却发生了意料之外的事情，导致爷爷昨晚并没能按计划回酒店睡觉。

莫同尘双臂抱胸，用攥着注射笔的手不停地摩挲着自己的嘴唇和鼻子，思索着，试图还原事情的来龙去脉。当然，还有另外一种可能，那就是昨天晚上，爷爷回房间后，还没有来得及睡觉，就被人劫持了……想到这里，莫同尘不禁后脊背发凉。

“咱们是不是……”站在一旁的桂春梅，建议报警的话还没来得及说出口，就被莫同尘打断了。“你昨晚见过我爷爷吗？”

桂春梅摇头。“老先生作息很规律，一般早上 7 点下楼用餐，晚上 6 点回来吃晚餐，之后回房间，等我来上班时，他应该已经在房间里了。”

“你昨天见过我爷爷吗？”

“见过，早上吃早餐的时候。”

“最近，你有没有看见我爷爷和什么奇怪的人来往？”

桂春梅摇头表示不知道。莫同尘不再说话，踱步到窗前，此时天已大亮，莫同尘看着对面一片红顶白墙的小房子，思考着下一步怎么办。

莫同尘相信这肯定不是偶发的入室盗窃案，否则爷爷不可能事先就有所察觉，还给自己留下隐晦的线索，诱导自己来龙虎山。

可是爷爷又会发生什么事呢？他在大学里教了一辈子书，虽说古板孤僻，倦怠于人情世故，朋友很少，和同事领导处的关系也不好，但是大的矛盾并没有，更谈不上能有什么仇人。谁会跑到千里之外的龙虎山寻仇呢？

在龙虎山当地结仇就更谈不上。据自己所知，这应该是爷爷第一次来龙虎山，虽然说爷爷脾气古怪，但还远远不至于惹是生非。如果说见财起意，莫同尘自己都不相信，爷爷一辈子朴素节俭，哪有什么值钱的东西。但从房间被翻得乱七八糟的情形来看，明显是有人急迫地想找什么东西，会是什么呢？

看来爷爷这次来龙虎山，应该不是简单的旅游玩乐，恐怕别有目的。会是什么呢？爷爷来龙虎山究竟要干什么？

莫同尘望着窗外，远远看见一辆警车向酒店方向开来。莫同尘知道真的出事了，昨天晚上龙虎山一定还发生了别的事情。

“你肯定不希望我爷爷出事吧！”莫同尘突然转身说道。桂春梅一愣，茫然地点点头：“嗯，当然。”

“我需要帮助！”莫同尘走近桂春梅，诚恳地说道。

“咱们还是报警吧！”

“那能不能帮我个忙，待会儿警察来了，先别提我。”

“为什么？”

“我刚到龙虎山，什么情况都不知道，但我知道我爷爷很需要这个……”莫同尘举了举手中的注射笔，“我必须尽快先找到我爷爷！”

这时，桂春梅手里的对讲机响了：“春梅，你表哥来了，还有警察……”是前台小陆的声音。

9. 证据

听到对讲机里小陆的话，桂春梅眉头一皱，有点不悦，问道：“他来干什么？”

“别担心，这次不是来找你的，是来找503房间那位张老先生的。你在上面吧，你带一下他们！”

“好，我在。”桂春梅有点困惑，这是谁报的警呢？但也来不及多想。桂春梅看见莫同尘正忙着从地上捡照片，往自己包里塞，连忙催促他。

“来不及了，赶快走！”

桂春梅上去拉扯正忙着捡照片的莫同尘，手忙脚乱中踢翻了一个垃圾桶，从里面飞出来一个相框。桂春梅捡起一看，正是被张和光老先生摆在床头，每天都擦拭的爷孙俩的合照。她也是凭借这相框里的照片，在前台认出了莫同尘。现在相框的玻璃已经碎了，不知道是自己刚才一脚踢碎的，还是被人扔进垃圾桶时摔碎的。

桂春梅把相框塞进莫同尘手里，拽起他就往外走。可是，刚走到半道，就听见前面电梯到达的铃声，桂春梅想原路返回，走楼道底部的消防梯，可是距离太远，根本来不及。

此时，嗒嗒的脚步声已经从电梯通道里传来，乘电梯上来的人，只需要几步就会走到楼道里，他们将完全暴露！

究竟该怎么办？

桂春梅慌乱中，猛然看见一旁的工作人员休息室，于是一把将莫同尘推了进去。“待着！”说完砰地关上了门。与此同时，许文涛和夏所长等人已经走出电梯通道，进入楼道里，桂春梅的样子则像是刚好从休息室出来，准备迎接他们。

“表妹！”走在前面的许文涛，看见桂春梅后，热情地招呼。

桂春梅却没有回应他的热情，而是狠狠地瞪了他一眼：“谁是你表妹！什么事？”

跟在后面的夏所长，对两个人的关系多少有所了解，见怪不怪，若放在平时可能还会调侃两句，不过今天情况特殊，所以接话严肃地说道：“请带我们去张和光房间。”

桂春梅没有说话，带着大家走向503房间。

到了门口，桂春梅掏出房卡，打开自己刚刚合上的房门，然后闪到一边。许文涛和夏所长一众人则走了进去。

房间里的情形同样出乎许文涛等人的意料。张和光不在房间，这是意料之中的，但他的房间被人洗劫，却是意料之外。许文涛感觉事情复杂了起来。“莫非真的有两伙人？还是真有内讧？”许文涛在心里琢磨着。

“张和光是住在这个房间吗？”夏所长问道。

“是。”门口的桂春梅回答。

“你最后一次见到他是什么时候？”

“昨天早上吧，我白天在家照看我妈。”

“舅妈她……”许文涛想亲近一下，但看看四周的氛围，没有说下去，桂春梅也没有搭腔。

夏所长又问了一些问题后，就开始和大家一起仔细勘验现场，看看能不能发现什么有价值的线索。站在门口的桂春梅，找了一个机会把许文涛叫到门口，问他发生了什么事。

许文涛悄声告诉她，天师府灵芝园博物馆昨晚被盗了，大上清宫铜钟龙头被人偷了，灵芝园的龚道长也死了，张和光有重大嫌疑。桂春梅惊讶地张大嘴，一时说不出话来。

看着桂春梅有点不相信，许文涛告诉桂春梅，这段时间张和光一直频繁出现在灵芝园博物馆，常常盯着那些文物一看就是半天。

“你怎么知道？”桂春梅还是不愿意相信。

“我有证据！”许文涛有点兴奋，掏出手机给桂春梅看那些监控视频片段和截图，视频里有张和光正盯着铜钟龙头在看，也有他昨晚摸黑进入灵芝园敕书阁的情景。“而且，灵芝园的倪道长也证明，这两天张和光一直在灵芝园看文物，还向他打听过铜钟龙头的事。”许文涛边给桂春梅看视频边说。

“这，这哪来的？”桂春梅还是不愿意相信，那个平时彬彬有礼、热情待人的老先生能干出这事来！没想到，这句话正中许文涛下怀。

“表妹，你知道吗？这个重要的线索是我发现的！”不等桂春梅吭声，许文涛就自顾自地讲起来。

原来，今天凌晨，许文涛接到案情电话后，出门时就打电话叫醒了自己的同事林谦，让他赶快去景区数据中心调看灵芝园昨晚的监控视频。等许文涛赶到灵芝园后，才发现监控的电线已经被人剪了，以为没戏了，没想到，林谦还是在视频中有所收获。

原来，敕书阁内的监控确实被破坏了，但还是录下了一些重要信息。回放视频可以发现，监控是昨天午夜12点才被人破坏的。

在这之前，监控都在正常工作，录像也都在。通过回放监控视频，林谦发现在昨晚10点半的时候，有一个人摸黑进入了敕书阁，然后径直向二楼走去，直到敕书阁的监控被破坏，这个人也没有下来，其间更没有发现其他人进入敕书阁。

随后，林谦又翻看最近几天敕书阁的监控视频，发现了一个奇怪的老头儿，一直在敕书阁内转悠，而且在铜钟龙头和一个陶瓮前待的时间尤其长，表现出明显的兴趣。林谦仔细辨认了这个老头儿的身形和昨晚摸黑进入敕书阁那人的身形，发现二者很像，可以基本确定是同一个人。随后，林谦就给许文涛打了电话，并将相关视频片段和截图传给了许文涛，而倪道长很快就认出了视频中的张和光。

“而且，你知道吗？这次只丢了那对龙头，其他的文物都没有丢，你不觉得奇怪吗？”看着眼前这个平时有点木讷笨拙的男人，现在谈起破案来倒是两眼放光，桂春梅觉得有点郁闷，在心里暗暗叹息着，“唉，你要是平时多琢磨琢磨女人的心思，也不至于这么多年只会叫表妹。”

“还有，就是现场很奇怪，有打斗和血迹。根据我的推测，应该起了内讧，或者……”

“内讧？！这怎么可能，老先生一直是一个人住！”桂春梅不自觉提高了声调反驳。许文涛连忙示意她小声点。

“现场还有什么？”桂春梅感觉到了自己的心跳声。

“在龚道长的口袋里，还发现了一张字条，上面有一行奇怪的字……”

“什么字？”

“许主任，有空你去看看这边的监控能不能用。”还没等许文涛再说话，房间里的夏所长就发布命令了。

“嗯，好嘞，我这就去！”许文涛应道。

“你知道监控室在哪儿吗？”桂春梅问。

“知道，监控还是我装的呢！”许文涛得意道。

“那你自己去吧！”桂春梅白了他一眼。

许文涛不明白，这怎么又生气了，只好悻悻地自己去保安室查看监控视频。临走，还不忘争取表现一下：“梅梅，替我向舅妈问好，改天我去看她老人家。”桂春梅没有搭理他。

看着许文涛离开,桂春梅跟夏所长打了声招呼,说自己先去做事了,有事可以去前台找她。在夏所长点头同意后，桂春梅径直走进了员工休息室。

稍后，休息室的门打开，桂春梅推着一车要换洗的床单被罩，从员工通道向后院走去。

第二章　天师的典故

桂春梅将这五幅画打乱顺序，重新排列，铺在床上，『这五幅画似乎说了张天师的一生事迹。你看，首先张天师找到龙虎山这块仙家宝地，在此结庐炼丹，丹成龙虎现。而后又用自己的修为，帮助老百姓斩恶龙，降妖除魔，保佑老百姓平安，终成正果，被太上老君授以经书，助其创立道教。而后功德圆满，被厚禄封侯。』桂春梅解释完后，接着说出了自己的疑惑：『但是，这和你爷爷有什么关系？除了都姓张，还有和昨晚的事有什么关系？』

1. 山顶木屋

清晨，群山环绕，苍莽叠翠，万籁俱寂之中，只有鸟鸣清脆入耳，草露清新入鼻。张和光被限制在一个破旧的太师椅上，腰腹部被密密匝匝缠了一圈又一圈的绳子，只有双手可以自由活动。

在张和光的旁边，两米之外，穿着龙虎山保安制服的“大蒜”和“三五”席地而坐，两个人的左手各夹着一根香烟拼命地吸，右手则各捂着自己怀里的可乐瓶瓶口。可乐瓶里装了很多蛐蛐、毛毛虫等小虫子，正盲目地乱窜，争先恐后地寻找着出口。

只见大蒜举起缠着破布条的左手，连续吸了几口烟后，一口气将全部烟吐进自己手中的瓶子里，而身材瘦小、平时不抽烟的三五则被烟呛得直咳嗽，乐得壮实的大蒜咧嘴大笑，露出两排布满牙菌斑的大黄牙。大蒜那两颗上门牙中间的宽缝，差不多能塞进一枚硬币，吸进去的烟，就从这个牙缝里丝丝缕缕飘出来。两个人就这样拼命地吸烟，然后把烟吐进自己的瓶子里，再捂上，忙得不亦乐乎。

张和光伸手从口袋里摸出一块糖，剥开放进嘴里。一夜的惊心动魄已使他身心俱疲，但现在他的心头更多的还是懊悔和自责。就因为昨夜自己的鲁莽大意，竟致老友当场丧命。也许这次来龙虎山本身就是一个错误，这就是一个早被人设计好的圈套。

张和光本以为这次来龙虎山，终于可以一了平生夙愿，解开先祖之谜和历史上那些神奇的谜案，证明自己一生的心血和孜孜以求是对的，却没想到从一开始这就是一个局。尽管自己及时察觉，没有让事情发展到万劫不复的地步，但现在想想，仍然觉得后怕和懊悔。

此刻，张和光正身处险境，他也不知道自己的身体能撑多久，可他少许庆幸的是，那件东西所蕴含的可怕力量，那股不啻洪水猛兽、地震瘟疫的可怕力量，还没有被心术不正的人所控制。然而，无论何时何因，都不该有人再得到那件东西。历史上无数的帝王霸主、枭雄豪杰都证明了这一点，人的心智是脆弱的，欲望是汹涌无边的，如果真能挣脱时间的束缚，又能有几人不至于迷失心智，让欲望汹涌成冥河之水？想到这里，张和光越发沉重和焦虑起来。

“现在只能寄希望于小同了。”虽然他这一生都不希望孙子牵扯进来，但现在这已是他唯一能想到的救赎之策。只有莫同尘及时赶到龙虎山，抢先得到那件神物，才能阻止事情滑向可怕的深渊。张和光的心在煎熬着、矛盾着。他知道自己的计划并不完美，尤其是昨晚的意外之后。

“希望他吉人自有天助，能够绝处逢生，看到他应该看到的。”张和光突然感觉到一丝无奈，很多事情到了最后，还是得看天意、看运气。天堂地狱，是自己这一生太痴妄了。

“嗯，别碰！一、二、三、四、五……”

“嗯、嗯、嗯，这个不算，腿还蹦跶呢！”

大蒜和三五的嚷嚷声，打断了张和光的思绪。只见两个人兴奋又专注地把各自瓶里的虫子倒在地上，开始数数，想看看是不是自己呛死的虫子更多一些。

张和光对他们的乐趣无从体会，于是开始观察周围的环境。张和光认定他所处的地方是一座废弃的庙堂。

这座庙堂共有两间房屋，围绕成一个小院。房屋为木质结构，由木柱木条做支撑拉接，灰瓦白墙，房屋外还有木质栏杆，整体看来像是畲族[①]的建筑风格。

他们三人所处房间的正堂位置，摆放有一张神案，虽然破旧，但上面精美的浮雕人物和花鸟图案依然清晰可辨。

神案的中央供奉着一尊金身张天师像，其左右的黄色花瓶里，各插着一簇绢花玫瑰，一边红色，一边蓝色。由于太久没人清理，都落满了灰尘。张天师像后方的墙上，一左一右挂着两幅画，分别是《牧童骑牛吹笛图》和《张天师图》。张天师像前方，则摆放着一个香炉，香炉里插着三支香，烟雾袅袅。那对铜钟龙头就赫然扔在神案底下的地上，旁边还有一大塑料袋的饮料、食物。

通过房屋的建筑风格和供奉的天师像，张和光知道自己还在龙虎山中，但这是哪儿呢？透过木条窗户，张和光可以看到不远处的赤色山峦，形态各异。其中有一块巨大的丹霞岩体，像极了一只巨大的乌龟，岩顶的绿树植被郁郁葱葱，像龟背上长出的绿毛，活脱脱就是一只巨大的绿毛龟。如果把周围的苍茫绿色看作大海的话，这只大龟正惬意地游弋其中。

可惜，仅仅凭借这些景物，张和光还是不知道自己被拘禁在哪里。唯一可以确定的是，这座废弃的庙堂应该建在一处山峦上，否则不会有如此开阔的视野。自己来龙虎山三个月了，为了完成毕生心愿，解开先祖之谜，可以说已经走访了龙虎山的每个角落，这个地方却没有

---

① 畲族，我国少数民族之一，主要分布在福建、浙江、江西、广东、贵州、安徽、湖南等省，信奉“盘瓠”为始祖。龙虎山为畲族生活区域之一。

来过，甚至没有听说过。

“嘿，我赢啦，你的一个龙角是我的！”大蒜和三五终于数清了地上的死虫子，大蒜赢了，乐得张牙舞爪。

三五噌地扑过去，把神案下的一只龙头抱在怀里。“拉倒吧！一根龙须都不给你，你知道这值多少钱吗？”

“值多少？”大蒜最关心这个。

“至少两个亿！”三五伸出两个手指比画着，“还给你一个龙角？美得你！”

“哎呀妈呀，这得装多少筐啊！这房子都装不下吧？”大蒜环视着房间，兴奋起来。张和光听得哭笑不得。

“我们啥时候去卖钱哪？”大蒜兴奋中又有点不满。

这时，屋外的荒草丛中传来一阵窸窣声，两个人紧张地向外望了一眼。

“来了，你去问一下这俩厮。”抱着龙头的三五小声怂恿。

很快，一男一女出现在屋外的院子里，男的绅士儒雅，女的冷酷性感。大蒜和三五不自觉恭敬地站起身来说：“大神！”

2. 遗物

搜查完张和光的房间，在大堂询问了桂春梅一些情况后，许文涛和夏所长等人就离开了。桂春梅有些忐忑不安，莫同尘的事究竟能隐瞒多久？也许连一天都撑不了。

挨到交接班，桂春梅心情复杂地穿过大堂，向后院的员工宿舍走去。

她希望尽快赶回宿舍，又希望这段路能够比平时长些，让自己多走一会儿，因为她不知道待会儿再见到莫同尘后该说些什么，也不知道今天早晨做的事对不对。或许莫同尘早走了，找他爷爷去了，此刻并未待在宿舍里，自己也就不用担心说什么了。想到这里，桂春梅略感放松一些，转而又有些失落。

酒店的后院有一排和酒店同样装修风格的平房，米色的墙，红色的屋顶，白色的门和蓝色的窗户。在白色房门左上方还装着一盏欧式的米色路灯。

整排平房依山麓而建，简约大气，作为酒店的员工宿舍使用，每个房间住两名员工。桂春梅的房间就在这排平房的最北边，她没有室友，现在只有她一个人住着。

桂春梅走到自己房间门口，四周瞟了一眼确定无人后，深呼吸，轻轻敲了两下门。很快，门从里面打开，门缝里露出了莫同尘的脸。

走进房间，关好门，桂春梅和莫同尘对视了一眼，两个人都没有说话。房间内有两张床，一张铺着被褥盖着被单，是桂春梅用的。在另一张闲置的床上，铺满了莫同尘刚刚从张和光房间里拿出来的东西，《现代汉语词典》、红蓝铅笔、铜柄放大镜、胰岛素注射笔，还有从地板上捡回来的照片，莫同尘和爷爷的合照也在其中。

“你打算怎么办？”桂春梅先开了口。

“我要找到我爷爷。”莫同尘坐回床边，低头研究床上那些照片。

“你还是去报警吧！和警察说明情况。”看着莫同尘没有吱声，桂春梅又说道，“他们说，昨天晚上天师府灵芝园博物馆被盗了，你爷爷有重大嫌疑。”桂春梅边说边观察莫同尘的反应。

“是丢了一对龙头是吗？”

“还死了人，不过你怎么知道的？”

“我刚才在休息室门口听到的，还有什么信息？有些我没能听清楚。”莫同尘盯着桂春梅，不苟言笑的神情中带着一丝渴望。

桂春梅犹豫了一下，还是把从许文涛那里听到的信息告诉了莫同尘。当听到现场有打斗痕迹和血迹时，莫同尘的脸不自觉地抽动了一下，眉头紧锁。桂春梅读得懂莫同尘脸上的焦虑和担忧，却不知道该说些什么去安慰他，只能怔怔地站在一边，看着他。

“你相信是我爷爷偷走龙头，还……杀了人吗？”半晌后，莫同尘问道。桂春梅一愣，这个问题她不知道该怎么回答，但还是下意识地摇头。

“所以，我一定要先找到我爷爷！”莫同尘坚定地说道。

“怎么找，我们还能比警察更专业吗？”桂春梅觉得有点不靠谱。

“你没有把我的情况告诉警察吧？”

桂春梅摇头。

“但是警察很快就会知道的，他们拿走了酒店的监控录像……我们应该去找警察说明情况，让警察帮忙！”桂春梅建议道。

“不行，如果我爷爷是嫌疑人，那么我也是。如果我是嫌疑人，就会被警察控制，在事情弄清楚之前，我就没有机会去找爷爷了！”

“怎么会？我们还是去找警察吧！”桂春梅坚持道。

“况且你也知道，我刚到龙虎山，什么也不知道，即使我现在去找警察，也帮不上什么忙，不如我们和警察分头找，效率更高，更能尽快把事情搞明白。”莫同尘接着说道。

桂春梅犹豫着没有回答。

“给我一天时间，如果还没有找到，我们就去报警，好吗？”

“要相信警察。”

“不是不相信警察，而是我必须尽快找到我爷爷，然后再通知警察，我怕晚了……”莫同尘拿起床上的胰岛素注射笔焦虑地看着，“糖尿病人长时间不打胰岛素会酮中毒，会……”莫同尘没有说下去，深深地呼了一口气，努力控制自己的情绪，但眼圈还是红了。“警察能等，案子早晚会破，但我爷爷不能等，在这世上，我就这么一个亲人了……”

看着莫同尘泛红的眼圈，很早就失去父亲，跟母亲相依为命的桂春梅也被感染了，竟然有点感同身受，刚才在路上已经打定的主意，现在开始有了动摇。

“我需要你的帮助！你是龙虎山本地人吧？”

“是，祖祖辈辈龙虎山人。”

“你了解龙虎山，我了解我爷爷。”莫同尘泛起了一丝笑容。

“你什么意思？”桂春梅不解。

“我有这个……”

莫同尘拿起床上自己和爷爷的合照递给桂春梅。桂春梅狐疑地接过来，看着这个玻璃已碎的相框，不明白他什么意思。

莫同尘看着桂春梅摸不着头脑的样子，笑了。他从桂春梅手中拿过相框，将它正面朝下放在床上，用旁边的小刀将四角的螺丝拧开，掀开背板，从里面拿出了一沓相片大小的纸片，向桂春梅晃晃。

“我爷爷给我留了这个。”

3. 图画

莫同尘一共从相框背后取出五张纸片。每一张纸片上都有一幅用铅笔画的素描。由于画得太细致逼真，桂春梅一眼就认出了这些画上的内容，并且看出来，这些纸片是用酒店客房的便笺信纸对折撕成的。画画的铅笔，也应该是客房提供给客人使用的铅笔。

桂春梅可以百分百确定，这些手绘画的是龙虎山。她拿起来仔细翻看着。

第一幅画，看起来像是“龙虎戏珠”。画面主体是一只老虎和一条龙在护卫或者争夺一颗宝珠，画面四周点缀着祥云纹。龙占据画面左上部，虎占据画面右下部，宝珠在虎脖颈上方，大有被龙吞噬之势，而虎则弓背缩首啸吼，一副当仁不让的架势。

这幅“龙虎戏珠图”，在龙虎山有特殊的意义。每个龙虎山人都知道，这叫“丹成龙虎现”，讲的是张天师在龙虎山结草庐炼神丹的故事。这也是龙虎山名字的由来，而那颗宝珠就是张天师炼成的九天神丹。

桂春梅没有立即向莫同尘解释这些，而是接着看第二幅画。

第二幅画，对于桂春梅来说也很好理解，所画内容为“老君授箓”，讲的是太上老君真身下凡传授经书给张天师，助其创立道教的故事。

只见画面右上方，太上老君站立云端，手持拂尘，背后站立两个童子，一个童子执幡，一个童子执符箓。张天师手执玉简跪于画面左下方，正在听取太上老君的传道授箓。在画面左上方，还画有代表太阳的三足乌和代表星辰的白点，似乎象征着昼夜轮值，阴阳交汇，大道永恒。

第三幅画，可以称作“天师斩蛟图”，讲述的是张天师为民除害，施法斩杀蛟龙，镇妖禳灾的故事。关于张天师斩杀蛟龙，为民除害的故事，不仅在龙虎山广为传诵，在全国其他地方都有不同版本广为流传，正史亦有记载。在这幅画中，张天师手持七星宝剑，掐诀念咒，引雷火斩杀蛟龙。

第四幅画，可以说是龙虎山独有的图案，叫作“鹤鹿蜂猴图”，也可以叫作“厚禄封侯图”。这幅画取鹤、鹿、蜂、猴四种动物名称的谐音，寓意厚禄封侯。

画面里，青松苍劲，鹿嬉松下，猴攀松枝，仙鹤飞翔，蜂戏梅花。整幅画面用青松、梅花、仙鹤、梅花鹿、蜜蜂、猴子等有吉祥寓意的动植物，和谐构图，勾画出厚禄封侯的吉祥寓意，同时也象征着历代天师的尊崇地位。

第五幅画，画的是龙虎山自然山水风景。只见泸溪河蜿蜒流淌，两岸群峰拥簇，更有三两叶竹筏漂流于山水之间，一派仙山碧水，天人合一，怡然自得之景。

“这些画上的内容，这些照片上也能找到。”莫同尘看桂春梅看得差不多了，就从床上拿起一张照片递给她。这张照片是对着一块真实的“丹成龙虎现”石雕拍摄的，可以说和第一张手绘画上的“丹成龙虎现”一模一样，也可以说这幅画就是照着这张照片临摹的。在床上那堆铺开的照片中，关于这块石雕的照片还有好几张，只是角度不同、景别不同，多是关于这块石雕画面细节的局部特写。

除了这些“丹成龙虎现”的照片，莫同尘在照片堆里也发现了和“老君授箓”一模一样的壁画实景拍摄照片。但另外的三幅手绘画，却没有相对应的实景照片。

莫同尘认为爷爷肯定也拍了另外三幅画的对应实景照片，只是刚才太匆忙没有来得及把地板上的照片全部捡回来。

桂春梅翻看床上的照片，发现拍摄的都是关于龙虎山的山水风景、道观建筑，其中和建筑相关的石雕、木雕、壁画、彩绘，以及各种花纹、图案的照片特别多，很多还是针对这些图案的局部特写照片，看上去真的像一个建筑、民俗、艺术、道文化的旅游爱好者所拍摄的照片。

“老先生每次一出去就一整天，就是为了拍这些东西呀！”桂春梅暗忖道。

虽然这三个月，桂春梅和张和光来往还算密切，彼此都特别照顾，算得上是投缘的忘年之交，但是桂春梅根本不知道张和光竟然有这么大兴趣，且这么细致地拍摄了这些照片。他想在龙虎山干什么呢？桂春梅直到这时才意识到，自己根本不了解这位每天在自己面前出入，甚至还帮过自己大忙的老人。

“这些都是龙虎山真实存在的图像吧？”莫同尘拿着那些手绘画问道。

“是的，这些都是龙虎山道观里的石刻和壁画。”桂春梅回答道。

“那这些图都是什么意思？”莫同尘接着问。

桂春梅沉默了一会儿，整理了一下思路后，向莫同尘解释道：“其实，我也不知道你爷爷为什么会画这些画，想表达什么意思，但是从这些画的内容来看，第一幅画说的是当年张天师在龙虎山结草庐炼丹，丹成龙虎现，最后这山也改名为龙虎山的故事；第二幅画讲的是太上老君传授给张天师《正一盟威经箓》等经书，助其创立道教的故事；第三幅画讲的是张天师怒斩蛟龙，为民除害的故事；第四幅画讲的是历代天师被历代朝廷皇室尊崇，厚禄封侯的故事；这第五幅画倒是没有什么特别的，就是画的龙虎山的山水风景。如果说，有什么联系的话……”

桂春梅将这五幅画打乱顺序，重新排列，铺在床上，“这五幅画似乎说了张天师的一生事迹。你看，首先张天师找到龙虎山这块仙家宝地，在此结庐炼丹，丹成龙虎现，而后他又用自己的修为，帮助老百姓斩恶龙，降妖除魔，保佑老百姓平安，终成正果，被太上老君授以经书，助其创立道教，最后功德圆满，被厚禄封侯。”桂春梅解释完后，接着说出了自己的疑惑：“但是，这和你爷爷有什么关系？除了都姓张，还有和昨晚的事……有什么关系？”

“你知道这些图案，都在哪儿吗？”

“知道。”

“能带我去看看吗？”

桂春梅犹豫。

“我答应你，只要找到我爷爷，确认他没事，我就带他去找警察！”莫同尘热切地恳求道。

“可是……”

“请给我一天时间，如果还找不到，我们就找警察！我不想爷爷因为我的耽搁，因为不必要的手续和询问，而遗憾终生。”

莫同尘眼睛里的血丝像燃烧的火焰，两鬓的筋脉跳动着，额头开始冒出了汗珠。桂春梅看着眼前的莫同尘，想着这几个月来，日日相见的张和光老先生……

“要不你告诉我这些图在哪儿，我自己去！二十四小时后，还没有我和爷爷的消息，你就直接……”

“我带你去！”桂春梅终于下定了决心。

“那，那咱们先去哪儿？”

桂春梅拿起那些手绘画，翻看了一下，抽出一张，递到莫同尘眼前。

“正一观。”

4. 手机号

上午 8 点，初秋的阳光渐渐有了温度。明亮的阳光照射在龙虎山游客中心四周环绕的水池里，微风徐徐，水面折射出粼粼波光，倒映着远处的山峦和近处的方斗形建筑，水底的鹅卵石则抖擞着身体愉悦地跳着舞。

莫同尘背着朝阳，向龙虎山游客中心走去。此刻的他完全没有心情欣赏这份大自然的时间画轴所描绘的天地美景。

二十多分钟前，莫同尘按照桂春梅的指示，翻过酒店宿舍后面的矮石墙，沿着山麓边的僻静小道，向游客中心走去。按照约定，稍后桂春梅将会在这里和他会合，两个人将一同进山，去正一观。

莫同尘沿着游客中心前宽阔的青石板路，很快走到了中心位置——太极广场。龙虎山游客中心由三个既有联系又相对独立的方斗形建筑组合而成，三个建筑按品字形布局，顶部用一个圆环连接在一起，形成一个新的巨大斗形，而三个建筑中间中空的部分，就是太极广场。

莫同尘没有在太极广场过多停留，而是沿着游客通道，来到了游客中心的后方，躲在一处不起眼的角落里。旁边红艳的夹竹桃花开得正浓，莫同尘却无心欣赏。二十分钟过去了，桂春梅还没有出现，莫同尘有些着急。

尽管着急，莫同尘却不敢四处走动，生怕桂春梅找不到自己，因此只能坐在夹竹桃树下，呆呆地望着身旁这个被粼粼水光环绕、上圆下方、内圆外方的赭红色方斗形建筑。

他知道天师张道陵创立的道教，习惯上被称为天师道、正一派，因为创立之初，入教的人要缴纳五斗米，因此也被称为五斗米教。难道这就是这个游客中心被设计成方斗形的原因？

他观察着游客中心周围的环境，忽然觉得自己发现了这一建筑的奥秘。这个上圆下方，内圆外方的方斗形建筑，不仅表达着道家天圆地方，天地合一的思想；其外部被水环绕，内有巨斗，恐怕还有着“有水主财，日进斗金”之意，可能隐含着当初的设计者，想通过发展旅游业，造福一方的寄托吧！

此外，在游客中心外部，环形的步道和扇形的休闲绿化，以及外围的湖面、自然的山体，建筑的刚和碧水的柔，湖的静和山的稳，形成阴阳相生、刚柔并济的特点。有山有水，既体现了中国古代至高的风水思想，又让人从自然、和谐中领悟“天地与我共生，万物与我合一”的道家哲学。

莫同尘觉得他真的看懂了这栋“奇形怪状”的建筑，参透了它背后隐藏的秘密。这使他多少增加了一点信心，稍微有一些心安。他希望自己接下来，也能凭借之前偷偷摸摸所学的知识，看懂这座拥有千年道家文化的龙虎山，能够早一点参透爷爷留给自己的线索，早一点找到爷爷。

虽然，结合早上从警察那里得知的信息，莫同尘知道爷爷暂时没有危险，很可能只是被人绑架或者囚禁了，但也必须尽快找到他，因为即便对方并不想加害他，他自己的身体情况也很危险，更何况从案发现场来看，囚禁他的人很可能是杀人不眨眼的凶残之徒。

想到这里，莫同尘感觉照射在身上的阳光也没有温度了。他又一次焦急地向游客中心的方向望去，这次终于看见了桂春梅，她正朝自己的方向走过来。莫同尘赶紧迎了上去。

桂春梅走到莫同尘跟前，若无其事地给了他一张门票，示意他跟自己走。两个人一前一后，保持着一定的距离，看上去像两个没有关系的人一样，向观光车站走去。

在观光车站入口处，莫同尘发现，有些游客并没有像他一样出示纸质门票，而是拿身份证在闸机上刷一下就直接入园了。在候车处稍等片刻后，一列天蓝色的小火车蜿蜒开来，迎接游客们进山。这种小火车四周没有遮挡，视野开阔，便于游客在乘坐过程中欣赏四周的风景，是龙虎山的招牌交通工具。

莫同尘和桂春梅混杂在热闹的游客人流中，上了小火车，准备向龙虎山进发。莫同尘挨着桂春梅坐着，周围是一群随时准备放飞自我，在别人的地盘上迎接诗与远方的热闹游客。看着沉默的莫同尘和周围热闹的游客，桂春梅忽然想起了前两年的一句流行语“我只想做一个安静的美男子”，不由得抿嘴一笑。

“欢迎乘坐神仙坐骑！”桂春梅想缓和一下沉默的气氛，当然也可能是自己做过导游留下的后遗症，在向客人介绍自己家乡时总是自豪热情，不遗余力。

“为什么是神仙的坐骑？”

“因为你马上要去龙虎山做一天神仙哪！这当然就是神仙的坐骑啦！”

莫同尘倒是希望自己能是神仙，念咒掐诀，御剑飞行，马上找到爷爷，打倒坏人，找回龙头。莫同尘不再说话，从背包里拿出那五幅手绘画沉默地看着。桂春梅也不再说话，侧过头看着他手中的手绘画。

“既然都有照片了，干吗还费劲画出来？”桂春梅有点不明白。

“所以我们要去现场看看。”莫同尘小心地把画放回包里。

小火车开动了，车上传来导游的声音：“欢迎大家来到龙虎山旅游。龙虎山是道教祖庭，人间仙境，欢迎大家来这里做一天神仙。首先大家向左侧看，映入大家眼帘的这一排山峰叫排衙峰……”

随着小火车的前进，伴着导游的讲解，两侧的红色山峰纷纷映入眼帘，千百万年大自然的鬼斧神工，将这些红色岩体雕刻成各种形象。雄狮回头、金龟出海、蜡烛独照……苍劲壮观，惟妙惟肖，令人浮想联翩。但是，莫同尘却无法像其他游客那样，饶有兴致地欣赏这丹霞美景。

他在回想着爷爷种种令自己不解的行为：祈福、无法接通的140手机号、有照片却偏偏要画出来的手绘画，爷爷想告诉自己什么呢？他究竟遇到了什么事？

想到这里，莫同尘又试着拨打了14020671715的手机号，依然无法接通。

“也许这根本就不是一个手机号码……”莫同尘想起了刚才在观光车站有人刷身份证入园的场景。“这也不像一个人的身份证号，那会是什么呢？密码、银行账号、快递单号……”

“你给谁打电话呢？”旁边的桂春梅问道。

“啊……”

5. 死神和睡神

听到桂春梅的询问，莫同尘就把自己来龙虎山前遇到的蹊跷事告诉了她。听完后，桂春梅也忍不住好奇，用自己的手机拨打那个号码，果然无法接通。仔细看了看号码，桂春梅认为这个号段应该不是鹰潭的。

不多时，观光车到站了，莫同尘和桂春梅下车，穿过高大的青石牌楼，向正一观走去。

正一观，坐东朝西，南北对称，红墙灰瓦，古朴典雅，是第一代天师张道陵在龙虎山最早的结庐炼丹之处。正一观背后的一组山峰也因为起伏连绵，似龙如虎，被称为“龙山”和“虎山”，成为游客来龙虎山必看的景点之一。

莫同尘和桂春梅在正一观大门口检票后，拾级而上穿过仪门，进入正一观大院。大院内，青石铺地，南北对称，东西纵深百余米。迎面是主殿祖师殿，左右有配殿，殿前南北有钟鼓楼，整体建筑风格呈仿宋式样。

桂春梅领着莫同尘直接来到祖师殿前的台阶处，那块巨大的“丹成龙虎现”石雕就镶嵌在台阶的中央位置。不用比对就可以确定，这

就是爷爷拍摄那张照片的地方，也是第一幅画上的内容。

莫同尘仔细查看这幅四米长、一米多高的巨大石雕，虎露巨齿，踏山而啸，龙伸利爪，腾云而吟，一副为仙丹争斗之势，周围分布点缀着祥云纹，可以说和爷爷画的完全一样。看了许久，莫同尘也没看出个所以然来，只好求助地望向桂春梅。

桂春梅心领神会，开始努力回忆自己之前做导游时培训的内容。相传，张天师在龙虎山炼制九天神丹时，第一年有红光照室，第二年有五云覆鼎，夜不假烛，仿佛有青龙白虎各一，常绕丹鼎，第三年丹成而龙虎现。当时已经六十多岁的张天师服用神丹后，容貌益少，像三十岁左右的人。所以，他在九十多岁高龄时，还能远涉蜀地治病救人，传道奉化。

“那龙虎到底是什么呢？”莫同尘问。尽管他知道，在道教里，

“龙虎”有特殊的寓意，炼丹用的铅和汞，一般被称为“龙”和“虎”，而且可以进一步引申为“坎离、水火、阴阳”等指代名词，但莫同尘还是想听听桂春梅怎么说，看看有什么玄机。然而他不知道的是，这是几乎每个来龙虎山的游客都好奇的问题。

对于这个问题，桂春梅早已有了自己的解释。一般对“丹成龙虎现”中“龙虎”的推测，有这么几种：

第一种说法是，当初张天师丹成时，丹鼎冒出了像龙虎一样的烟雾，白雾似虎，黑烟似龙。第二种说法是，当初天师丹成时，遇见了特殊的天气景象，龙虎形状的云，所谓“风从虎，云从龙”，风云本无常定，变化多端，故曰“丹成龙虎现”，是为瑞兆。

当然，还有第三种说法，就是丹成时，特殊的香味，引来了真的龙和虎两种动物。毕竟根据《龙虎山志》记载，直到20世纪60年代，这里的山区还有猛虎伤人。至于龙，在中国人的文化观念里，其原型不外乎蛇、猪和鳄鱼这几种动物。除巨蟒长蛇外，龙虎山曾经也是猪婆龙，即扬子鳄的生活范围，虽然现在已经绝迹，但是据说20世纪还有人看见过。如今，丹成而现的“龙虎”究竟是什么，已经不可考，只能存在于人们的幻想之中了。

“丹成龙虎现”“九天神丹”“龙虎”，莫同尘还是没有找到这些和爷爷有什么联系。昨天晚上龙头丢了，那么接下来会怎样呢？这些手绘画究竟暗示了什么？

莫同尘曾听说过九天神丹是由九种仙药炼制而成的，服用后具有延年益寿、贯通天眼的神效。难道爷爷来龙虎山和九天神丹有关？可这也不是爷爷平时的研究方向啊！

莫同尘了解自己的爷爷，他一辈子跟文物打交道，做文物鉴赏工作，也算是见识过传说中的各种稀奇古怪的宝贝，甚至诡异的神器了。

莫同尘知道这些文物在爷爷眼中，只是还原历史真相的媒介，至于经济价值他从来不在意。但是很多人却错误地理解了文物的价值，提到文物最感兴趣的就是值多少钱，甚至很多人为此走火入魔，做出很多丧心病狂的事情来。想到这里，莫同尘不禁又担心起爷爷来。

莫同尘相信爷爷肯定不是来龙虎山闲逛的，他应该是冲着某个文物，为了还原某个历史真相来的。是昨晚丢失的龙头吗？莫同尘现在还不能确定。

既然在“丹成龙虎现”这里没有找到什么有价值的线索，莫同尘决定四处转转，看看会不会有别的发现。

莫同尘和桂春梅拾级而上，走进了祖师殿。祖师殿里供奉的是第一代天师张道陵和其弟子王长、赵升等。大殿内庄严肃穆，香烟缭绕，烛火熠熠，有几个道士在负责游客的请香、供祀和算命等工作。

莫同尘对这些从不感兴趣。以前去景区游玩，走观过庙，就没有烧过一次香，拜过一次神，但这次他却虔诚地跪拜在神像面前，祈求天师保佑，能快点找到爷爷。

从祖师殿出来，莫同尘和桂春梅又去看了祖师殿左右的配殿从祀殿和元坛殿，以及后面的玉皇殿、旁边的丹房和炼丹井，都没有什么发现。

最后，莫同尘决定先去把剩余的四幅画看完再说。桂春梅告诉他，第二幅画上的“老君授箓”和第四幅画里的“鹤鹿蜂猴图”都在天师府里，大上清宫铜钟也在那里。莫同尘于是决定去天师府看看。

两个人原路返回，走出正一观，准备去观光车站坐车去天师府。

这时，莫同尘的手机响了，又是叶钧打来的。莫同尘接通后，电话里传来了叶钧永远精力旺盛的声音。

“老莫，找到你爷爷了吗？”

“没有。”

“怎么回事，你不是找到酒店了吗？”

“嗯……情况有点复杂，等我回去跟你说。”

“怎么回事？怎么回事？快说说！”叶钧在电话里来了精神。对于叶钧来说，没有事才是无聊的。

“我爷爷失踪了，还被牵扯到一桩文物盗窃杀人案里面。”

“啊……这……”叶钧显然没有意料到这些。

走在前面的桂春梅招呼莫同尘快点，有一趟去往天师府的车马上要发车了。

“先这样，回去说。”莫同尘加快脚步，向桂春梅走去。

“你现在在哪儿？”

“我现在去天师府，先挂了！”莫同尘挂完电话，小跑着上了观光车，坐在桂春梅身旁。车随即开动了。

“给谁打电话呢？”桂春梅问道。

“同学。”

两个人不再说话，莫同尘望着车窗外的风景发呆。汽车在弯弯曲曲的山间公路上行驶着，不停地转弯，车上的游客也随着车体的惯性，左右摇晃着。

莫同尘靠着车窗慢慢地睡着了。一夜没怎么睡觉，再加上突发这么大的变故，他有点疲惫。上了一个夜班的桂春梅，也在摇晃中闭上了眼睛。

此时，在车厢后面有一位绅士般慈祥的老者，正饶有兴趣地看着他们左右摇晃地打着盹儿，就像一只老谋深算的狐狸在盯着自己的猎物。

而在这位老者的旁边，坐着一位性感妖娆的美女，正全神贯注地欣赏着自己精致的猩红指甲。同样猩红的嘴唇和精致的妆容，让车上每个男人都忍不住想多看一眼。但当她偶尔瞟向你时，你却会感觉像被这世界上最毒、最美丽的冰火蛇咬了一口，身体瞬间进入冰冻状态，更痛苦的是意识却还是自由的，被封印在这冰冻的身体里。

莫同尘此刻并不知道，这两个人，一个叫“塔纳托斯”，死神，另一个叫“修普诺斯”，睡神。在古希腊神话里，死神塔纳托斯和睡神修普诺斯是孪生兄弟，两个人居于黑暗的地狱之中。每当夜幕降临，睡神修普诺斯就会来到大地之上，诱使人进入睡眠，即使伟大的宙斯也无法抵挡他的催眠术，更不要说普通的凡人，而死神塔纳托斯就会开始收割人的性命，并带入永恒黑暗的地狱。

现在这两个人,共同隶属于一个神秘的国际文物猎取和走私集团。这个集团势力庞大，无人清楚其底细，甚至连其存在，也仅仅是暗网中流传的黑暗传说。然而它不仅真实存在着，且组织严密、行事毒辣，凡是被它盯上的文物，从来没有逃脱过。而此刻这两个人就像潜于暗夜里的黑豹，贪婪、迅猛、凶残，不得食，不罢休。他们的猎物则是前面那两个睡得左右摇晃的年轻人。

6. 许文涛

许文涛担心的事情还是发生了。

华泉酒店五层的楼道监控和灵芝园敕书阁的一样,也被人破坏了。五层的监控视频拍摄到今天凌晨 4 点 52 分时就断掉了。但是好在昨晚的监控视频都还在，许文涛查看后，还是有所发现的。

他发现张和光昨晚8点多的时候，从客房出来，直到今天凌晨4点52分监控断掉，都没有回去。而在这段时间内，并没有其他人去过他房间。

“4点52分之后，发生了什么事呢？”许文涛盯着电脑屏幕思索着，“既然在酒店和灵芝园，张和光两次都毫无戒备地出现在监控中，那么剪断监控的人，应该不是张和光的同伙……他们是谁？和张和光有什么关系？他们去张和光的房间找什么，龙头？”

从小就梦想当警察的许文涛，当然不会满足于仅仅知道这些事。既然五层的楼道监控没了，那就去查看酒店其他位置的监控，反正他已经把酒店四十八小时内的监控录像都拷回来了。

当看到酒店大堂的一段监控时，许文涛坐不住了。监控显示，今天清晨5点多，一个看上去白白净净、大学生模样的男孩进入酒店大堂，径直走向前台。正在前台值班的桂春梅，看见男孩后，眼睛一亮，立刻笑语相迎，看上去似乎认识。然后，两个人有说有笑地向电梯走去。通过电梯里的监控，许文涛看到他们去了五层。

“这个男孩是谁？和梅梅是什么关系？他应该不是普通的住客，他们去五层干什么？”许文涛的心脏抽了一下，身体像灌进去某种东西，瞬间僵硬住，毕竟这不仅仅关系到破案。

7. 天师府

莫同尘和桂春梅在上清车站下车后，沿着上清古街向天师府走去。

上清古街沿着泸溪河而建，东西走向，贯连整个上清古镇。整条街道长条青石铺路，两旁辅助于鹅卵石，沿街两旁都是商家店铺。当地的老乡们沿街摆摊，叫卖着当地的风俗小吃和土特产，如天师板栗、上清豆腐、粗盐炒鸡蛋、干笋、石斛、鱼干等。莫同尘和桂春梅沿着青石路，穿过鳞次栉比的古建筑和沿街的叫卖声，很快就来到了天师府门前。

天师府全称“嗣汉天师府①”，亦称“大真人府”，是历代天师生活起居和祀神的场所，是一座王侯等级的府邸。

天师府，坐北朝南，门临泸溪河，碧瓦红墙，丹盈朱扉。门前有一对石麒麟护卫，两边红墙左书“道尊”，右书“德贵”。大门上悬“嗣汉天师府”直匾，门前的抱柱楹联“麒麟殿上神仙客，龙虎山中宰相家”为明朝书法家董其昌手书，彰显了张天师显赫的家世和尊崇的地位。

没有在门口停留，莫同尘和桂春梅直接检票进入天师府。

进了天师府大门后，迎面就是一座巨大的汉白玉仪门牌楼，牌楼上浮雕图案繁复精美，浑雄威武。中间的青石甬道直通百米之外的二门。在仪门和二门之间，甬道的东侧是玄坛殿，西侧是法箓局。而仪门的两侧则是庭院，松柏、竹丛、花草、凉亭、十二生肖雕像，整个庭院一派清幽雅致的布局。

不过，桂春梅并没有领着莫同尘穿过仪门，而是在仪门前右拐，走进了东边的庭院。第二幅画“老君授箓”就在庭院北侧的墙上。

这面墙上，一共画了三幅壁画，描述的是张天师感通太上老君，老君亲临，授以《正一盟威妙箓》等经书，以及天师作法降妖除魔的故

---

① 嗣汉天师府，因元世祖忽必烈封三十六代天师张宗演为嗣汉天师而得名，其意表明天师自东汉开始，代代相袭，道脉悠长。而到明朝朱元璋时，四十二代天师被封“大真人”，天师府一度被改称为“大真人府”。“真人”在道家指的是“修真得道”或“成仙”的人。

事。张和光所描绘的那幅“老君授箓”就是正中间的那幅壁画。

莫同尘拿出爷爷的手绘画，与壁画做了对比，发现手绘画完全就是这幅壁画的复印版。然而，莫同尘依然看不透爷爷的意图，只能又求助桂春梅。

桂春梅告诉莫同尘，在东汉汉顺帝汉安元年，也就是公元142年的元宵节，当时已经109岁的张道陵，自言感通太上老君，得授以《正一盟威妙箓》等经书，然后又自著《老子想尔注》等经书，之后创立道教。

其实，在张道陵创立道教的过程中，尤其是在汉顺帝时期的公元142年到公元143年这两年，张道陵曾多次自言太上老君下凡，亲授其经书、法术、法印、法剑等，助其创立道教。张道陵也因此奉老子的《道德经》为道教的主要经典，并尊奉老子为教主。

莫同尘听完，除了觉得太上老君这“快递老哥”送东西有点丢三落四、拖拖拉拉外，其他的仍然找不到头绪。他盯着这幅壁画看了一阵，又看看旁边的两幅，之后返回来又看这幅，隐约感觉哪里不对，但又说不出来究竟哪里不对。

这时，桂春梅示意莫同尘看旁边不远处的凉亭，告诉他那里是钟亭，大上清宫铜钟就存放在那里，而今天早上丢失的那对龙头，就是这个大铜钟的钟钮。既然壁画看不出玄机，莫同尘便决定去看看这铜钟。二人向钟亭走去，远远地，莫同尘就看到钟亭下那口高达三米的巨大铜钟。

这口被誉为“天师府镇府三宝”之一的大铜钟，是由第四十代天师张嗣德于元顺帝至正十一年（1351）铸造的。元顺帝是元朝的最后一个皇帝，而“至正”是元顺帝的最后一个年号。

当时的元朝即将灭亡，大上清宫又遭火灾，按照以往的惯例，元朝政府肯定会拨款重新修建大上清宫，这样的事在之前发生过好几次。但这次元顺帝却有心无力，可他还是想借天师之力来祈求风调雨顺、皇图永固，挽回皇朝即将灭亡的局势，于是在无力重修大上清宫的情况下，拨款铸造了这口大钟。

莫同尘隔着围栏端详着这口巨大的铜钟。钟上的铭文记载，这口钟用青铜九千斤，钟长一丈，钟围一丈八尺，钟厚三寸八分。钟上四百余字的铭文由临川进士朱夏撰写，方从义[①]手书，讲述了铸钟的原委、经过和尺寸。除此之外，在钟的四周还铸有篆书“大道兴行”“风调雨顺”“国泰民安”“皇图巩固”等吉祥颂词。另有祥云、月宫玉兔、雄鸡等图案，表示撞击的时间是雄鸡报晓、晨光初露时，且钟声可远播九天。

莫同尘知道钟不仅是寺院、道观的重要法器，且对古代政权的“皇

① 方从义（1302—1393），江西贵溪人，元末著名画家、书法家、道士，善画，又兼工诗文、书法，至今北京故宫、台北故宫博物院、上海博物馆还收藏有其多件作品。

图巩固”具有重大的象征意味，往往越重越大的钟，这种象征意味越浓烈。这恐怕也是当时元顺帝选择铸造铜钟的原因吧。

莫同尘同样知道，1351 年对于当时的元朝和后来的明朝意味着什么。这一年，元朝一个看似再正常不过的民生决定，成了压垮骆驼的最后一根稻草。

这一年，元朝终于下定决心，开始治理已经决堤九年的黄河，希望能因此国泰民安，平缓沸腾的民怨。

但由于元朝政府的腐败，治理黄河不但没能去除天灾，反而又平添了人祸。一个叫韩山童的人在和工友疏通河道时，挖掘出一个独眼石人，应验了元末广为流传的那句谶语“莫道石人一只眼，挑动黄河天下反”。借此，韩山童、刘福通等人振臂一呼，揭竿而起，史称“红巾军起义”，掀开了元朝覆亡的序幕。就在第二年，一位名叫朱重八的落魄和尚，在走投无路的情况下加入义军，真正的“明王”出世了。

看着眼前这口巨大的元代铜钟，莫同尘似乎找到了和爷爷的一点

联系。爷爷是文物鉴赏专家，尤其对元末明初的文物和历史感兴趣，据说这是和爷爷祖上的一位先人有关。这位先人曾经在元末明初的统一战争中起到过关键性作用，可以说是完全扭转了战争的走向，甚至是历史的走向，但在正史上却被描述得相当诡异。这也是爷爷走上文物研究这条道路的原因，他希望能在诡异的历史记录背后，穿越重重迷雾，找到真相。

这使得莫同尘更加相信，爷爷这次来龙虎山是为了某件能揭开历史真相、还原历史场景的文物而来。难道就是这口铜钟？这就是龙头，也就是这口钟的钟钮丢失的原因吗？什么人会阻止一个老教授再正常不过的学术研究呢？

莫同尘抬头望向钟顶的钟钮，如今只剩下龙身，两端的龙头早已被敲掉。莫同尘询问桂春梅有关龙头的故事。

桂春梅告诉莫同尘，听村里人说，“文革”期间，大上清宫的钟楼被毁，这口大铜钟也被弃之荒野，一直没人照管。后来铜钟的龙头被当地一位村民锯掉，偷偷卖入南昌文物黑市。在被文物贩子几经倒手后，这对龙头最终被国外一名神秘收藏家购得，就在这名收藏家带着龙头在厦门海关出关时，被我国有关部门侥幸追回，而那名神秘收藏家却不知所踪。之后，这对被追回的龙头被移交天师府保管，大铜钟也被移至天师府内，还建造了钟亭保护起来。

这对龙头因为这次丢失和走私，而声名大噪，被传得神乎其神，和这铜钟一起成为天师府内人气最高的文物，几乎是每个来天师府的游客必看的项目。据说黑市上有人宣称，光这对龙头就值两个亿，也不知道是真是假。

“这个龙头有什么特别用途吗？”不知道什么时候，莫同尘和桂春梅身旁多了两位听众。铜钟是游客来天师府必看的项目，钟亭自然也熙来攘往，不时有游客来来去去，桂春梅倒是也没在意。但当站在身后的塔纳托斯开口时，桂春梅还是吓了一跳，尽管这个死神的声音听起来和气谦逊。

“没有吧，就是装饰用的吧。”桂春梅扭头回答他的问题。而这位老人身边的美女似乎对这个问题不感兴趣，自顾自拿着手机，四处拍着照，像一名什么都不关心，但又什么都不想落下的游客。桂春梅望着眼前这对男女，觉得好像在哪儿见过。

这时，一位导游举着小旗子过来，招呼自己带的游客来看这口大铜钟。游客们围到铜钟前，导游开始通过扩音器讲解。

“其实，我也不太懂，你可以问导游。”桂春梅微笑地向面前这位老人建议。

突然，桂春梅口袋里的手机振动起来，紧接着铃声也响了。桂春梅招呼莫同尘离开钟亭，沿着钟亭东边的小路向天师府里面走去。

走出不远，桂春梅忍不住回头去看刚才那对男女，两个人还在钟亭的人群里。那老人正目送他们离去，就像看自己背着书包乖乖去上学的孙子。看见桂春梅回头看他，那老者伸起两根手指，向她做了一个优雅又略带夸张的绅士致意。

“想起来了！”桂春梅脑中灵光一闪，但还来不及多想，因为口袋里的手机还在振动，铃声还在响着。

8. 朱元璋

桂春梅领着莫同尘离开钟亭，顺着东墙边的小路，穿过一道小门，一路向天师府的二进院，也就是天师府的中心大院走去。

这期间，桂春梅的手机一直在响，似乎她不接，对方就不死心。桂春梅隐约猜到了是谁的电话。

桂春梅领着莫同尘走进天师府的中心大院，找到一个僻静角落，示意莫同尘不要吭声后，才拿出手机。莫同尘看见屏幕上显示的来电人是“许大傻”。

桂春梅往一旁挪了几步，开始接电话，开口就显得不耐烦：“干吗？”

“今天早上你去张和光房间干吗？”

“我哪天不去呀！”

许文涛本想在电话里诈一下桂春梅，看她会有什么反应，以验证一下自己的推测是不是对的。为此，他还特意省去了以往一打电话就先问桂春梅妈妈身体情况的套路，没想到还是被桂春梅怼了个措手不及。

“那，那早上那个男人是谁？”这是许文涛最关心的问题。

“哪个男人哪！”桂春梅故意拉长了声调，同时看向一旁的莫同尘。

“就是今天早上，你们一块儿坐电梯去五楼那个……”

“你监视我！你个变态你个流氓，我开房去了你满意了吗？”桂春梅说完自己都脸红了，连忙往一旁又多挪了几步，生怕莫同尘听见。莫同尘则假装什么也没听见，眼睛望向另一侧。

莫同尘瞅见不远处有一块巨石伫立在开阔平坦的院子里，显得非常突兀。巨石上从右至左写着七个红色大字——永掌天下道教事。对于这七个字的来历，莫同尘还是知道的。

1368 年，也就是洪武元年，朱元璋在南京正式登基称帝，第四十二代天师张正常奉旨去南京入朝祝贺。对于张正常来说，这就像老友会面，因为这已经不是他第一次见朱元璋了。

早在 1361 年，朱元璋刚刚攻取江西，还自称吴王时，就曾派人带着重礼去龙虎山寻访天师。天师张正常则送了他一道“天运有归”之符，朱元璋很是高兴。

之后，朱元璋多次召见张正常，且多次在众人面前表达出对天师道法的仰慕之情。那可是变着花样地夸赞，比如说你们家祖天师的道法真是太牛了，都得到了鬼神的相助，一呼一吸间天地为之变色，众雷霆之神莫不听命。即使张正常觐见朱元璋时，带了一些山货土特产作为礼物，朱元璋也是一顿猛夸：“哎呀，老张啊，你这‘奇香素罗之献’真是太有诚意了，看来你这龙虎山好东西还真不少哇！”充分展现了曾经的放牛娃高超的捧人功夫。

除了会说话，朱元璋还深谙礼尚往来、投桃报李之道。

1365 年，张正常又一次奉旨到南京觐见朱元璋，被安排住进朝天宫。老百姓听说天师来了，纷纷上门求符。可求符的人实在太多，张天师即使是八臂哪吒也画不过来。

这时，朱元璋“报李”的机会来了。他先让天师制作巨符，投入朝天宫的水井里，然后又命人将“太乙泉”的牌子挂在井边树上。老百姓知道了，争先恐后地去取井水，很快井水就干了，连井底下的泥都被人挖走了。而连泥都没挖到的人，不甘心地守在原地，请求天师府再施符水。朱元璋看着差不多了，就赶快放天师回了龙虎山。这叫什么？用现在的话来说，就是成功的事件营销和饥饿营销哇！

在正式称帝前，朱元璋和天师俩人就这样你情我愿，“相亲相爱”着，毕竟是不是真命天子，得天授命，天师的话和符还是很有分量的，更不要说在争夺天下的过程中，天师也是出过很大力的。

所以，张正常这次去南京祝贺朱元璋登基称帝，其实就是“替天授命”给朱元璋，向上天通告这个曾经叫朱重八的人，现在是真命天子了，是您老人家在下界的代理人了，麻烦您登记一下，以后就保佑他天下太平、皇图永固吧！

而对于朱元璋这次会如何待他，有什么反馈，张正常还是能预料到八九分的。可惜他真的只是猜到了八九分，剩下的一两分没有猜到。

话说张正常到南京后，事情一开始还都在他的预料之中。办完正事，君臣都很高兴，朱元璋对张天师又是一番溢美之词：“你老张家在历史上可是功劳大着哩，可以和孔子世家并提，我提议以后咱们就北孔南张，两大世家这么叫了！”于是，就有了今天“北孔南张，两大世家”之说。

夸奖赞美完，就开始封赏。朱元璋封了张正常二品官，赏了银子，又免去天师府的徭役，最后干脆大手一挥：“得，老张啊，干脆以后你就‘永掌天下道教事’吧！这以后道教的事，你说了算，你就是老大，行不行？”

到这里，一切事情的发展还是符合预期的，君臣也是其乐融融，但张正常还没来得及叩拜谢恩，朱元璋又来了一句：“老张啊，问你个事呗！”

“皇上，您说！”

“这天还有老师吗？”

张正常有点蒙，还没等反应过来，朱元璋又说了：“得，以后你就别叫天师了吧，改称大真人吧！”至此，这“嗣汉天师”的名号就这样被朱元璋莫名其妙地撸掉了。虽然在称帝前，朱元璋自己也“天师、天师”叫个不停，但是现在谁也不许叫了。

天师府也因此被改成“大真人府”。要知道，“真人”在道教里是一个常见的称号，加个“大”也无非表示比别的真人“大”一点，那和“天师”可是不能比的。

更令张正常始料不及的还在后面，他这边刚咬着牙谢完“吾主隆恩”，返回龙虎山，朱元璋转头就让礼部建立了一个叫“道符箓”的机构。干吗用？就是专门管理天下道士的机构，说好的“永掌天下道教事”瞬间就变成了一种荣誉称号。

过了一段时间，朱元璋觉得还不过瘾，又特意下了一道圣旨给天师府，彼时应该叫大真人府。大意是说，“朕听说，古时候天底下的万民，可分为四类，士农工商而已，到了汉代又增加了和尚和道士两类”。这话里的意思，大家都明白，那就是说：“不管你是和尚还是道士，你们都是老子的臣民，都得听我的，是不是这个道理，你们感受下！”

从此以后，大明朝的皇帝和天师府的“相爱相杀”就开始了，以后历代的明朝皇帝，都基本上延续了朱元璋这种“相爱相杀”“明升暗降”“明褒暗控”，看似矛盾又纠结的政策。

表面上看，明朝给了天师府极致的恩宠，不但将道教提名为国教，各种赏赐晋封，还安排皇室联姻，先后将多位王公贵族的女儿下嫁给历代天师。

但另一方面，明朝又对天师府严加控制，使其不得随便招录道士，严禁随便出度牒，而且多个皇帝用“坐不法”的罪名，惩罚了多位天师，到后来干脆开始外迁天师族人，将他们迁到朱元璋的老家凤阳附近生活。

自朱元璋开始，明朝皇室对天师府这种摇摆不定、恩威并施的政策，也让许多历史学家跟着纠结不已，不明其理。因为哪怕是朱元璋薄情寡义，坐稳天下后翻脸打压道门势力，那也是说不通的。那样的话，按照朱元璋的性格，完全可以直接冷酷打击到底，根本没有必要明里一套暗里一套。

莫同尘记得小时候曾听爷爷说过，朱元璋之所以对天师府如此纠结和喜怒不定，是因为他可能有什么把柄在天师手里，或者在某方面理亏受制于天师，才使自己和后来的明朝皇帝们对天师府恩威并施，不得不采取这种既安抚又警觉的态度来维持某种平衡。可惜，爷爷的这种观点并不被学术界所认可，大家都认为他异想天开，胡说八道，为此爷爷还愤恨了许久。只是这件事已经过去很久了，自己只有模糊的印象，不知道爷爷现在怎么看待。爷爷会是因为这件陈年学术争端来龙虎山吗?

其实，现在的莫同尘只猜对了一部分，张和光来龙虎山的原因要比这复杂又诡异得多，而这一切的肇始都发生在刚才那口铜钟铸造之时，只是现在他绝不会想到。

桂春梅打完电话，向莫同尘这边走过来。不用问，光看桂春梅的表情莫同尘也已经知道了大概，她的表哥许文涛已经知道了他的存在，这就意味着警察也知道了。

因为无法隐瞒，桂春梅向许文涛承认今天早上那个男孩是张和光的孙子，是来找张和光的，但她并没有将实情完全告诉许文涛。当许文涛问那个男孩叫什么，后来去哪儿时，桂春梅都推托不知道，更没有告诉他自己现在正和莫同尘在一起。“他说，如果再看见你，让你尽快去找警察说明情况……还说，警察不会放过一个坏人，也不会冤枉一个好人。”

莫同尘知道自己时间不多了，事情对自己愈加不利，除了要尽快找到爷爷，这期间还要尽量躲开警察。他必须在警察找到自己之前找到爷爷，否则同样是嫌疑人的自己，可能再无行动自由去找爷爷，爷爷就会更加危险。

“鹤鹿蜂猴在哪儿？”莫同尘问道。

“我带你去。”桂春梅带着莫同尘绕过那块“永掌天下道教事”的巨石向私第府走去。私第府是历代天师和家眷的生活起居之所，是天师府的第三进院落。

路上，莫同尘隐秘地把手机关机，取出SIM卡扔进垃圾桶，路过一个大樟树时，将手机放进樟树洞里藏了起来。

既然警察已经知道了自己的存在，那么手机就有可能暴露位置，还是小心点好。而且，既然许文涛能通过酒店监控找到自己，那他也能通过监控再次发现自己的行踪，看来得尽量避开监控走了。莫同尘不动声色地瞟了一眼布置在墙上的摄像头。

第三章　图画的规则

叶钧仔细比较了一下照片和手绘画，还真是这样。照片上，三足乌右下方有七个圆点，自上而下分别组成一个正三角形和一个Z形，即最上面的三个圆点连成正三角形，下面的四个圆点连成英文字母Z形。而在手绘画上，不仅七个圆点变成了六个，而且排列形状也变了，看起来像是一个竖起来的勺子，或者鸭舌帽挂在墙上。

1. 天眼

龙虎山游客中心三层数据中心。

许文涛打完电话后陷入了沉思："既然早上出现在酒店大堂的男孩是张和光的孙子，那么这两个人又是谁？"

许文涛面前的电脑上正播放着一段在华泉酒店电梯里拍到的监控视频。电梯里的一对男女淡定从容、姿态优雅，像是两个归国度假的华侨。但是两个人出现在电梯里的时间实在有点巧合得不可思议。

凌晨 4 点 57 分，在华泉酒店五层楼道监控被人破坏后不久，两个人就进入电梯去往五层。大约十五分钟后，也就是在桂春梅和张和光孙子乘坐电梯去往五层后不久，这对男女又从五层乘坐电梯下来。诡异的是，他们从五层乘电梯下来后，并没有像普通的客人那样穿过大堂，走出酒店，而是就此失去了踪迹。

"他们是谁？张和光的房间是他们盗窃的吗？从他们乘坐电梯下楼的时间看，梅梅是不是应该在楼道里碰到过他们？"可惜刚才在电话里，许文涛还没来得及问就被桂春梅挂断了电话。

数据中心的前门被人推开，许文涛的下属林谦兴冲冲地走了进来。门刚关好，林谦就开始向许文涛卖关子："涛哥，你猜我打听到了什么？"

“快说！”今天早上从华泉酒店回来后不久，许文涛就打发林谦以送资料的名义去夏所长那里打探消息，看看案情有没有什么新的进展，而他自己则蹲在数据中心调看酒店的监控录像。他相信在监控录像里一定会有所发现，事实也确如他所料。

林谦端起许文涛桌上的半杯茶水猛灌了一口，然后伸出右手的食指在嘴里沾了沾，接着在桌子上先画了一个圆圈，然后又在里面打了一个“×”。林谦抬起头神秘兮兮地望向许文涛：“知道这是什么吗？”

“说！”许文涛当然知道这是敕书阁二层方桌上那个被人蘸着茶水画下的符号。

“天眼。”林谦被许文涛弄得索然无趣。

“天眼？”

“对，也叫赫尔墨斯之眼。”林谦拿起茶杯又喝了一口，不轻不重地说道。

许文涛听说过这个名字，他感觉自己瞬间如坠冰窟。赫尔墨斯之眼，犹如自己遥远童年的黑暗童话，虚无缥缈又十分恐怖。它绝对是全世界文物工作者的梦魇。这个只存在于传说中的组织，许文涛从来没有想过自己会在现实中碰到。

赫尔墨斯之眼，也被称为“天眼”，是国际上一个臭名昭著又神秘莫测的文物猎取和走私集团。据说这个集团势力非常庞大，行事却非常诡秘，基本上操纵了全球的文物走私市场。每年都有大量的出土文物在这个集团的操纵下，于全球各地的文物黑市上进行交易。很多历史上神秘消失的珍奇文物，如北京人头盖骨、普鲁士琥珀宫等，据说都和他们有关。也有传言说，20 世纪 20 年代，在孙殿英盗取慈禧太后陵墓的前后，也有人发现了天眼的踪迹。不过，这些大多是无可考证的坊间传说。

因为从世界各地的传说来看,这个组织应该已经有几百年的历史,但是没有一个人能真正说清楚他们的底细：他们究竟是如何运作的,他们猎取文物的目的何在？只是简单的买卖牟利,还是另有其他目的？

许文涛最早知道天眼的存在，还是在一次文物保护的培训中，培训老师在课间闲聊时提到的。据那位老师讲，即使是国际刑警，也对这个神秘的文物盗猎集团知之甚少。国际刑警曾经对其传说中的总部所在地荷兰阿姆斯特丹进行过秘密侦查，最后却以一无所获，不了了之收场。

从此，许文涛就对这个组织有了印象。培训回来后，许文涛曾经一度想搜索这个组织的资料进行研究，但就像大海捞针，收获甚少，除了上面那些真假虚实难证的传说，实质性的信息几乎没有。许文涛甚至一度认为，这个天眼真的只是一个传说，并没有在现实中真实存在过。没想到，今天却被自己遇上了。

“你还打听到什么？”

“听他们说，这个组织的成员基本上都是混血的华裔，还说他们相传是明朝一支锦衣卫的后裔。”

“混血？锦衣卫的后代？”

“他们是这么说的，不知道他们从哪儿知道的。”

许文涛顾不上再听林谦说什么，连忙趴在桌子上开始操作电脑，将刚才的监控视频回放，并局部放大。

“你看看这两个人！”

许文涛和林谦盯着电脑屏幕上的那对男女。中国人的模子里流露着一股异域的风情，尤其是那上了年纪的男子，灰白相间卷曲的头发，闪烁着蓝色光彩的双眼……

“天眼！”二人脱口而出。

许文涛完全没有料到会是这样。如果连传说中的天眼都参与进来了，那事情一定比设想的要复杂难处理得多。这可不只是找一个退休老教授那么简单了。

许文涛决定立即去夏所长办公室一趟,将自己所获的信息告诉他。既然天眼的人早上5点去过张和光的房间，也就意味着他们的目的也许还没有达到，那么他们很有可能还在龙虎山。

2. 鹤鹿蜂猴

天师府，私第府前院内，莫同尘和桂春梅正站在进门影壁后面，观看镶嵌在上面的“鹤鹿蜂猴”石雕。

这块石雕看上去已经很有年头，被人摸得油光锃亮。桂春梅解释说，这块石雕上的图案代表两层意思：一方面指天师具有高官厚禄的尊崇社会地位，另一方面体现的是自然之道。

石雕上的鹤、鹿、蜂、猴四种动物，分别用其名字的谐音厚、禄、封、侯，来代表多财又高官之意，象征着天师一族受历代朝廷恩宠，高官厚禄的显赫社会地位。

而在石雕上，除上面的四种动物外，还有梅、兰、竹、菊、青松、灵芝、太阳、岩石等图案，象征着春夏秋冬、光明、永生、祥瑞等寓意。在道家看来，“道”既以自己的功能化生它们，又以自然之法哺育它们，使它们自然生长，和平相处，各得其乐，体现了人法地、地法天、天法道、道法自然的道家思想，也反映了人们对美好生活的追求。

莫同尘听着桂春梅的解释，伸手去抚摩这些已经被摸得油光润滑的石雕图案。在这些图案的沟沟坎坎里，被祈福的游客见缝插针地搁上了许多一毛、五毛、一块的硬币。

这已经是第三幅了，但莫同尘还是没有发现画中的玄机。莫同尘抚摩着松树下矫健欲奔的梅花鹿，眼睛却盯在旁边的梅花蜜蜂上，一群蜜蜂围绕着盛开的梅花上下纷飞。

“不对。”突然莫同尘说道。

“什么不对？”桂春梅问。

“蜜蜂的位置不对。”莫同尘说着从背包里掏出那幅“鹤鹿蜂猴”手绘画，开始仔细比对起来。画上的蜜蜂数量和位置确实和石雕上的不一样。

在这块石雕上，一共有十一只蜜蜂，沿着梅花的枝丫在其上方按

英文字母“F”的形状分布排列。而爷爷留下的手绘画上却有十六只蜜蜂。这十六只蜜蜂在梅花上方组成一个蝙蝠的形象，蝙蝠的头朝下冲着梅花，像是要飞去采蜜。

桂春梅拿过莫同尘手中的画也仔细比对了一遍，蜜蜂的数量和位置确实不同。手绘画上确实多出了五只蜜蜂，而且蜜蜂的排列位置像是两个上下相对的“W”，确实很像蝙蝠形状。莫同尘和桂春梅拿着手绘画再次仔细比对着，希望能发现更多的不同。

私第府的前院正殿是三省堂，原是历代天师接待道教人士及政府官员的地方。现在殿中供奉着三尊神像，中为祖天师张道陵，左为第三十代天师张继先，即《水浒传》中提到的“虚靖天师”，右为第四十三代天师张宇初，他是一位才华横溢的天师，对浩瀚巨著《道藏》等传世经典的编撰具有卓越的贡献。

三省堂的殿门正对着进口处的影壁，二者相距约十米，中间隔着一个做工考究的高大铜香炉。香炉中，善男信女们点燃的香烛烟雾缭绕，氤氲蒸腾。如果这时候，莫同尘和桂春梅转身向三省堂望去，他们就会看见刚才在钟亭里碰到的那对男女——死神塔纳托斯和睡神修普诺斯。

死神正饶有兴趣地观赏着三省堂里那块神奇的“迎送石”。在三省堂门内的地上，有一块直径一米左右的绿色圆形磐石，上面天然的太极图纹隐约可见，被称为“迎送石”①。历代天师在此迎接客人，送客也到此止步，无论是谁，官职多大、声望多高，天师都不会再往前迎送一步。

① 整个天师府是按照八卦布局建造的，这块“迎送石”就是这一巨大八卦的“阴中之阳”的阴鱼之眼，而另一个“阳中之阴”的阳鱼之眼，则是天师府玉皇殿前的那口“灵泉井”，整个天师府的建筑以二者为中心，分别排列在不同的卦位上。

一旁的睡神似乎对这些没什么兴趣，拿着手机自顾自地在殿门口附近拍照。尽管殿内明确提示“禁止拍照”，她还是不管不顾。一位年轻的道士想制止她，被她射过去的眼神收服，只能任她去了。

此时已是上午10点多，秋日的阳光还没能爬进这个古朴幽静的小院，石板间的青苔依旧宿醉在昨夜的秋雨里。香烛烟云升腾，确实别有一番意境，是拍照的好时刻。可惜，莫同尘和桂春梅却无心欣赏。很快，他们得出了结论，眼前的这块石雕和手中的手绘画相比对，仅仅只有蜜蜂的数量和排列位置不同而已。

“也许不是这块……”桂春梅思考后说道。

“还有别的吗？”

“留侯家庙的影壁上也有一块这样的石雕画，看起来一模一样，也许你爷爷画的是那一块呢！”桂春梅说着，拉起莫同尘就走，“我们去那边看看。”

莫同尘制止了桂春梅，悄声问道：“灵芝园是不是就在这里？”

桂春梅点点头：“你想……”

莫同尘恳切地点点头。桂春梅四下望了望，示意莫同尘跟自己走。

3. 不速之客

天师府是一座三门三进院结构的王府式建筑。从天师府大门到二门是第一进院落，主要的建筑有玄坛殿、法箓局、钟亭等。二门到私第府之间的区域是第二进院落，也是整个天师府的中心院落，其核心建筑就是处在中轴线上的玉皇殿。而玉皇殿后面的私第府，是天师府的第三进院落，是历代天师日常生活起居之所。

私第府又分为前中后三部分，分别称作“前厅”“中厅”和“后厅”。前厅就是三省堂部分，相当于天师的客厅，用来接待迎送客人。灵芝园则在私第府的后方，和后厅相连。

桂春梅领着莫同尘从三省堂径直向最后面的灵芝园走去。经过中厅时，正有一大群游客在听导游讲述脑袋上方、二楼上那个只可远观而不可进入的狐仙堂[①]的故事。

不过，在人群中有一个人的心思却不在故事上。当看见莫同尘和桂春梅从人群中穿过去后，此人也一副志在必得抓小鸡的样子，不声不响地跟了上去。

桂春梅和莫同尘直奔后厅而去，后厅里也有一群参观的游客。混在人群中的桂春梅和莫同尘看见灵芝园已被关闭。

灵芝园的八卦门前已经拉起了警戒线，旁边的告知牌上写着：“闭园修缮，谢绝参观。”门外，则有两名保安人员守卫着。

一位导游站在后厅到灵芝园的门口，指着灵芝园八卦门上的二龙戏珠雕塑问大家是什么。“介不就是皮皮虾打球嘛！”一名年轻的游客应和道，人群中随即响起一阵哄笑声……

“走，去后花园看看。”桂春梅领着莫同尘走了，从中厅跟过来的那人也尾随离开，导游则还在讲述二龙戏珠的故事。

① 狐仙堂是历代天师供奉狐仙的地方，至今未对外开放，禁止参观，算得上是天师府里最神秘的场所之一。狐仙堂常年上锁，相传钥匙由历代天师亲自掌管，平时只能天师一人进入，其他人严禁进入，即使是天师的妻子、儿女也不得登楼半步。至于降妖除魔的天师为何会在自己的私第供奉“狐仙”，虽有各种美丽的传说，但并不能打消人们的困惑，甚至被疑为天师“金屋藏娇”。美丽的传说、神秘的禁忌、花边的风流韵事，使狐仙堂成为天师府最有“话题”的景点之一。

4. 伎俩

桂春梅领着莫同尘返回中厅，右拐，沿着巷道一直向西走，路过讲经阁，穿过一道小门，就进入了后花园。

后花园也叫“百花园”，原是天师的私人花园，现在已经开放供游客参观。但由于这里是天师府的最西北角，位置偏僻，尽管古树参天、奇花异草，还时常有白鹭盘旋于空中，却很少有游客到此游览。

后花园西侧是天师书院，北侧是百花塘，也叫真武池，原是天师的放生池，东侧就是灵芝园。后花园留有一小门可以直接进入灵芝园。桂春梅原本打算领着莫同尘从这个小门进入，但当两个人到了后花园才发现，这个小门也有人看守着，这下可犯了难。正当两个人躲在角落里商议怎么办的时候，突然背后传来一个声音：“把龙头交出来，我就放了你爷爷！”

还没等莫同尘反应过来，桂春梅早已转身冲着对方脸上就是一顿“九阴白骨爪”，招式之凶猛，犹如狂风暴雨，对方白净的脸上顿时“桃花灿烂”，在慌乱的应付中，还被桂春梅狠狠地掰住了手指。

“哎、哎，姐姐、姐姐饶命、饶命……”看见桂春梅没有松手的意思，这哥儿们又向莫同尘哀号，“老莫，快让她松手，啊……撅折了……”

一切发生得太快，就像龙卷风，莫同尘这时才看清对方是谁。“大叶，你怎么来了？”莫同尘赶快示意桂春梅，桂春梅这才松了手。

“这大姐哪儿的呀！咋这虎呢！”叶钧一边揉着自己的手指，一边瞅着桂春梅，感觉脸上也火辣辣的。桂春梅站在一旁瞪着他没说话。

“大叶，你怎么到这儿了，不是在南京吗？”看见好友突然出现在自己面前，莫同尘又惊又喜。

“你说你也是，怎么不接电话呀！”叶钧看起来很生气，但一生气这脸上更火辣辣的疼。“哎呀……我不来你能行吗？你看爷爷丢了吧！”叶钧边说边轻轻地摸自己脸上的血道子。

“大叶，我给你介绍一下，这是桂春梅。春梅，这是大叶，叶钧……”

“大姐，你好！”叶钧拿手机当镜子照着自己的脸，看都不看桂春梅一眼。

“大叔，你好！”桂春梅也不是吃素的。

“我去，我要……我要投诉你，导游挠人。”叶钧被桂春梅这么一反击，脸上更“桃花灿烂”了。

“哼，我又不是导游！”桂春梅觉得叶钧太嫩了。

“那你是啥？保洁阿姨呀！”

这下把桂春梅激怒了：“我保洁你全家……”说着，又要上去挠人。

莫同尘赶快劝合：“哎、哎，人家是酒店的。”

“酒店？你们在酒店做什么呀？”叶钧看见自己脸上没啥大碍，又来精神了。

“你瞎说什么呀！人家是我爷爷住的酒店的工作人员，是好心过来帮忙的！你又是来干吗的？”莫同尘问道。

“过来帮忙啊！没我你行吗？”叶钧整理了一下头发，从自己的背包里掏出一副墨镜戴上，摆出了一个耍酷的 pose。旁边的桂春梅一脸的嫌弃。

原来，早上叶钧给莫同尘打完电话后，也觉得事有蹊跷，就不放心莫同尘这个书呆子，怕他人生地不熟，别自己再出点什么事，于是觉都没睡，连夜跑到机场挨到天亮，坐最早的飞机飞到南昌，再从南昌机场打车一路狂飙到龙虎山。为了能快点赶到龙虎山，叶钧给了司机三倍的车费。

在打车来龙虎山的路上，叶钧又特意给莫同尘打了一个电话，果然出事了。莫同尘爷爷不但失踪了，还成了一桩杀人盗宝案的嫌疑人。可是，等叶钧到了龙虎山，再打莫同尘的电话就打不通了。情急之下，他记得莫同尘说过要去天师府，而且他也打听到昨晚出事的灵芝园也在天师府里，于是就急匆匆赶往天师府，等到了天师府才发现灵芝园已经关闭了。

凭着对莫同尘的了解，叶钧觉得他肯定会来这里，于是就在私第府里转悠，想着或许能等到莫同尘。果然，叶钧很快在人群中看见了莫同尘和桂春梅。看着他们穿过中厅，走向灵芝园，叶钧就偷偷跟了上去，本想开个玩笑，结果却差点被桂春梅抓成了“五花脸”。

“活该，谁让你鬼鬼祟祟的。”桂春梅嘟囔道。

“你说什么，信不信我拍你照片发百合网。”叶钧扬了扬手中的手机。

“怕你咋的！”桂春梅腰身一挺，更显自己的身段玲珑标致，反而搞得叶钧一时哑口无言。

“行了，行了，别闹了，快想想办法吧！”莫同尘在一旁有点着急。

“干吗呀？”

“去灵芝园哪！”

“他能有什么办法呀！”

“你来呀！”

三人陷入沉默，只能相互看着。

叶钧扒着脑袋向小门的方向望去，那个保安还在门口守着，叶钧觉得应该把他引开。“那边是什么？”

“哪边？”桂春梅反问。

“最里面。”叶钧冲着北边指了指。

“真武池，天师的放生池，再往墙外面就出了天师府了。”

“多大的池子？”

“很大，你要干吗？”

“游泳去！”叶钧说完就站起身来，大摇大摆向花园里面走去，桂春梅和莫同尘都来不及拉住他。“干吗去呀！”

叶钧头也不回，就冲着身后打出了一个响指。莫同尘知道那意思是“您赌好吧”！

叶钧在花园里面东逛西晃，慢慢向最北边的真武池靠近。真武池是一个下陷的长条形水池，如果不走近，在花草的掩映下，很难被发现。真武池在靠近后花园这一侧，修有台阶，可供人到下面的池边小道上游玩。

叶钧站在真武池一米多高的台沿上，望着水面上游弋的鸭子，脸上露出狡黠的笑容。他回头看了一眼保安，纵身跳到下面的池边小道上，弯腰搬起一块大石头，“扑通”一声扔进了水池里。

“哎呀，快来人哪，救命啊！”叶钧一边大声喊叫，一边把自己的背包也扔进池子里。听到叫声，桂春梅下意识想去救人，却被莫同尘一把拉住。莫同尘的脸上则是一副看好戏的样子。

与此同时，守在小门口的保安也听到了求救声，连忙向真武池跑去。等他跑过去，纵身从台沿上跳下，莫同尘立马招呼桂春梅：“走！”

两个人斜穿过花园，向灵芝园的小门跑去……

5. 灵芝园

灵芝园里面空无一人，莫同尘和桂春梅顺利进入敕书阁。

敕书阁还保持着案发时的样子。地上散落着玻璃碎片，滴落在上面的血迹已凝固成红褐色，被甩在展柜玻璃上的血迹也是同样。

莫同尘站在西南角的铜钟龙头展柜前，仔细查看。

展柜正面的玻璃，被人用蛮力砸了个大洞，看起来像一个饕餮怪兽的獠牙巨口。第三十八代天师的酱红色蟒袍还挂在那里，但蟒袍下面，原本摆放铜钟龙头的位置，现在却只剩下介绍牌和一些玻璃碎片。

“真的只丢了铜钟龙头吗？”

“许文涛是这样说的。”一旁的桂春梅回答。

“看来是有目的而来的，不是随机盗窃，也有可能盗窃的人根本不懂文物，只是听说过这对龙头很值钱，所以只挑了龙头拿，而没有拿那套看起来极像戏服的‘衣服’。看这粗暴的作案手法似乎也印证了这一点。但是爷爷怎么会跟这样的人扯上关系呢？”莫同尘思索着，顺着展柜上飞溅的血迹，向旁边的展柜走去。

“这些血是谁的，爷爷的吗？”想到这里莫同尘心里一紧。

对于莫同尘来说，他根本不怀疑爷爷会盗窃文物，他怕的是爷爷会一激动拼了老命保护文物。莫同尘了解爷爷，一辈子跟文物打交道，那种执着和热情，他是从小看在眼里的。想到这里，莫同尘更揪心了，因为他知道糖尿病人的伤口很难愈合，再加上爷爷那么大年纪了……

一旁的桂春梅感受到了莫同尘的痛苦和焦虑，伸手搭在他的胳膊上安慰他：“没事的，我们会很快找到老先生的，吉人自有天相。”莫同尘向她投去感激的目光，刚要张口说什么，叶钧就风风火火跑了进来。

“嚯，这就是天师府博物馆哪！都有什么宝贝呀？降魔剑在哪儿？有没有照妖镜……咦，你们俩干吗呢？”

“那个，你表哥说那个龚道长死在哪里？”

“楼上。”桂春梅抽开了手。

莫同尘决定上去看看，他还是有一个问题想不明白。那就是为什么爷爷昨天那么晚了还来灵芝园，他找龚道长干吗？

“深夜睡不着找人聊天吗？”莫同尘不这么认为，爷爷的作息一向很规律，也不是那种喜欢聊闲天的人，而且从华泉酒店走到这里至少要一个多小时，没有人有这样的闲心。

看见莫同尘和桂春梅往楼上走，在屋子里乱转的叶钧也想跟着上去。对于他来说当然是哪里有热闹就往哪里凑了，结果却被莫同尘给拦住了。莫同尘让他在下面把风，有情况及时通知他们。虽然叶钧嘴上各种嘟囔不乐意，但还是老老实实地留在原地。

对于他这种嘟囔，莫同尘早已听惯，也不再搭理他，径直上楼。倒是桂春梅有些不放心。

“别乱碰啊，都是文物！”上楼时，桂春梅特意叮嘱叶钧。

“文物怎么了，碰坏了我赔，我有钱，哪个最贵给我两个。”

看着叶钧这种生怕没人招惹他的劲儿，桂春梅也懒得再搭理他，跟着莫同尘上了楼。

二楼会客室，桌上的茶水已经干涸，茶叶、茶杯、书籍等物品已经被清理干净，龚道长的尸体也被搬走了，但在他坐的位置，相应地画上了尸体位置线。莫同尘走进会客室，坐在“龚道长”对面的位置上。

“昨晚爷爷是坐在这里吗？他对龚道长说了什么？”莫同尘默默在心里推敲着，站在门口没有进来的桂春梅，安静地看着他。

“你表哥说在这里发现了一张字条，是吗？”

“嗯，他说是在龚道长的口袋里发现的，上面有一行字，但是他没告诉我是什么。”

莫同尘没有再问，他大概已经知道昨晚爷爷来干什么了。“那张字条应该是让龚道长给我的。”莫同尘喃喃自语好像是说给自己听的。

“什么？”桂春梅怕自己听错了。

“我想，我爷爷昨晚应该是有很重要的事情才来找这位龚道长的，那就是他希望龚道长能先保管这张字条，等我来了之后，在适当的时机再给我。这张字条应该是他事先准备好的，就像他画的画、点的歌和发的短信一样。”

“他为什么要这样？”

“因为他已经察觉到了危险。”

“危险？”

“是，我猜我爷爷来龙虎山可能是为了调研某件文物的，也可能就是这个铜钟和它的龙头，但是在调研过程中他却发现了某种危险，基于某些原因，他自己不能解决也不能报警，于是就给我留下线索，希望我能及时赶到帮他处理掉这种危险，而昨天晚上他应该是来委托这位龚道长保管字条的，却没想到那个‘危险’出现了，杀死了龚道长，抢走了龙头。”

“那老先生他……会不会……”桂春梅用眼睛瞟了一眼“龚道长”的位置，没好意思说出来。

“不会！”莫同尘明白她的意思，“如果真和龚道长一样，他们也应该不会把我爷爷的……尸体带走。所以，我爷爷肯定还活着，而且一定还在龙虎山。”

“为什么？”

“因为他们还有求于我爷爷，否则也不会再去我爷爷房间。”

“所以……”

“所以，我们必须尽快知道我爷爷那些画是什么意思，这些问题才能迎刃而解，这是我们现在唯一的机会。”

“嗯。”桂春梅看着眼前这个认识不到一天，不怎么爱说话的男孩，她觉得他们一定能找到张和光。

“走吧！”莫同尘和桂春梅离开会客室，往楼下走去。

走在莫同尘前面的桂春梅，还没走下楼梯，就看见叶钧在鼓捣楼梯旁的那个大陶瓮。只见叶钧弓身弯腰想要把大陶瓮的上半截搬起来。

“别乱碰。”还在楼梯上的桂春梅赶快制止他。

“也不是你家的！”叶钧自顾自仍然要把陶瓮的上半截搬起来。

“那是棺材，天师的瓮棺！”桂春梅情急之下喊了出来。

叶钧“噌”地松了手，然后不知所措地在身上蹭了两下手。“那个……不错呀，你看这荷花梗子跟金链子似的……”

桂春梅跑过去检查陶瓮，确定没有破损才松了一口气：“说了不让你乱碰的！”

“你也没说它是棺材呀！”

“别的也不能碰！”桂春梅真想再挠他一个“桃花开”。

“这瓮棺是什么来头？”莫同尘想起来了，他记得桂春梅曾听他表哥说过，爷爷在这里最感兴趣的文物就是龙头和这陶瓮。这一定是有原因的。

“这是第三十六代天师张宗演的瓮棺，相传天师自感大限将至，就会自己爬进瓮棺，等待羽化。”

“这么神奇吗？”叶钧在一旁插嘴，桂春梅不想搭理他。

莫同尘蹲下来看着这个灰黑色的大陶瓮，上面的仙鹤、莲花等图案古朴生动，似乎象征着驾鹤西去、羽化飞升、清虚仙境之意。

“这位天师有什么故事吗？”莫同尘问道。

“故事……”桂春梅努力回忆自己知道的关于这位天师的事迹，觉得也没什么特别之处。“其实，相较于第三十六代天师来说，他的父亲第三十五代天师倒是更有名气……”

“哦？说说看。”

“第三十五代天师叫张可大，生活在南宋末年，忽必烈统一中国之时。据说，在元朝建立之前，忽必烈曾派人来龙虎山询问天下大势。当时的天师张可大经过夜观天象，纵横推演之后，告诉忽必烈说，二十年后你将统一天下。结果二十年后，忽必烈果真统一了中国。忽必烈因此特别感谢张可大，但等他再派人去龙虎山找张可大时，张可大已经去世，所以一应赏赐都给了下一代天师，也就是张可大的儿子，第三十六代天师张宗演，这个瓮棺的主人。”

“那这第三十六代天师是不是元朝建立后的第一位天师？”

“是，从时间上来说，他确实算是元朝的第一位天师，虽然在元朝前承袭天师之位，但大部分在位时间都在元朝建立后。”

莫同尘站起身来向对面的铜钟龙头展柜走去，桂春梅也跟着过去，而叶钧早就躲着这陶瓮远远的，溜到一边去看展柜里的天师法器。

莫同尘走到铜钟龙头展柜前，盯着原来放龙头的位置看了一会儿，又回头去看对面的陶瓮，他发现这两个器物一南一北正好对应着。他觉得有点不可思议，如果不是人为的，这也太巧合了。

“怎么了，有什么不对吗？”桂春梅问道。

“你不觉得这两件东西摆放的位置特别奇怪吗？”

“有什么奇怪的？”

“北边，瓮棺，元朝开国皇帝和被他敕封过的元代第一位天师。”莫同尘说完又指指放龙头的位置，“南边，铜钟龙头，元顺帝，元朝最后一位皇帝命令天师铸造的铜钟，你不觉得这就是整个元朝一代气数的象征吗？从开始到结束。开始，一个北边来的王朝统一了中国，几十年后，一个南边来的王朝推翻了这个北边来的王朝，重新统一了中国……”被莫同尘这么一解释，桂春梅也觉得不可思议。

一旁的叶钧却不这么认为：“老莫，没这么玄乎吧！这不就是打南边来了个喇嘛，打了北边来的哑巴，喇嘛想要哑巴的喇叭嘛……”叶钧扭着自带节奏的广场舞步，边说边扭着走过来。

桂春梅看着叶钧大脑抽筋的样子就想上去挠他，还好被莫同尘制止了。

“也可能只是一种巧合吧。”但是，莫同尘至少确认了一点，那就是爷爷这次来龙虎山一定和这段历史有关，因为爷爷一辈子最感兴趣的就是元末明初这段历史，而且现在看起来，这件爷爷感兴趣的东西，似乎能影响一个王朝的国运和气数，不仅仅是一件文物那么简单。

事情越来越复杂了……

“老莫，这些你会玩吗？”叶钧指着展柜里形形色色的天师法器问道。

“不会。”

“咱们整一套回去，忽悠师姐怎么样？”

莫同尘无语得真想不认识他，旁边的桂春梅则一脸的厌恶。

这时，屋外有动静，传来有人说话的声音，桂春梅连忙扒在窗户上往外看。

“不好，许文涛！”

但是已经来不及了，许文涛已经走到院子里了。

6. 脱围

半个小时前，当许文涛带着自己的最新发现走进上清派出所，去找夏所长汇报时，夏所长那儿也有了新的发现。

夏所长把刚刚调查到的关于张和光的身份信息告诉了许文涛。

张和光，现年七十三岁，祖籍江西抚州临川人，1960 年考入燕北大学历史系，毕业后留校任教，“文革”期间遭受过迫害，“文革”结束后恢复工作，继续在学校任教，之后被学校返聘，直到今年正式退休。此人一生未娶，但有一个孙子叫莫同尘。

“莫同尘？为什么是不一样的姓？”许文涛听完后问道，“还有这个张和光平时都是搞什么研究的？”

“其他的信息还在调查中。”夏所长表示不知道。

之后，许文涛把自己的发现告诉了夏所长，并认为天眼那两个人和张和光的孙子很可能还在景区内，建议夏所长在景区内偷偷布控，加大排查力度，也许会有收获。

从派出所出来后，许文涛路过天师府，忽然觉得应该再去灵芝园里看一眼，也许会有新的发现，于是就临时改去天师府，直奔灵芝园。到了灵芝园门口，他和看守的下属打了声招呼就进去了。

当他走进敕书阁，看见桂春梅和一个陌生的男子站在里面，猛地吓了一跳。

“梅梅！你怎么在这里？”

“啊……我来看看，看看……”

“你没看见外面的通告，禁止入内吗？”

“那他怎么能进来！”桂春梅指着旁边的叶钧问道。

“你来，我怎么不能来！你让这位大哥评评理，你来我为什么不能来！”叶钧觉得是时候展现自己真正的技术了。

“嘿，你跟我比啥呀！”桂春梅杏眼圆睁，柳眉弯弯。

“咋了，当地人还有特权哪？！”叶钧一副你不服你来咬我的样子。

“你是怎么进来的？”许文涛制止了两个人的争吵。

“走进来的呗，这不是景点嘛，我当然要四处看看哪！”

“你没看见外面的通告，禁止入内吗？”

“没，没有哇，我从那边进来的呀！”叶钧抬手指了指后花园小门的方向。

“表哥，我看他就不像好人，先抓起来再说！”一旁的桂春梅怂恿道。

“哎、哎，别冤枉好人哪，我有票哇！”说着，叶钧从口袋里把门票掏出来，“哎，不对呀，你是谁呀？”叶钧把递出去的门票又收回来。

“整个龙虎山都归我表哥管，你说他是谁！”

“哦，原来是表哥呀，你可不能以权谋私，徇私枉法，冤枉好人哪！”说着，叶钧又把门票递过去，证明自己是正经游客，没有逃票。

这时，从院子里跑进来一个人，正是刚才看守后花园小门的那位保安人员。他手里拎着叶钧刚刚扔进水里的背包，上面还滴着水。看见叶钧后就嚷道：“你怎么跑这儿来了！不是让你在池子边等着吗？”

“翔子，怎么回事？”许文涛问道。

“刚才这位游客的包掉真武池里了，我就去找东西帮他捞，我让他在池子边等着，结果等我找东西回来，他却不见了！这不，我捞上来包后正四处找他呢！”说完，翔子把包递给叶钧，“赶快打开晾晾吧，看看有什么东西湿了。”

“啊，没事，没事，我的包是高级防水的。”说着，叶钧还夸张地拍了拍自己的背包，上面的水珠四溅，一旁的桂春梅一脸鄙视。

叶钧拍完包上的水，从包里掏出一沓子钱来，钱上还扎着银行的原封条，封条上经办人的印章清晰可见。叶钧要把这一沓钱送给翔子。“来来来，谢谢，谢谢！别客气呀！”

“别别别，为游客服务是我们必须做的！”翔子不收。

“那哪行啊！必须收！做好事必须受到表扬，才能人人学雷锋嘛，是不是表哥……同志。”看着翔子坚决不收钱，叶钧又有主意了，“那你把名字和单位告诉我，我给你送一个大大的锦旗，为人民服务！”

“行了，这位游客你可以离开了！”许文涛皱着眉说道。

“我可是真心想感谢咱们这位景区工作人员哪！当代活雷锋，感动中国人……”听见许文涛让他离开，叶钧絮叨着向外面走去。

“等等！”许文涛突然叫住了叶钧。

“我就说嘛，肯定要宣传好人好事嘛！”叶钧又转回身来嚷嚷道。

“你叫什么名字？”

“叶钧哪！怎么了表哥？”

“身份证。”

“这合适吗？表哥……”

“废什么话，赶快拿出来！”看见叶钧又在那里叽叽歪歪，一旁的桂春梅狠狠地瞪了他一眼。

“好！”叶钧说着，掏出身份证递给了许文涛。

许文涛看后，把身份证还给叶钧，示意他可以走了。

“表哥，再见！”叶钧说完，大摇大摆地向门外走去。

等叶钧离开后，许文涛又叮嘱翔子，一定要看好后花园的小门，别再让人进来了。翔子应承后离开，桂春梅也想趁机溜走，却被许文涛拦住了。

“你干吗？我还有事呢！”

“刚才这个人，你认识吗？”

“不认识！”

“真不认识？”

“龙虎山每天那么多游客，我还都能认识呀？”

“你来这干什么？”

“好奇。”

“梅梅，你最好别蹚这浑水，把你知道的都告诉我！”

“我蹚什么浑水了，我知道的不都告诉你了吗？”

“今天早晨，在你带着张和光的孙子去张和光房间之前，还有两个人去过张和光的房间……”许文涛说着拿出手机给桂春梅看了一段酒店电梯里的监控视频，视频里的两个人正是天眼的死神塔纳托斯和睡神修普诺斯。

桂春梅心头一惊，这不是今天早上在楼道里碰到的两个人吗？刚才在钟亭也碰到过……

“你见过这两个人吗？”

“见过，今天早上在酒店五层的楼道里碰见过。”

“是你们酒店的客人吗？”

“不是，肯定不是。”

“确定吗？”

桂春梅瞪了许文涛一眼，她觉得自己的职业素养受到了挑战。作为一名酒店前台工作人员，记住哪些人是自己酒店的客人是基本的职业素养。

“你不相信我，干吗问我？”桂春梅看上去很生气。“走了！”桂春梅说着，噘着小嘴，瞪着圆溜溜的眼睛就往外走。

“梅梅，再遇到他们一定要告诉我！千万别跟他们接触，很危险，知道吗？”背后的许文涛冲着桂春梅叮嘱道。

“有多危险，总不会是杀人犯吧！”桂春梅表现出不屑。

“他们不是普通的杀人犯，他们是天眼！”

“什么眼？”桂春梅扭过身来，看着许文涛。

许文涛沉默了一会儿，然后看了一眼四周确定没人后，一把把桂春梅拽了过来，将自己所知道的关于天眼的信息告诉了桂春梅。听着许文涛的讲述，桂春梅的脸色开始煞白，瞳孔越放越大……

“那，那龚道长是不是……”桂春梅感到自己的后背汗涔涔的。

“普通人怎么可能那么一击致命，又准又狠。”

“那，那张老先生……”桂春梅觉得有点呼吸困难。

“所以梅梅，不管遇见什么事一定要告诉我，也千万别同情心泛滥，千万别逞强！”许文涛深情地叮嘱道。

“知道了，知道了！”桂春梅说着转身向门外走去。

“你干吗去呀？”许文涛在后面问道。

“回家，给我妈做饭去！”桂春梅头也不回地应道，快步向灵芝园外走去。

“替我向舅妈问好！”许文涛冲着桂春梅的背影喊道。

桂春梅走出灵芝园，急匆匆穿过私第府，出了天师府，来到游客熙来攘往的上清古街上。她现在必须马上找到莫同尘，把自己所知道的情况告诉他。

刚才在敕书阁，许文涛进来之前，她急中生智和叶钧一起帮着莫同尘从楼梯后面的窗户跳了出去，让他先去留侯家庙查看另一幅“鹤鹿蜂猴”，并约定稍后在那里会合。

现在看来，这个决定很可能把孤身一人的莫同尘送入了险境。她知道，那两个人，杀死龚道长的凶手，冷酷狠毒的天眼杀手一定还在莫同尘的附近转悠，她必须争分夺秒找到莫同尘。

桂春梅没有时间再想下去，她在上清古街上步履匆匆，甚至有熟人跟她打招呼她都没有听见。

7. 较量

留侯家庙，位于和上清古街相连的一个巷子里，与天师府直线距离仅百余米。

此处，是张天师的祖庙，是天师和其家族祭祀祖先的地方。第一代天师张道陵是“汉初三杰”之一张良的第九代孙，张良因后来被封为留侯，世人便称其为张留侯，所以天师的家庙也被称为留侯家庙。

此刻，莫同尘正站在留侯家庙的院子里，全神贯注地研究影壁上那块“鹤鹿蜂猴”石雕。叶钧则站在一旁，全神贯注地吃着上清板栗。板栗是他刚刚在上清古街上买的。刚刚炒好出锅的板栗，剥起来还有些烫手，叶钧不得不边剥边吹着气。

这一切都被一路尾随而来的死神和睡神看在眼里。只是现在莫同尘和叶钧两人都太过专注，全然没有发现不远处有两个“游客”，正在不时地“观光”他们。

莫同尘发现，留侯家庙这块“鹤鹿蜂猴”石雕和天师府的那块比起来，除了石头的材质不同，以及这块明显相对较新外，其他并没有什么不同。很明显，留侯家庙这块是参照天师府的那块仿制的，在这幅石雕的左下方边缘处还刻着捐赠人的姓名等信息。

当然，石雕上的蜜蜂数量和分布位置也和天师府的那块石雕一模一样，而和爷爷留下的手绘画不同。“这是怎么回事？一定是有原因的。”莫同尘蹙起了眉头。

“怎么样，看出什么门道了吗？”吃着板栗的叶钧问道。

“好奇怪，为什么只是蜜蜂的位置和数量不同？”莫同尘像是在自言自语。

“其他的画都一模一样啊？”叶钧剥着板栗忙里偷闲地问道。

“什么？”莫同尘扭头看向正在忙着的叶钧。

“干吗！要吃吗？”叶钧把剥好的两个澄黄肥大的板栗递到了莫同尘面前。莫同尘经叶钧这么随口一说，忽然想起了什么。他连忙从背包里把“老君授箓”和“丹成龙虎现”两幅手绘画掏出来。然后，他又把今天早上在爷爷房间里捡回来的那沓照片拿出来，翻出一张“老君授箓”的实景壁画照片，开始和“老君授箓”手绘画比对起来。

“我知道了！”莫同尘有点小兴奋。

“知道什么了？”叶钧也凑过来看。

“你看，画面左上角三足乌下面的圆点，照片上左边是六个，右边是七个……”莫同尘指着照片上的白色圆点说道，“你再看这画上，左边是六个，右边也是六个……”

叶钧仔细比较了一下照片和手绘画，还真是这样。照片上，三足乌右下方有七个圆点，自上而下分别组成一个正三角形和一个“Z”形，即最上面的三个圆点连成正三角形，下面的四个圆点连成英文字母“Z”形。而在手绘画上，不仅七个圆点变成了六个，而且排列形状也变了，看起来像是一个竖起来的勺子，或者鸭舌帽挂在墙上。

“这不是北斗七星吗？”叶钧把剥好的板栗扔到嘴里说道。

“你也知道北斗是七颗星啊！”莫同尘摆出了六六六的手势嘲讽道。

“也是，那就是你爷爷忘了，少画了一点呗。”

“你觉得可能吗？”莫同尘像看怪物一样看着叶钧。

“也对。”张和光的认真严谨劲儿，叶钧是领教过的。去年的选修课，张和光虽然没有让叶钧过，但是在试卷上给叶钧做了认真的批改，甚至连一些标点的错误都给订正了，所以张和光绝不会犯少画一点这样的低级错误。“那老爷子这是干吗？不会大老远地把咱们薅过来，陪他玩找不同吧！”叶钧说道。

“不管怎么说，这是一个突破。”

说完，莫同尘不再搭理叶钧，又去那沓照片里翻找“丹成龙虎现”的实景照片，想看看是不是和爷爷的手绘画也有不同之处。这时候，一位导游带着一群游客围了过来，站在影壁前观看这幅“鹤鹿蜂猴”石雕，莫同尘被包围在人群中。

莫同尘一看这里是不适合待下去了，就叫上叶钧向后面的大殿里走去，想找个僻静的地方，好继续研究“丹成龙虎现”是否也有不同之处。

看见两个人向后面的大殿走去，一旁的死神和睡神也跟着向大殿里踱去。莫同尘刚才的神情告诉死神，这个小伙子没有让他爷爷失望，当然也没有让自己失望，他一定发现了手绘画的秘密。死神边走边露出了阴邪的笑容。

留侯家庙的大殿分为前殿和后殿，由带天井的中厅相连。前殿也被称为迎送殿，殿的左右两侧供奉着三只眼的王灵官和黑脸的赵公明等神像。中厅的东西两边则是厢房。

现在前殿里人头攒动，莫同尘便和叶钧穿过前殿、中厅，走到后殿。后殿里供奉着“留侯”张良、祖天师张道陵，以及第三十代天师张继先、第四十三代天师张宇初等神位。

后殿里，现在也是人头攒动，不少善男信女在磕头烧香，更多的游客则被殿内的两名居士组织起来，听其讲解如何参拜求神，顺带也被推销算命求签等业务。想算命的游客被带进了中厅的西厢房，叶钧也被居士拉住极力劝说算上一卦，却没成功。

莫同尘和叶钧在后殿转了一圈，发现这里也不是僻静之处，就又返回中厅。他俩发现中厅的东厢房太岁殿，非常僻静，很少有人进入，于是两个人就溜了进去。

太岁殿里供奉着六十位太岁[①]，因常年不被阳光照射，阴冷灰暗。此时，太岁殿里除了莫同尘和叶钧再没有其他人。在沉寂阴冷中面对着这六十尊神态各异、色彩艳丽的太岁像，让人不由得产生一种莫名的诡异恐怖感，和外面的人声鼎沸比起来，似乎是阴阳两界。

莫同尘顾不上这些，迅速从背包里掏出照片，开始翻找起来。

看着莫同尘和叶钧溜进了东厢房的太岁殿，一直耐心尾随的死神和睡神相视一笑，似乎在告诉彼此“羔羊终于自己走进陷阱了”。两个人随后也漫不经心地走进了太岁殿。

感觉到有人进来，莫同尘和叶钧一同扭头向门口看去。莫同尘认

① 在民间传说中，这些太岁神以六十年一甲子为轮回，轮流在人间当值，审查人间善恶，司守本命祸福。因此，每个人都是由自己的太岁护守本命，每个人也都可根据自己的出生年份找到自己的本命太岁守护神。

出来这两个人，刚才在钟亭遇见过。叶钧的注意力却在睡神身上。令莫同尘没有想到的是，这两个人径直向自己走来。

“莫同尘？”死神彬彬有礼地问道。

“你是谁？”莫同尘很惊讶对方知道自己的名字。

“我是你爷爷的朋友，我很抱歉来晚了，没能在接到你爷爷信息的第一时间赶到。”死神很诚恳地盯着莫同尘。

“你知道我爷爷来龙虎山？”

“是的，确切地说，我是你爷爷多年的学术研究资助人，相信你也知道你爷爷一直在做明初史的研究，尤其是对鄱阳湖大战特别感兴趣，对于其中神异的‘望云气而知友谅亡’一直有自己独到的见解，可惜……”死神瞟了一眼莫同尘手中的手绘画，接着说道，“可惜你爷爷的研究成果却一直不被其他专家认可，还被他们冷嘲热讽，斥为无稽之谈，唉，太可惜了！”死神摇头叹息着。

“你怎么知道的？”

“我还知道很多，比如你爷爷为了抚养你的父亲终身未娶，而你的亲爷爷其实叫莫征鸿，你还有一个姑姑在很小的时候，就被美国的亲戚接走……”

“你到底是谁？”死神的话像一根针扎入了莫同尘的心里。

“孩子，我是谁不重要，重要的是现在情况紧急，你必须告诉我，你现在查到了什么？”死神用眼神示意了一下莫同尘手中的手绘画，“我知道这些画是你爷爷留给你的，也只有你能破解，我们现在必须争分夺秒，才能救出你爷爷！”

莫同尘沉默不语，静静地看着眼前这个看起来绅士般优雅慈祥的老人。

“很抱歉！其实你爷爷这次龙虎山之行也是我资助的。但是没想到，他刚刚传消息给我说研究有重大发现，要我尽快赶到龙虎山，就发生了这样的事。”死神说着轻轻地叹了口气，然后又神情严肃地说：“我必须对他负责到底，现在我们必须相互合作才能尽快找到你爷爷，替他洗脱嫌疑，你也知道你爷爷的身体状况并不好。”

莫同尘盯着眼前的老人，像是在做最后的决定。

“小姐姐，留个微信呗！”叶钧的声音打破了太岁殿的沉静。

“想聊些什么呢？”睡神轻咬着猩红的嘴唇贴近叶钧，双眼魅惑，伸手去抚摩叶钧的头发，从头发一直抚摩到脖子上。

“要不咱们找个地方，一起喝杯酒慢慢聊……”叶钧伸手抓住了落在自己脖子上的纤纤手指。但是，令叶钧没有想到的是，自己的手很快被这只看起来柔弱无骨的手翻压在底下，死死擒住。叶钧试图挣脱，但试了几次都抽离不出，像是被铁钳子死死钳住一样。睡神的眼神还是那样如仙如欲，勾魂摄魄，但叶钧的脑海中浮现的却是美杜莎。

“其实……”莫同尘似乎选择信任眼前的这位绅士，“我爷爷留的这几张画，我也不知道什么意思，不过，我刚刚发现这些画和……”

“大家快来这儿拜太岁呀！拜了自己的太岁年年保平安！很灵的，快去呀！”

太岁殿外，突然传来了一个熟悉的女声，打断了莫同尘的讲述。紧接着，呼啦一群游客拥进了太岁殿，大家在殿里走动着，纷纷根据自己的出生年份寻找自己的太岁神。

桂春梅混在这群游客中径直奔向莫同尘，一把拽住他的胳膊就向外扯：“快走！”

叶钧看见桂春梅拽着莫同尘往外走，自己也想跟上，但是手还在睡神手上挣脱不开。叶钧挣扎了两下后，干脆顺势贴身上去作势亲吻睡神，果然被睡神本能地一把推开。叶钧趁机摆脱睡神，向太岁殿外跑去。

桂春梅拽着莫同尘出了太岁殿后，没有向前殿跑，反而直奔后殿而去，叶钧也跟着跑了过来。死神和睡神则紧随其后，眼看就要追上叶钧了。

“怎么办？”叶钧能够感受到背后睡神那如蛇蝎般的目光。

突然，叶钧斜插，直奔向了正在后殿门前招揽游客算命的那两个居士，掏出一把钱塞到其中一个居士手里。

“给我二大爷好好算算，算好了还有更多奖励！”叶钧边说边示意谁是他“二大爷”。说完就急匆匆地向后殿走去，边走还边往后看。

二位居士果然不辱使命，马上就热情地拦住了死神和睡神。对于他们来说“钱财是身外物，但是为人解惑是修福积德”，所以必须要做成、要做好。他们死命地恳请死神和睡神一定要到西厢房好好一叙，让大师好好给算上一卦。

确认死神和睡神被两位热情的居士缠住，叶钧得意地向睡神做了一个飞吻的动作，然后转身离开。

8. 端倪

上清古镇，自唐高祖时期开镇以来，历经上千年风雨。历史上，这里曾是闽赣的交通要冲，也是重要的商贸集散地。所以，古时候这里商贾、富豪云集，私宅星罗棋布，形成了几十条大小不一的巷弄。

这些四通八达的巷弄可谓上清古镇的一大特色。按照居住者宗族姓氏的不同，各巷弄被冠以不同的名称，如姜家弄、李家弄、柴家弄等。

巷弄两侧至今还保留有众多明清老宅。

在留侯家庙后殿的东南角有一狭窄小门，通往留侯家庙的别院，不走近根本发现不了。桂春梅领着莫同尘、叶钧两个人进入小门，穿过别院，从东边的后门走出留侯家庙，来到上清古镇的巷弄里。古老的巷弄纵横交错，阡陌相通，桂春梅领着两个人三拐两拐就消失了踪影。

这是桂春梅在推门进入太岁殿前就想好的逃跑路线。不能走前门，因为前门出来后，路线单一、视野开阔，不容易摆脱追踪。而从别院的后门出去，可以直接躲进纵横交错的巷子里。这样的巷子，对外地人来说简直就是迷宫，但对桂春梅来说却是如鱼得水，很容易就能摆脱天眼的跟踪。

实际上，摆脱天眼要比桂春梅预想的轻松许多，这得益于叶钧的神来之笔——用“算卦”缠住了死神和睡神。

桂春梅领着两个人在巷子里左转右转，最后溜进了一栋废弃已久的老宅里。这时，桂春梅才将从许文涛那里听到的消息告诉了他们。整个龙头盗窃案和莫同尘爷爷的失踪都应该和这个天眼组织有关。这些人心狠手辣，不择手段，从杀害龚道长就可以看出来。

“就是刚才那两个人吗？”关于天眼，莫同尘从来没有听说过。

“许文涛是这样说的，而且这两个人就是今天早上进入你爷爷房间的人。”

“来者不善哪，我们得小心点！”叶钧说道。

“现在知道了？刚才还跟人家打情骂俏好来劲，腻腻歪歪的！”桂春梅嫌弃地看着叶钧，“还让人家摸……咦……”桂春梅说着夸张地打了一个寒战。

“那是，人家的小手多舒服哇！不像某些人天天拿抹布、洗马桶，手跟铁棍山药似的，这要是被摸一下……咦……”叶钧也跟着夸张地打了一个寒战。

“嘁……”桂春梅翻了个白眼。

“唉，庸人的眼里只会看见庸事，知道刚才我为什么和那女的接触吗？”叶钧得意地反问。

“看人家漂亮呗！”

“正因为漂亮才有问题！”

“是你有问题吧！”

“你看见她涂得猩红的指甲了吗？”

“咋，你好这口儿，有恋指癖好哇！”

“滚，你见过这么漂亮妖娆的妹子，把指甲涂得这么红却不留长指甲，反而把指甲锉得很短很整齐吗？还有，刚才她摸我脖子的时候，我能明显感觉到她食指上有一层厚厚的老茧，而且力道很大，刚才你们也看见了……”

“这说明什么？”

“你傻呀！这说明这个女人很可能是一个杀手，只有经过长时间的枪械训练，手上才会有那样的老茧！”

“你怎么知道？”桂春梅不服。

“因为我有钱哪！我每年都去马来西亚潜水呀，打枪啊！啪啪……想去吗？”叶钧边说边比画，能多嘚瑟就多嘚瑟。

“哟，这么有钱哪！失敬、失敬，买药了吗？”

“见笑、见笑，想吃跟哥说……”

两个人斗嘴斗得不亦乐乎，莫同尘却没有兴致听下去。利用这段时间，他又开始仔细研究“丹成龙虎现”的实景照片和手绘画。

莫同尘知道现在想什么也没有用，虽然他对刚才那两个人还有很多疑问。比如，他们究竟是如何知道自己这么详细的家庭信息的？家里的这些事，连爷爷都很少提起，毕竟往事并不美好。

莫同尘知道，这些问题不见到爷爷是不会有答案的。现在与其把时间浪费在没有答案的事情上，不如主动去做一些有用的事。既然对方还想从自己这里骗取信息，那就说明对方还没有得手。

只要自己能比对方早一步解开爷爷留下的谜题，知道对方想要什么，就能占据主动，也就更有机会救出爷爷！所以，现在需要更专注、更冷静，不能浪费一分一秒。

莫同尘专注地看着手中的照片和手绘画，很快就发现了其中的不同。

“我知道了！”

“知道什么了？”叶钧问道。

“这也有不一样的地方！”

“哪儿不一样啊？”

“你看，这左上角的祥云纹，发现了吗？”

“噢……这老爷子还真是让咱们来找不同的……”

叶钧和桂春梅也发现了照片和手绘画上祥云纹的不同之处。在“丹成龙虎现”实景照片上，左上角区域一共有八朵祥云，其中最靠左侧的四朵祥云斜竖着呈一条直线分布，剩下的四朵祥云则在这条“斜竖线”的右侧区域分散分布。

而在手绘画上，祥云的数量虽然还是八朵，最左侧四朵祥云的位置也大体没变，但右侧原本散落分布的四朵祥云却改变了位置，也和左侧的四朵祥云一样，从上向下呈“斜竖线”分布，正好和左侧四朵祥云形成的“斜竖线”处于相对平行状态。

其实，二者的差别还是挺明显的。只是当初在正一观时，莫同尘将注意力集中在了主体画面上，一心想解读出“丹成龙虎现”的含义，忽视了边角上似乎没有意义的祥云纹，错过了第一时间发现端倪的机会。

“这是什么意思呀？”叶钧问。

“不知道。”

“那不是白费劲嘛！”

“还有两幅，也许看完才能明白吧。”

“好，那咱们就接着陪老爷子玩找不同呗！这还不容易？”

莫同尘把剩下的两幅手绘画递给桂春梅,问她接下来应该去哪里?

桂春梅看着手中的“天师斩蛟图”和“丹山碧水”，沉吟了半晌依然犹豫不决没有说话，一旁的叶钧按捺不住了。

“大姐，你是龙虎山人吗？”

“我不是，你是，你来！”桂春梅说着就把两幅画杵给了叶钧。

“嘿，一点儿也不虚心接受批评……”

“你还大言不惭呢！”

“嘿，我是客人哪！”

“我还是主人呢！”

看着两个人又开始你来我往,莫同尘不得不出来劝架,让叶钧闭嘴。

“这个有什么问题吗？”莫同尘问桂春梅。

桂春梅露出了尴尬的神色。她告诉莫同尘虽然这两幅画的内容她都很熟悉,但是一时想不起来这些画在龙虎山哪里见过,尤其是那幅“天师斩蛟图”更是印象全无。

“那这幅呢？”莫同尘指着那幅“丹山碧水”问道。

“肯定印象全无呗！”叶钧在一旁起哄，莫同尘示意他闭嘴。

“可能……在一个地方，但我不是太确定……”桂春梅吞吞吐吐地说道。

“哪里？”

“无蚊村！”

“无蚊村？”莫同尘和叶钧都觉得这个名字很怪。

“嗯，无蚊村。”

桂春梅告诉莫同尘，无蚊村是龙虎山的一个小山村，因为村里人都姓许，相传都是东晋道士许逊的后代，所以这个村子也叫许家村。在村子里，有一个许氏门楼，是许氏族人祭祀祖宗和天地的地方。在这个门楼左右两边的内墙上，各镶嵌着一块约半米宽、三米多长的石刻画。

桂春梅记得这些石刻画，一块雕刻的内容是关于许氏家族历史上的重大事件，而另一块则雕刻着许氏族人在龙虎山的“丹山碧水”中，繁衍生息、安居乐业的场景。也许第五幅画的“丹山碧水”就是这块石刻画的一部分。只是桂春梅现在记不清楚了，不敢肯定。

“那就去无蚊村。”莫同尘说。

要去无蚊村，需要先返回上清车站，然后乘坐摆渡车往回走。桂春梅领着两个人在老巷弄里穿行，向上清车站走去。

“刚才那个人是谁呀？”叶钧总是不甘寂寞边走边八卦。

“谁？”走在前面的桂春梅头也不回。

“就是刚才在灵芝园里，叫你梅梅、梅梅的那个！”

“不认识！”

“拉倒吧！那你叫人家表哥！啊，表哥，快把他抓起来……啊，表哥，一看他就不是好人，人家好怕怕……”叶钧尖声细气地学桂春梅说话。

“关你屁事！”

“哎哟，虽然不关我屁事，但是我看得出来他很喜欢你哟！这种事可瞒不过我的眼睛，我谁呀……”

桂春梅没有吭声，继续向前走着。

“他真是你表哥吗？”莫同尘小心地问。

“你看过《我不是潘金莲》吗？”桂春梅问道。

“看过呀，冯小刚的电影。”叶钧抢着回答。

“知道里面的李雪莲和王公道是什么关系吗？”

“情人关系？”

桂春梅扭头瞪了叶钧一眼，然后边走边背了一段《我不是潘金莲》的台词：“后山岭的陈阿大是你的表舅吧，陈阿大他老婆的娘家是崔家坞的，你知道吧？我姨家有一个表妹，嫁给了陈阿大老婆的妹妹的婆家的一个叔伯侄子，算起来咱们，还算亲戚咧！”“喏，我和许文涛就是这种亲戚关系，其实我们只是小学同学过。”桂春梅接着说道。

“我说呢，都什么年代了，还表哥表妹不伦之恋呢……哎、哎，你喜欢他吗？”

“不喜欢！”

“拉倒吧，女人说不喜欢就是喜欢。”

“关你屁事！”

“哎，哥在这方面可擅长了，要不要我帮你？”

桂春梅懒得再搭理叶钧，径直往前走着，马上就到上清车站了。

“你表哥是警察吗？”叶钧是八卦得停不下来。

“警察！”

“啊！”

桂春梅连忙拉住后面的莫同尘和叶钧，躲在旁边的角落里。桂春梅示意他们往前面的车站方向看。两个人这才发现，前面车站有警察和保安在检查游客的身份证件。每位游客都需要出示身份证件，才能上车离开。

“看来警察已经在查天眼和你了。”桂春梅说道。

“那怎么办？”莫同尘小声问。

“等着！”桂春梅说完，起身径直向上清车站走去。

“你干吗去呀？”莫同尘不敢大声问，而桂春梅已经走远了。

看着桂春梅径直向车站的警察和保安走去，叶钧有些紧张，“她不会去举报你吧？”

“……”

“你是怎么认识她的，很了解她吗？”

“……”

“她为什么帮你？”

“……”

“老莫，你别不说话呀！”

看着桂春梅已经走到警察面前，开始说话了。

叶钧更焦急了：“跑不跑？”

第四章 乾隆爷的心思

在鄱阳湖大战中，张中的『望云气而知友谅亡』不仅成为其一生中最传奇的『炫技』，也成为历史上的一大谜案。数百年来，无数的历史学家为此争论不休，张中究竟是如何做到的？『观云望气』背后隐藏的历史真相到底是什么？

1. 大蒜和三五

明亮的阳光已经开始垂直地照射大地，草木和屋檐的阴影还在坚持着最后的阵地，山岚沉静，只有屋外不知名的昆虫和鸟儿还在不停歇地叫着。

山顶木屋内，张和光在思考着事情的前因后果。他没有想到自己的对手竟然会是传说中的天眼。作为文物专家，他当然听说过天眼种种耸人听闻的黑暗行径。而比这更难以接受的是，他们似乎从很多年前就开始给自己“设局”了。大约从 2001 年开始，总有一位身居海外的神秘人和自己联系，关心和支持自己的学术研究。

张和光曾经以为这个不愿透露姓名的神秘人和莫同尘的姑姑莫秋英有关。老友莫征鸿当年被迫害身亡后，她就被海外的亲戚接走，从此音信全无。但现在看来似乎是自己错了。张和光发现自己多年来的辛苦研究似乎都是天眼所渴求的，自己却一直没有察觉。如今更懊悔的是，他不得不把自己的孙子也牵扯进来。这可是他一直以来想要极力避免的事。

和张和光不同，此时负责看管张和光的大蒜和三五却心情大好。两个人熏虫子的游戏玩腻了，现在正盘腿坐在地上吃东西。

大蒜左手举着火腿肠，右手捏着生蒜，咬一口火腿就一口大蒜，间歇再拿起夹在两腿中间的可乐灌上两口，样子十分享受。三五坐在大蒜对面，吃着法式小面包喝着冰红茶。三五与大蒜保持着不远不近的距离，太远够不着两个人中间塑料袋里的吃食，太近又受不了大蒜嘴里呼出来的“毒气”。

尽管从第一天见面时，三五就明确反对大蒜在自己面前吃大蒜，但是收效甚微，大蒜依旧我行我素。这对于三五来说，实在是很难忍受，但是除了嘴上叨叨几句表示抗议外，也实在没有更好的办法。因为对五大三粗的大蒜来说，自己根本不是对手。有时候，大蒜被叨叨烦了牛眼一瞪，瘦小的三五立马就闭了嘴。毕竟对于大蒜来说，大蒜就是命，不吃蒜吃什么饭？

虽然两个人在饮食上存在着巨大差异，但这并不影响他俩现在“求同存异”共同畅想和规划未来的“美好生活”。

三五再一次开始鼓吹他的“1040 阳光工程”，并力邀大蒜干完这一票后，和自己一块去广西北海“发财”。只要投资认领 3800 元，三年后“出局”就可获得 1040 万元，从此出人头地、吃香喝辣，不怕别人看不起。

但对于嗜赌如命的大蒜来说，三年的期限太长了，不如一晚赌桌上“发财致富”来得痛快。尽管大蒜对三五的“阳光发财梦”不感冒，还对他的那套传销发财理论冷嘲热讽，但三五还是以诲人不倦的毅力和热情鼓动着，抱着一种“你今天对我多贬低，明天就会对我多感激”的态度，实施着“唐僧式”的劝说模式。估计只要对面的大蒜不瞪牛眼，他就不会停下来。

张和光从两个人的谈话中知道了他们的大概经历。大蒜原来在老家的小煤窑挖煤，虽然辛苦，收入却还算丰厚。但是因为喜欢打牌赌钱，最后不仅没有存下什么钱，还欠了一屁股的高利贷，天天被人追债。最近又因为母亲被确诊为癌症，急需一笔钱做手术，走投无路才决定铤而走险干一票大的。

三五这几年一直在广西北海做传销，妄想发大财，过上人上人的生活。但几个月前因为交不起每月160元的伙食费被撵出了传销窝点。但他仍然坚信只要做好“阳光工程”就一定能成功，能发大财，能过上人上人的生活，所以他现在也很急迫地需要一笔钱，重返“阳光工程”，继续追逐自己的发财梦。于是这两个急于发财的人在网上寻找“发财项目”时，被天眼招募过来成为此次龙虎山猎宝行动的外围帮手。

天眼答应他们事成之后，每人将会有10万元酬劳。于是，这两个人就兴冲冲来到了龙虎山。他们不知道彼此的真实姓名，只以自己给对方起的外号相称。三五称爱吃大蒜的大蒜为“大蒜”，大蒜叫爱讲传销“五级三阶制”的三五为“三五”。因为相对于“五级三阶制”来说，他更熟悉“三五”香烟。

也正是因为有这两个人的存在，事情变得更加复杂起来。

昨天晚上在敕书阁，两个人负责在楼下把风时，看着展柜里的文物宝器眼馋不已，尤其是那对据说能卖两亿的铜钟龙头。两个人觉得“发财致富”还得自己动手，于是他们砸开了展柜，拿出了那对铜钟龙头。

楼下的声响，使楼上的两名天眼成员有一瞬间的分神，才使张和光有机会将字条偷偷放进龚道长的口袋里。但是这两个人临时起意的“顺手牵羊”，却在无意中布下了一个迷魂阵，所有的人都会因为这个“意外”，被引上一条歧路，引入一个死胡同里。这反而有利于天眼，为他们的阴谋争取了时间。

大蒜和三五还在那里热烈讨论着即将到来的“美好生活”。天眼的两位“大神”已经同意事情完了之后，让他们两个人带走这对铜钟龙头，自由处置。

这使他们欣喜若狂，这意外之财可比原来说定的酬劳要多得多。即使在黑市上以白菜价出手，也不止千万。大蒜嘲讽三五还去干什么“阳光工程”。可三五却一脸严肃地告诉大蒜，“阳光工程”才是发财的正道。自己要堂堂正正地成功，堂堂正正地发财，让那些曾经瞧不起自己、不相信自己的亲戚朋友，都好好看看自己曾经的选择是多么正确。

听着两个人畅想的“美好生活”，张和光在一旁微微叹息着。听得出来，他们两个人根本不知道这次招募他们的人的真实身份。他们以为那对男女只不过是普通的文物贩子而已。

看着两个沉浸在发财梦里的人，张和光想起了曾经看过的一幅漫画《你永远不知道跟你玩的是谁》。漫画上，一只猫在戏耍着墙洞里的“老鼠尾巴”，可它却不知道墙的另一面是一条直起身来，嘶嘶作响的眼镜蛇。

想到自己的孙子也可能被这条毒蛇所噬咬，张和光不免心焦起来。早上，当死神和睡神回到这里时，张和光就知道莫同尘已经在龙虎山了。看着死神饶有兴致地对自己说“很期待小莫先生的表现时”，他的心情五味杂陈，期待、担忧、愧疚、愤恨在他心里混合着、搅拌着……

张和光望着屋外荒芜的院子。他知道天眼的那两个人一定已经给自己的孙子设置好了陷阱，就像当初给自己设置的那样。

小同究竟怎么样了？张和光默默地念叨着。天眼那两个人已经出去整整一个上午了，小同能及时察觉自己身后的这两条“毒蛇”吗？

屋外的阴影已经消散殆尽，可张和光心里的阴影却消散不掉，不知名的昆虫和鸟儿还在不知疲倦地叫着。

大蒜和三五开始把玩起铜钟龙头，张和光的心里忽然有了一个疑问：他们两个真的是临时起意吗？

2. 文创店

莫同尘虽然早上说服了桂春梅帮自己，但其实他心里也不明白桂春梅为什么会帮自己。此时此刻，他只能相信自己的直觉，相信桂春梅一定不会出卖自己。至于为什么，他说不上来。

莫同尘和叶钧猫在角落里，看着正在和警察攀谈的桂春梅。尽管相信桂春梅，但他的手心还是出汗了。

桂春梅和警察聊了两句后，就装作什么事也没有的样子，往上清古街的方向走去。其间，桂春梅有意无意地向莫同尘两个人的方向看了一眼，然后用手指偷偷指指上清古街的方向，再偷偷指指莫同尘所在的方向，冲莫同尘点点头，之后迈开大步向上清古街的方向走去，不见了身影。

“她什么意思？让咱们在这等她？”叶钧狐疑地问道。莫同尘没有说话。

“那个龙头能卖多少钱？”

“你什么意思？”

“我算算举报你的话能得多少钱！”

“我觉得她不会。”

“不会什么呀！你看看她刚才的动作……啊，你在这待着别动，我去找我表哥去。”叶钧比画着说道。

“她要是想举报我，早举报了。”

“你有她电话吗？给她打个电话。”

“没有。”

叶钧夸张地瞪大眼睛看着莫同尘，仿佛看到了外星生物。

“这都行？！”

“有何不可？疑人不信，信人不疑。”

“你可拉倒吧。”叶钧都快炸了，“就你这样的，一看就是会被女人骗的，天天让你出去玩你就不去，你不知道女人都是表面一套，背地里一套吗？”

“我相信她！”

“你相信什么呀，越漂亮的女人越不能相信知道吗？无利可图，她怎么会真心帮你，我跟你说，她要是生在过去战争年代……怎么了，你笑啥！”

看见莫同尘露出了意味深长的笑容，叶钧就觉得不妙，猛地一回头看见桂春梅不知道什么时候已站在自己身后。原来她绕了一圈又转了回来。

“我要是生在战争年代怎么着？”桂春梅似笑非笑地看着叶钧。那架势估计接下来就是一阵狂风暴雨桃花朵朵开。叶钧是领教过了。

“欸……你要是生在过去战争年代，一定是女英雄，宁死不屈的那种。”

桂春梅懒得搭理叶钧。她把两个人领到一条巷子里后，告诉莫同尘现在警察已经在景区内的各个车站和检票口布控，检查游客的身份信息。估计已经查到他和天眼那两个人的身份信息了。

“这里离无蚊村有多远？”莫同尘问道。

“半个小时车程。”

“有没有别的办法过去？”

“有，先跟我回家一趟。”桂春梅考虑了一会儿后说道。之后，桂春梅说出了自己的计划：既然景区的摆渡车坐不了，步行又太远，不如干脆用家里的三轮车载他们去无蚊村。

莫同尘觉得这是一个不错的计划，于是跟着桂春梅回家取车。桂春梅是土生土长的龙虎山人，家就在上清古镇上。三人沿着桂春梅刚才来时的巷子向桂春梅家走去。

“你家在哪儿呀？”

“说了你知道吗？”

“好像这里有多大似的……”叶钧在后面嘟囔。

桂春梅带着两个人走出巷子，眼前出现了一片开阔的广场，广场的中央竖立着一座高大的天师石像，周围都是做游客生意的门店，有茶馆、土菜馆、土特产店，还有道教用品店等。

今天是周末，又是龙虎山第十三届帐篷节的首日，游客自然特别多。广场上除了原本就有的门店，还临时支起了很多摊位向游客兜售各种土特产、吃食和旅游纪念品等。

桂春梅刚走进广场没几步，就被后面的叶钧一把拽住，还没等反应过来，又被叶钧连拉带推地扯进了旁边一家文创商店。莫同尘也跟着快速进来。

“干吗？”

进店后，桂春梅有些生气。叶钧连忙让她闭嘴，并让她赶快猫腰躲起来。

“天眼！”

这时候，在叶钧的提示下，桂春梅才看见被广场人群裹挟着的死神和睡神。两个人正穿过人群，朝自己这个方向走来。如果刚才不是叶钧反应机灵，处置果断，恐怕现在桂春梅三人已经和天眼的两个人在人群中面对面了。

三个人猫在店门口的货架后面，偷偷地往外看。直到天眼的两个人走过店门前，向上清车站方向走去后，叶钧和桂春梅才长吁一口气，连忙招呼莫同尘快走。却没听见莫同尘应声，二人连忙扭头找莫同尘。

原来，莫同尘不知道什么时候已经走入店铺最里面，观看着墙上的一幅巨画。而这幅画就是“天师斩蛟图”，几乎和张和光留下的那幅“天师斩蛟图”一模一样。在这幅画里，天师占据了大部分画面，只见他

右手持七星宝剑横立胸前，左手举过头顶掐诀念咒，引雷火击中画面左侧的红色蛟龙。

“原来在这里。”桂春梅喃喃自语。这家文创店虽然开门有一段时间了，但是桂春梅一次也没有进来过，也难怪她对这幅画全无印象了。

“老莫，看出什么了吗？”

“你们看，左上角那些红色的雷火。”莫同尘提示桂春梅和叶钧看画的左上角那些像五角星一样的雷火。“最下面的雷火是三个，而这里却只是两个。”莫同尘举起手中的手绘画给两个人看。

随着莫同尘的指引，桂春梅和叶钧也发现了两幅画的不同之处。在墙上的这幅原画上，一共有十个红色雷火，其中最下面的三个雷火组成了一个倒三角形，而在手绘画上却只剩下两个雷火，倒三角角尖的那个雷火不见了。除此之外，两幅画再没有其他不同之处。

“这又是什么意思呀？”叶钧问道。

“不知道。”莫同尘回答。

“啊，这都第四幅了……”

此时莫同尘的心里不仅没有答案，反而多了一个问题：“第四幅画为什么会在一个商店里？”

“走吧。”桂春梅催促道，显然此地不宜久留。

三人向文创商店外走去。临出门时，莫同尘又回头看了一眼挂在里面墙上的“天师斩蛟图”。

“第四幅画为什么会在这里？”走在广场人流中的莫同尘还在揣摩这个问题。

桂春梅的家在一条和上清古街相通的巷子里。从她家走到上清古街只有十几步的距离。和这里很多村民一样，桂春梅家也是前店后家。前几年，桂春梅母亲身体好的时候，她和母亲就在前面开了一家土菜馆维持生计，偶尔也去做做兼职导游补贴家用。

后来母亲的身体不好，土菜馆开不下去，就转给了自己的姨妈来经营。但桂春梅的母亲也经常去前面帮忙。直到半年前，母亲被确诊为胰腺癌，才不再去前面帮忙，而是在后面的家里休养。

时值中午，桂春梅家的餐馆里坐满了游客。姨妈在前面招待客人，算账、传菜、催菜、收拾桌子，正忙得不可开交。哪怕桂春梅领着莫同尘和叶钧从菜馆里穿过，走到后面的院子里，姨妈也没有注意到。

后院里停着一辆三轮车，平时是姨妈用来买菜的，农忙时就用来去田里干农活。现在车里还扔着一些菜叶子，估计是早上姨妈买菜时留下的。

“就坐这个去无蚊村？”叶钧问道。

“嗯。”桂春梅回答。

“啊……”

“要不你自己走着去！”

“不，我喜欢拉风的！”

“哪个？”旁边的屋里传来一个老太太虚弱的声音。

“妈，是我。”

桂春梅示意两个人别出声，然后自己向屋里走去。随后，屋里面传来了母女两个人说话的声音。

“外面哪个呀？”老太太问道。

“两个游客……妈，今天感觉好些了吗？”

“嘿，都到鬼门关边上的人了，多活一天就赚一天，哪能不好？”

“妈，瞧你说的，你本来就没啥事，都是之前那些医生误诊的。”

“天师保佑哇！说到这个，你一定要替我好好谢谢那位张老先生啊！要不是人家，我老婆子也可能早就死在手术台上了……”

“妈，知道了，你都说多少遍了！你好好休息吧！”

说完，桂春梅帮忙收拾了一下桌上的碗筷，又帮母亲的茶缸里灌满了水，之后走出了屋子，去推三轮车。“走吧！”

“你们家就这么招待客人的？”叶钧说道。

“你又想干吗？”桂春梅问。

“这大中午的，也不请人吃个饭，家里还是开饭馆的呢……”

叶钧这么一说，莫同尘和桂春梅也感到肠胃空空，肚子咕噜咕噜叫了。前面飘来的饭菜香味越来越浓，一股股往鼻子里灌。这香味更让三个人饥饿难耐，毕竟从凌晨开始，他们连口水都没喝过。

3. 黄袍拜君王

在土菜馆的一个包间里，三个人埋头扒着饭。

根据叶钧的要求，桌子上的菜都是龙虎山的特色土菜，泸溪活鱼、天师板栗烧鸡、上清豆腐、清炒柚子皮、翘头炒腊肉、炒长寿草，还有一个豆腐炖鱼汤。

与身旁看起来心事重重的莫同尘和桂春梅不一样，叶钧倒是吃得肆意尽兴，不停地从堆得像小山一样的饭盆里给自己添饭，一边吃还一边啧啧称赞，说比自己吃过的米其林三星餐厅还好吃，尤其对那道豆腐炖鱼汤赞叹不已，觉得它特别爽滑鲜美。

“这菜叫什么名字？”叶钧一边往碗里盛鱼汤一边问。

“黄袍拜君王。”

“这是什么怪名字，这不就是豆腐炖黄辣丁嘛！”

“你懂什么！这豆腐是上清豆腐，用上好的豆子和泸溪河的好水以传统工艺制作而成，白嫩香滑；这鱼是泸溪河里野生的黄鱼角，你吃过的那些豆腐炖黄辣丁能比吗？不想吃拉倒。”说着桂春梅就去拉鱼汤盆。

“哎哎哎，别别别，好吃好吃……这叫黄袍拜君王，不是豆腐炖黄辣丁，行了吧！”叶钧说着用一只手稳住汤盆不让桂春梅撤走，“但是，为啥叫这么一个怪名字呢？”

“不懂了吧，白吃了吧？”

“嘿，你怎么骂人呢，你才白痴呢！”

“这道菜之所以叫‘黄袍拜君王’，那是因为这是天师用来招待皇帝的。”

“怎么讲？”

“相传，当年乾隆皇帝曾经微服私访来到这里，当时的第五十六代天师张遇隆夜观天象发现紫微星南移，就知道皇帝驾到了。但既然皇帝是微服私访，天师也不好大张旗鼓迎驾，于是，天师就在家事先摆好宴席，再邀请这位生客到府上一叙。席间，天师张遇隆就上了这一道菜，乾隆尝后觉得味道特别的鲜美，就问这道菜的菜名。这时，天师一语双关回答道‘黄袍拜君王’。乾隆听后心里暗暗吃惊‘这天师果真厉害’，表面上却不动声色地连连叫好。于是，这道菜就成为当地的名菜。”

“有没有这么神奇呀！这是事后杜撰的吧？”

“不是，是事前就有。”

“什么意思？”

“听老辈人说，其实这道菜在明朝的时候就有了。据说，在明朝永乐年间，有一天晚上，一个年轻人突然秘密造访了天师府，想请天师卜算天下运势。当时在位的是第四十三代天师张宇初。天师虽然知道面前这个衣着朴素，气度不凡的年轻人是皇帝，却不能主动说破。于是就在宴席间上了这道菜，当这位年轻人尝到这道菜，赞其美味问其菜名的时候，天师说出了‘黄袍拜君王’这个名字，在不动声色间巧妙地点破了皇帝的身份，之后就有了这道菜。第五十六代天师不过是学习先前的天师，故技重施应对自认为聪明的乾隆而已。但也正是因为乾隆，这道菜越来越流传开，越来越有名了，现在更是成为龙虎山招待客人的名菜。”

“至于吗？这皇帝怎么一个个都喜欢躲猫猫哇……哎，老莫，你在干吗呢？”这时，叶钧看见莫同尘沾着茶水在桌子上点了好多水点。

“刚才在文创店的时候，有一个问题我一直想不明白……”莫同尘看着桌上自己点的水点说道。

“什么问题？”

“你不觉得第四幅画会在一个文创店里，很奇怪吗？”

“这有什么奇怪的？”

“‘丹成龙虎现’在正一观，‘老君授箓’和‘鹤鹿蜂猴’在天师府，这些地方都是受保护的文物场所，这些原画不管是石雕还是壁画，即使不是文物也存在很长时间了，为什么这第四幅画会在一个文创店里，而且看起来还很新，这家店看起来开的时间也不长……”莫同尘说着看向了桂春梅。

“也就刚开了半年多吧。”桂春梅回忆后说道。

“而且一个文创店能开张，也会哪一天经营不下去关门，不像那些道观……”

“你直说，别绕弯子了！”叶钧在这方面没什么耐心。

“这就说明，这些画原来画在哪里并不重要，重要的是这些画本身。

我原来以为找到原画就会发现秘密，现在看来是我错了。秘密就藏在这些画中，而不是它们所在的位置。”

“那咱们还用去无蚊村吗？”桂春梅问道。

“当然要去，要不怎么能找到画中的不同之处？”莫同尘指着桌面上自己点的那些水点说道，“秘密一定在画本身，只要能破解它们和原画的不同之处，就会知道画上的秘密。”

这时候，叶钧和桂春梅才看出来，莫同尘点在桌面上的水点是已经看过的四幅画的不同之处。上下斜对着的两个水点，代表的是“天师斩蛟”手绘画上的雷火；四四成平行斜线排列的八个水点，代表的是“丹成龙虎现”里的云纹；那用十六个水点围成的“蝙蝠”，代表的是“鹤鹿蜂猴”里的蜜蜂……

莫同尘总觉得这些图案在哪里见过，有一种似曾相识之感，似乎表达着某种意思，但就是想不起来。他不免有些着急，可越着急反而越想不起来。

“哎，老莫，你爷爷不是留给你一个老打不通的电话号码吗？会不会和这些点数对上？”叶钧指着桌上的这些水点说道。

“对呀！”这提醒了莫同尘，既然一直无法接通，也许就不是一个电话号码。

“老莫，那个电话号码是多少来着？”

“14020671715。”

三个人都很兴奋，在桌子上反复演算着。想看看这些画上的点数，不管是云纹、雷火、星辰，还是蜜蜂，是不是能和这个“14020671715”关联上。可加减乘除、排列组合，似乎都没有看出其中的联系。

“我们还差一幅画。”莫同尘最后总结道。

“对，只要知道最后一幅画上的点数，我们就能知道两者的关系。”

叶钧跟着说道。柳暗花明，大家都很兴奋。

“走吧！”桂春梅招呼大家，马上动身去无蚊村。

桂春梅说着就去开包间的门，这时听见了一个熟悉的声音。

“姨妈，生意真好！梅梅在里面吗？”

“臭小子，不来帮忙，光惦记梅梅，在最里面那个包间呢！”

“坏了，许文涛！”

“被堵屋里了！”三个人同时想到了这个问题。

4. 桂春梅

许文涛兴冲冲地向最里面的包间走去。

从灵芝园现场调查出来后，许文涛本打算回游客中心三层的数据中心，继续发挥自己的优势，看看能不能从监控中发现新的线索。他觉得这是他的机会，他一定会凭自己的能力把这个案破了的。即使当不了警察，他也要证明自己是干警察的料。另外，谁也别想在自己的龙虎山干了坏事还想逃之夭夭，他决不答应。

在回数据中心的路上，许文涛一直想着刚才出现在灵芝园里的桂春梅。他总觉得有哪里不对。他不知道真正的警察相不相信第六感，会不会把第六感当作破案的指导。但他总觉得桂春梅在这件事上，不会像她说的那么简单，那么置身事外。他总觉得桂春梅对他有所隐瞒。

他太了解桂春梅了，从小学开始就很了解她。她是那种恩怨分明、有恩必报的人。他也知道桂春梅和张和光的关系不一般。

五个月前，桂春梅的妈妈被当地的医院确诊为胰腺癌，被宣判最多只有六个月的生命，即使做手术也没有多大意义，甚至因为肿瘤的位置长得非常不好，靠近大血管，很有可能手术没做完，人就已经死在手术台上了。桂春梅带着自己的母亲连续跑了好几个医院，得到的都是同样的结果。

父亲早逝，只剩下母亲的桂春梅，面对这突然的变故，被打击得措手不及，感觉从此以后家都没了。

就在桂春梅绝望地认命，准备好好陪伴母亲走完最后时光的时候，张和光的出现使整个事情有了转机。

在张和光的帮忙联系下，桂春梅找到了江苏省人民医院的一位专家。经这位专家的严谨诊断，桂春梅的母亲患的并不是胰腺癌，而是一种罕见的自体免疫性胰腺炎。这种胰腺炎常常被误诊为胰腺癌，而错过了正确的治疗方法。

在这位专家的治疗下，桂春梅的母亲捡回了一条命，逐渐康复起来。但由于在治疗过程中服用了大量的激素药物，所以老人的身体非常虚弱，现在只能在家里休息，不仅要严格控制饮食，还不能过久地运动。

许文涛知道桂春梅是什么样的人，她敢爱敢恨、直爽泼辣、口硬心软、知恩图报。这也是自己喜欢她的原因，虽然自己从小就被她“欺负”。

那么现在张和光出事了，她真的会袖手旁观吗？许文涛觉得这不是桂春梅的风格。“那梅梅会怎样做呢？”许文涛不知道，但他相信自己的第六感。

想到这里，许文涛的大脑里突然跳出了上午桂春梅离开灵芝园时的话——

“你干吗去呀？”许文涛当时问道。

“回家,给我妈做饭去！”桂春梅说着头也不回地向灵芝园外走去。

“对，她说她要回家给她妈做饭！”想到这里，许文涛立即半路掉头重新回到上清古镇，直奔桂春梅家。

他想确定一下。如果桂春梅真的想帮助张和光，她现在应该不会在家里心态坦然地做饭。如果她在家，可能就是自己想多了，那就可以趁机再通过桂春梅多了解一下张和光，有助于自己破案。

许文涛刚走到最里面的包间门口，门突然从里面猛地打开了。

5. 袭击

桂春梅手里捧着两个剩菜盘子和鱼汤盆出现在门口，堵在许文涛面前。

“你怎么来了？”桂春梅看上去很惊讶。

“啊,我来看看舅妈……”许文涛说着往屋里瞟了一眼。屋里空空，没有其他人。

“看什么看，还不帮忙！”桂春梅说着，就把手中的盘子和汤盆杵到许文涛的怀里。许文涛连忙接住。

“快点帮忙收拾，把这送后厨去，今天都忙死了！”桂春梅看上去忙得心急火燎。

“哦。”许文涛捧着盘子转身往后厨走去，刚走两步又转身回来。

“梅梅，其实我有话想对你说……”

“说什么说，没见忙嘛，赶快的！”

“梅梅，我知道张和光对舅妈有救命之恩，我也知道你对他很感激，没有他，舅妈可能已经……”

“你是不是闲的呀！不去破你的案来这儿添什么乱！”桂春梅生气道。

“所以，梅梅，你要是还知道张和光什么事，一定要告诉我，这样才能帮助他……”

“姨妈，你看许文涛在这捣乱也不帮忙！”桂春梅冲前面喊。

“臭小子，没见今天这么多客人吗？赶快过来把前面这个桌子收拾了！”前面的姨妈探出头来呵斥道。

“哦哦哦！”许文涛捧着手中的盘子往前面走去。

这时，手机响了。许文涛又转身把盘子递给桂春梅，去口袋里掏手机。是夏所长的电话。

“嗯，好、好，我立马过去！”听到电话里夏所长的话，许文涛立即答复。

“怎么了？”桂春梅看着许文涛眉头紧锁，一脸凝重。

“有警察被袭击了，现在昏迷不醒，我得马上过去！”说完，许文涛就转身匆匆向外走去，没走几步，又转身回来，神情严肃地看着桂春梅。

“梅梅，别蹚这浑水，一定注意安全，一切有我在！”看到桂春梅呆呆地点头后，许文涛才又转身匆匆离开。

“姨妈，我有事先走了，下次再帮你收拾呀！”许文涛的招呼还没打完，人已经出了门。

“嘿，臭小子，让你干点活你就跑，以后别想来这儿蹭饭吃，也别想我让梅梅嫁给你……”听着姨妈的大声牢骚，看着许文涛匆匆离开的身影，桂春梅愣神在那里，忽然有些小小的感动。

“嘿，干吗呢，赶快呀！”

房间里的叶钧躲在门里面，小声地招呼门口的桂春梅。

刚才桂春梅急中生智，让叶钧和莫同尘躲在了墙角的视觉盲区，才避免了被许文涛发现。桂春梅打算假装收拾桌子，再寻找机会让两个人逃走。没想到许文涛自己有事，被一个电话叫走了。

确定许文涛走后，三个人连忙偷偷溜回后面的院子。

桂春梅把三轮车收拾了一下，又找了一块雨布放在车里。

“这就是你帮老莫的原因吗？因为他爷爷救了你妈的命。”叶钧问道。

桂春梅没有吭声，忙着收拾车。

“真的假的？就那怪老头儿，他也不是医生啊！”

“说什么呢！”莫同尘推了叶钧一把。

“想听吗？”桂春梅回头莞尔一笑。

“想！”

“那你上来，躺进去，路上跟你说。”桂春梅说道。

“干吗？”叶钧有些警惕。

“带你们两个太显眼了，要藏起来一个。”桂春梅拍了拍车里的雨布。

“为什么是我？”

“你不是想听故事吗？那总得付出点代价吧！”

“那我不听总行吧！”

“不行，你看你穿成这样一看就不像干活的。”桂春梅指着叶钧的一身潮牌说道。

听到这话，叶钧麻利地脱下了自己的外套，一把塞给莫同尘。“要藏也应该他藏啊，警察抓他又不是抓我！”

和在学校一样，莫同尘迁就了叶钧的提议，枕着叶钧的外套，抱着自己的背包，佝偻着身体躺进三轮车里。叶钧也把自己的背包扔进车里。桂春梅把雨布盖在莫同尘身上，又把一些麻绳、竹筐等物件放到车里作为装饰。

收拾完车上，桂春梅看着叶钧一副花花公子的模样直摇头，于是找来一套旧衣服让他换上。之后，又找了一个当地人常戴的竹斗笠扣到他的脑袋上。看着装扮完成的叶钧，桂春梅努力憋着笑。藏在雨布下的莫同尘倒是不用憋着，努力挤出了一个赞赏的微笑，并偷偷伸出手给了叶钧一个大大的赞。

确定外面没人后，桂春梅把三轮车悄悄推出院子，让叶钧坐上来，发动车子，沿着乡村公路向无蚊村开去。

6. 张和光

许文涛赶到医院时，被袭击的警员已经清醒过来。他是被人急速击中肝部导致瞬间昏迷的，现在已无大碍。

这位叫小艾的警员苏醒后，向大家讲述了他被袭击的经过。他上午在上清车站执勤，负责检查上车游客的证件。中午时分，他上厕所回来，在车站广场的大樟树下看见一对男女，觉得特别像视频截图里的两个人，于是就上去要求查看证件。可还没等他反应过来，就被那女人一拳击中右腹部，之后就什么也不知道了。等被同事发现时，他正倚着大樟树下的石围栏坐在地上，看上去像是睡着了。

醒来后，小艾再次确认了那一男一女就是今天凌晨出现在华泉酒店监控里的两个人——天眼的人。

听完小艾的讲述，在场的人都表情严肃。大家像是切身感受到了对手的凶狠强大。能光天化日，在游客熙来攘往的上清车站广场，将一名警察瞬间击昏，并伪装现场后轻松离开，这不是一般人能做到的。

“他们果然还在景区里……”许文涛像是在喃喃自语。看到与自己先前推测的结果一样，许文涛尽量压制着心里的兴奋不表露出来。

“这两个人，男的叫塔纳托斯，女的叫修普诺斯，也被称为死神和睡神。”夏所长看了一眼许文涛，将刚刚获得的信息告诉了他，“根据国际刑警组织掌握的情况，这两个人确实是天眼的人，最近这几年在东南亚比较活跃。当然，这两个名字都是代号，来自希腊神话，真实的名字并不为人所知。”

“既然他们还在景区没有离开，就说明……”

“就说明什么？”夏所长饶有兴趣地看着许文涛。

“就说明他们的目的还没有达到，还应该在找什么东西或人。”许文涛自顾自地推理，“他们早上去过张和光的房间，难道他们不是一伙的？张和光抢先一步盗走了龙头，他们要找到他……那地上的血迹又是怎么回事？如果他们遭遇，张和光又怎么是天眼的对手？”

看着许文涛在那里拧着眉头自我推理，夏所长笑了，然后告诉了他一些现场勘验的结果。

“现场的血迹不是打斗造成的，应该是嫌犯在敲击玻璃时，不小心划破手留下的血迹。”夏所长说道。

“所以，嫌犯手上有伤。”

“嗯，而且从现场痕迹来看，当时在场的应该不止一个人。”

“张和光和天眼？或者还有帮手？”

“还有，龚道长口袋里的那张字条也查清楚来源了。写字的纸是从华泉酒店客房里的便笺纸上撕下来的，笔迹经过对比是张和光的，写字的笔是那种红蓝铅笔[①]，打扫房间的服务员证实张和光有一支……”

“这么说，那张字条是张和光交给龚道长的？”

“或者是他放进龚道长口袋的。”

“字条上的字知道什么意思了吗？”

“元龙有头无头，九九归一缺一。”

“对，什么意思？”

夏所长摇了摇头，表示还不知道。

“既然这张字条是张和光给龚道长的，说明张和光是有事情委托龚道长，这就再次说明了杀死龚道长的人不是张和光，而是另有其人，是天眼……”许文涛推理道。

“还有一个事情，我要告诉你。”夏所长说。

“什么事情？”

“经调查，张和光一直和海外的一个神秘人有联系，这个人一直在资助张和光的研究。”

“你是说，张和光一直和天眼有联系，是天眼在资助张和光的研究。”许文涛的脑袋有点乱，自己的推理被一次次推翻了。

夏所长摇摇头，表示现在还不能确定。

“还有什么信息？”许文涛不甘心。

“从现在掌握的信息来看，这个张和光和龙虎山还真有一点联系。”

“什么联系？”

---

① 红蓝铅笔，一种彩色铅笔，一头是蓝色一头是红色，笔芯是蜡质材料制成的。红蓝铅笔写的字或所做的标记很难被擦除，能几十年都保持清晰的原貌。早期多用于军事地图标绘敌我双方。20 世纪八九十年代曾广泛流行，被各行各业的人所使用。

“不过，”夏所长咂摸了一下嘴，“这个联系有点久远。”

“哎呀，老夏，别卖关子了，到底什么联系！”

“张和光，祖籍江西临川人，根据他们张家祖上的说法，他们是元末明初‘铁冠道人’张中的后人，而张中在龙虎山修道过。”

“张中？刘伯温的师父，善于卜算预言，能点石成金、起死回生那个……”许文涛也听过张中在龙虎山修道的传说。

“是的，就是这位传说中的先祖对张和光一生的命运和学术研究影响极大。”夏所长说完后，又接着将刚刚获知的关于张和光的消息告诉了许文涛。

根据现在掌握的资料来看，张和光应该从小就对他家这位先祖的传奇故事特别着迷，尤其是对其在决定朱元璋和陈友谅命运的鄱阳湖大战[①]中，能够“观云气”而知陈友谅阵亡的神异表现更加着迷。这一战为朱元璋奠定了日后统一天下、称帝南京的基础。因此，这也是朱元璋生命中最重要、最为关键的一战。

长大后，张和光对这位先祖的神异事迹依旧兴趣不减。这也是他之后报考历史专业，学习历史，成为历史教授的原因。张和光后来的大部分学术研究都是围绕着张中展开的。在他看来，张中的“观云望气”只是表面的传说，他很有可能是掌握了一种当时不为人所知的古代高科技。张和光希望能揭开此中的谜团，找到这种高科技。

但是，他的这些学说并不为主流学术界所认可，还被斥为怪力乱神、异端邪说。在“文化大革命”期间，张和光也因为这些学术观点受到迫害，被关进牛棚接受思想改造。在此期间，他的大学好友莫征鸿因为惨遭

① 鄱阳湖大战（1363 年），又称鄱阳湖水战，是元朝末年一场重要战役。它是元朝末年农民起义军两巨头朱元璋和陈友谅之间的战略对决，双方参战八十余万人，最终以朱元璋全面胜利，陈友谅中箭身亡而告终。

迫害，自杀身亡，留下一对儿女。这对儿女后来被张和光收养。张和光当时尚未成家，为了能够照顾好老友留下的这对遗孤，就一生未娶。

改革开放后，养女莫秋英被海外的亲戚接走，从此音讯全无。而养子莫秋声，就是莫同尘的父亲，长大后也成为一名历史考古学家。但在2001年的时候，莫同尘的父母在一场意外事故中双双身亡。从此，就剩下张和光和莫同尘两个人相依为命。

之后，张和光突然终止了对张中的研究，据说还焚毁了所有的研究资料，只一心一意想照顾好莫同尘，将其抚养成人。

“所以，张和光的那些研究现在看不到了？”

“是的。”夏所长回答。

“老夏，你相信所谓的高科技吗？”良久后，许文涛又问道。

夏所长不置可否。

7. 张中

等许文涛离开医院，回到数据中心时已经是下午2点了。办公桌上，林谦帮他从食堂打的午饭早已凉了。许文涛端起饭盒扒着冷饭，脑子里却在梳理刚才所获知的案件信息。

胡乱扒拉了几口后，许文涛把饭盒扔到一边，开始在电脑上搜索张中的信息。这是现在所知的张和光和龙虎山的唯一联系。他想知道张和光究竟来龙虎山干什么。

张中，元末明初著名道士。《明史》记载他是江西临川人，年少时考取进士不中，于是开始纵情山水，佯狂玩世，后来遇见异人，教他太乙神术，能观云望气，预言祸福，十分灵验。《明史》中多次记载了他在辅佐朱元璋时的神异表现。他因为平时喜欢戴一铁冠，即一种铁制的道帽，被世人称为“铁冠道人”或“铁冠子”。

张中的事迹，除《明史》有记载外，《江宁府志》《江西通志》《英烈传》《铁冠图》《宋景濂集》等典籍都有记载。金庸的小说《倚天屠龙记》里也提到过他。在小说里，他是明教的“五散人”之一。

元朝末年，张中曾在龙虎山修仙炼道，据传有点石成金、起死回生之术。之后，他离开龙虎山，到各地云游。后来被人引荐给朱元璋，在鄱阳湖大战中一战成名，成为朱元璋早期的重要谋士。

当时，各路诸侯逐鹿天下，朱元璋和陈友谅之间的鄱阳湖大战不仅事关双方的身家性命，也最终决定了天下归属。

在这场被称为中世纪最大规模的水战中，一开始就占有绝对优势的陈友谅，最后却被处于劣势的朱元璋击败，而鄱阳湖大战也因此成为中国历史上继赤壁之战后的又一个以少胜多的经典战例。这场战略决战胜利之后，朱元璋消除了争夺天下路上的最大绊脚石，为之后统一整个江南地区奠定了基础。这场大战也成为促使明王朝建立的关键性事件。

而在这次战役中，最为关键的一个转折点就是张中的“望云气而知友谅亡”。据记载，在鄱阳湖大战中，于船上指挥作战的陈友谅被流箭射中，贯颅身亡。但在当时，除了陈友谅身边的极少数亲信外，无论是陈友谅一方，还是朱元璋一方，都不知道此事。只有张中“观云望气”，抢先知道了陈友谅的意外阵亡。

张中立即将这一情况上报给朱元璋，并献计让朱元璋写一封祭文，射给敌军，说明陈友谅已死，动摇其军心。

朱元璋听从了张中的建议，立即写好一封祭文送到陈友谅的部队。

这时，陈友谅的兵士才知道自己的老大已经阵亡，当即军心溃乱，之后便被朱元璋击败，陈友谅的势力随后也被彻底铲除。朱元璋终于扫平了统一天下路上的最大障碍，张中也因此更加受到朱元璋的重用。

在鄱阳湖大战中，张中的“望云气而知友谅亡”不仅成为其一生中最传奇的炫技，也成为历史上的一大谜案。数百年来，无数的历史学家为此争论不休，张中究竟是如何做到的？“观云望气”背后隐藏的历史真相到底是什么？

除这次神奇的表现之外，据传张中还成功预言了靖难之役和明朝整个历史命运。相传，明朝建立之后，张中功成身退，不知所终。却于一日，突然出现在南京。

当时大明皇帝朱元璋已经身患重病，昏迷不醒，数日未进饮食，满朝文武大臣惊慌万分，贴出皇榜，招求名医为朱元璋治病。在这种状况下，张中再次进入皇宫，出现在病榻上的朱元璋面前。他用三颗丹药很快治好了朱元璋的病。朱元璋很高兴，于是赐其黄金千两，绸缎万匹，但是张中坚辞不受，再三叩谢后，再一次不知所终。

但事情很快就出现了反转。张中走后不久，朱元璋勃然大怒，竟然紧急派兵去捉拿张中，最后因为无迹可寻，不了了之。其中缘由令人困惑不解。

有专家认为，朱元璋之所以对救命之人恩将仇报，是因为朝中有奸佞小人，看见张中如此了得，心生嫉妒，便在朱元璋面前搬弄是非，说张中“定是妖道，今日不除，必成后患”，朱元璋这才起了杀心。

问题是，张中这个“妖道”在朱元璋打天下时，曾在他身边待了很长时间，也曾做了很多看起来比现在救他命更“妖”的事，朱元璋为何当时不杀，反而现在被区区几句谗言就糊弄住了？这其中的蹊跷也成为历史谜案。

之后不久，南京城内的孩童们开始传唱一首歌谣：“莫逐燕，逐燕自高飞，高飞入帝畿。”当时人皆不知其意。直到数十年后，发生靖难之役，燕王朱棣攻破南京，建文帝焚火失踪，朱棣自立为皇帝，人们才知道了这首童谣的真实意思。

更有趣的是，朱棣继位后，也曾经派人四处寻访张中，同样无果而终。后来，明成祖朱棣因为感念张中功绩，便具椁招魂，将其葬于凤阳，敕封其为张太师。

当然，张中在历史上之所以声名远扬，让人着迷，一大原因是传说他是大神人刘伯温的师父。据说，是他传授刘伯温“天文地理、奇门遁甲、阴阳顺逆、星斗分野，并推测中华外夷一切吉凶及一万五千年三元劫数”的，刘伯温将后者记录下来，名之为《铁冠数》，又名之为《透天玄机》，而刘伯温的《烧饼歌》就是参悟《透天玄机》写成的。

《透天玄机》和《烧饼歌》与更早的《乾坤万年歌》《马前课》《推背图》《梅花诗》等成为中国历史上著名的预言谶书，而张中和刘伯温也双双成为中国历史上著名的预言家。

数百年过去了，历史的真实和虚妄的传说早已纠缠不清，隐藏在历史长河的幽暗河底了，哪部分是真，哪部分是假，谁又能说得清呢？

“张中真的掌握了某种古代高科技吗？”许文涛看着这些资料，心里不由得逸出了这个想法。

8. 乾隆爷

无蚊村是位于泸溪河畔的一个小村庄。它深隐于龙虎山的赤色山峦之中，三面环山一面临水，出入主要靠舟筏摆渡。由于这里一年四季没有蚊子，所以被称为“无蚊村”，也被誉为华东第一奇村。

“为啥没有蚊子？”坐在车上的叶钧问道。

“村里没有蚊子，那是因为村子的地理环境好，是风水宝地，地理环境和地气的作用，使蚊子难以滋生。”桂春梅边开车边回答。

“拉倒吧，这么敷衍！”叶钧不屑。

“无蚊村为什么没有蚊子，现在有很多种说法，一种说法是，村周围的山上有很多山洞，洞里住着很多的蝙蝠，这成千上万的蝙蝠将蚊子吃干净了，别处的蚊子也不敢来了。当然，现在最科学的说法，是村里村外有很多樟树、桉树和竹柏树，这三种树产生的混合气味具有强烈的驱蚊作用，所以蚊子不敢在这里待。不过，很多当地人也相信是天师法力无边，把蚊子赶跑了。”

“这么神奇吗？”

“现在这里还流传着‘天师驱蚊孝母’的故事。相传八百多年前，第三十代天师张继先陪母亲到仙水岩游玩散心，夜间投宿在许家村。当时正是盛夏，天气炎热，蚊子也很多。天师的母亲被咬得遍体红肿，奇痒难耐，便责怪天师无能，连个蚊子都解决不了。于是，天师连忙请老妈息怒，随后口念咒语，用扇子轻轻一扇，村里面的蚊子连大带小就被扇到河对面去了，从此这村里就再也没有蚊子，蚊子都躲到河对面不敢回来了。”

“那河对面的人岂不是很倒霉？”

“河对面就是‘有蚊村’。”桂春梅说道。

“大姐，你不是忽悠我吧！”

“河对面不光有蚊子，还特别大，三个蚊子一盘菜。还有老鼠，五只老鼠的尾巴能当裤腰带，你今天晚上可以去试试……”

“我不！”叶钧感觉自己的鸡皮疙瘩都出来了。

“去嘛！”

“不！”

“哈哈哈哈……”

桂春梅爽脆的笑声飘荡在龙虎山的竹林山峦间。在她看来，她又赢了叶钧一局。

无蚊村作为龙虎山景区的重要观光景点之一，在村前设有观光车站。游客于车站下车后，沿着青苔郁郁的台阶，拾级而上，穿过无蚊村的古老门楼，再走上五六分钟就正式进入无蚊村了。

桂春梅没有走游客路线，而是选择了村民常走的小路。她将车停在一旁，带着莫同尘和叶钧向村子里走去。

刚通过狭窄弯曲的巷子走进村子，莫同尘和叶钧就感觉好像穿越了。村里熙来攘往的人群中，很多人竟然穿着古代人的衣服在逛街、做生意。还有很多像飞天仙女般的古代美女嬉戏打闹，让人好像一下子进到了古代社会，或是哪部仙侠片里。

“哇，这边旅游还得 cosplay 呀！”

“拍电视剧的。”桂春梅白了叶钧一眼。

龙虎山作为道教三十六洞天七十二福地之一，无论自然环境还是人文历史都没的说，山水奇景、古街古建筑、宫观楼阁、世外桃源应有尽有，可以说包含了影视拍摄所需的各种元素，所以一直是影视拍摄热衷的取景地。

对于桂春梅这样的当地人来说，看到来此取景拍摄的剧组早已见怪不怪，但对于到此旅游的游客来说，倒是一次不错的免费旅游增值服务，会不时地偶遇各路来此拍戏的明星，令他们兴奋不已。如果自己愿意，也有可能被导演临时抓差，过一把当群众演员的瘾。

桂春梅带着莫同尘两个人穿过熙熙攘攘的人群，向村南头的许氏门楼走去。许氏门楼坐北朝南，面临泸溪河，是村中许氏族人祭祀祖宗和天地的地方，同时也是许氏族人的公共活动场所和村民议事大厅。

“绪衍其山。”叶钧看着门楼上方横匾上的四个字念道。

“箕山！绪衍箕山！”桂春梅鄙视地看了叶钧一眼，真怀疑他是不是大学生。

“老莫，这念‘其’吧！”叶钧表示不服。

“箕山。”在莫同尘看来叶钧倒是发挥正常，“‘绪衍箕山’就是说他们许姓是从箕山发脉繁衍下来的。箕山在河南许昌附近。相传，那里是许姓的始祖许由的辞官隐世之所，所以那里就成为许姓的发脉地。”

说完，莫同尘看了桂春梅一眼，桂春梅点头表示认同。她没有想到这个看起来有些安静的男孩竟然如此博识。

“嘁，那‘高阳世家’呢？”叶钧表示不服，指着门楼第二道横梁上的匾额问道。

“高阳氏就是颛顼，许姓是他的子孙衍生出来的一个姓氏呀！”莫同尘解释。

“还有，这块‘高阳世家’的匾是乾隆御赐的。”桂春梅补充。

“这穷乡僻壤的，乾隆干吗要赐他们一块匾？”叶钧问道。

“还记得你中午吃的那道‘黄袍拜君王’吗？”桂春梅反问。

“咋的，乾隆爷也在这里蹭吃蹭喝了？”

“不只是蹭吃蹭喝，还……”

“还咋的？”

于是，桂春梅就给叶钧讲述了龙虎山版本的“夏雨荷的故事”。

相传，也就是张天师“黄袍拜君王”那次，乾隆遇见了无蚊村的农家少女许凤娇。于是，两个人就好了。后来乾隆回到京城，留下来的许凤娇就生下了一个男孩。

十年之后，乾隆忽然想起了这个许凤娇，并得知她还为自己生了一个儿子，于是派心腹大臣以捉拿朝廷钦犯的名义，用木笼囚车将母子二人接到京城。许凤娇本就因思念乾隆而身心憔悴、体弱多病，被这么一路折腾又惊吓，刚到京城就死了。

乾隆为此十分内疚，于是出钱重修了这座许氏门楼，还亲笔御书了这块“高阳世家”的匾额。至于许凤娇的儿子，最后也不知所终，有说被皇妃害死的，也有说出家隐居的，还有说他就是后来的嘉庆皇帝。

“乾隆为什么来龙虎山微服私访？”听桂春梅讲完后，莫同尘问道。

桂春梅摇头表示不知道。“不过，乾隆这次微服私访后，天师很快被贬职，从一品降为五品，这是之前从来没有过的事。”

“拍马屁拍到马腿上了。”叶钧看着那块“高阳世家”的匾牌，然后，又叹了一口气，“唉，什么时候我能泡完妞，也只写几个字就完事呀！”

“嘁！”桂春梅一脸的厌恶和蔑视，不想搭理叶钧，转身往门楼里面走去。

这座许氏门楼由青砖建成，上覆灰瓦，屋顶两端有马头墙防护，能起到防风雨、防火灾的作用。门楼的内部有三间房大小，用十二根木柱做支撑，整体看来沧桑古朴。

在这座门楼内部东西面的墙上，确实如桂春梅所说，各有一块约半米宽、三米长的石刻画。其中，东面墙上的石刻画展现的是许氏族人从箕山一路繁衍于此，所经历的重大事件和重要时刻。而西面墙上的石刻画所表现的是许氏族人迁居于此后，在龙虎山泸溪河畔繁衍生息、逍遥度日的生活场景。虽然，这幅石刻画展现了龙虎山和泸溪河丹山碧水的旖旎风光，但是明显和张和光留下的那幅“丹山碧水”手绘画上的内容对不上。

桂春梅记错了，这两幅画没有任何关系。

莫同尘安慰桂春梅，让她再仔细想一想。桂春梅沉思良久后，还是抱歉地摇摇头。于是，莫同尘决定去村子里转转，想看看能不能发现和第五幅画相似的图画。可惜转了一圈，仍然没有任何发现。三人都有些失望，尤其是桂春梅更是感到抱歉。

三人无处可去，叶钧就带着大家走进了村角上的望江茶楼，想趁机喝口茶水，再商量下一步怎么办。

三个人坐在茶楼里，沉默地喝着茶，望着泸溪河上往来的竹筏，不知此后该如何是好。

茶楼的二层被在此拍戏的剧组临时借用为服化室，不时有演员匆匆穿过茶室，上楼去换服装化妆，又匆匆下楼出去拍摄。本来应该清静的茶室，倒也显得有点热闹。不过，茶客们除了刚开始好奇地看上几眼，很快就对这些“仙女侠客”无动于衷了。

莫同尘将那幅“丹山碧水”手绘画铺在桌子上端详起来。

这幅画上山峰耸立，河水蜿蜒，河面上还有两三个竹筏。仔细对比一下，可以明确的是，这幅手绘画上画的内容就是无蚊村附近这一段泸溪河和两岸山峦的风景。尤其是画面上，被桂春梅称为“仙桃石”的那块巨大山石，更是帮莫同尘定了位。这块“仙桃石”就矗立在无蚊村下方的河岸边。

但这幅画的原画又在哪里呢?

叶钧呷着茶，瞄着来来往往的“仙女们”。桂春梅则望着桌子上的水渍沉默不语，显然还在为自己帮不上忙而内疚。

“我知道有个地方……”桂春梅像是下了什么决心似的说道。莫同尘和叶钧同时抬头望向她，“能够看到和这幅画一模一样的真实风景。”

“干吗不早说……什么意思？”叶钧显然没有反应过来。

“这幅画的原画我不知道在哪儿，但我知道有一个地方可以亲眼看到和这幅画一模一样的真实的风景。”桂春梅又认真地说了一遍。

莫同尘和叶钧明白桂春梅的意思了。与前四幅画都是典故和传说不同，这第五幅画是单纯的龙虎山风景，而且这风景就是无蚊村附近的风景。那么可以推测，这幅画其实是作画者对这块区域真实风景的完全照搬和写生。也就是说，只要找到当初作画者所在的位置和视角，就可以亲眼看见这幅天地间的“丹山碧水”画了。

“好吧！”莫同尘沉默了一会儿后说道。既然找不到第五幅画的原画，那就只能去碰碰运气了。去站在当初作画者作画的位置，用他的视角看看会不会有什么发现。

“在哪儿？”看见莫同尘同意后，叶钧兴奋起来。

桂春梅抬手向河对岸指了指，莫同尘和叶钧顺着桂春梅手指的方向，看到了在河对岸两个高耸的红色山峰中间，那座悬浮于半空中细如月牙的小石桥。

“仙人城。”桂春梅说道。

9．保安和警察

莫同尘决定去仙人城看看，桂春梅却有点犯难。仙人城虽然看起来近在咫尺，可实际上真要过去却颇费周折，要绕很远的路。仙人城现在是龙虎山的一个独立景区，目前处在封闭闲置状态。能不能进去，又或者能不能爬到想要去的山顶位置都是未知数。

正常去仙人城的路线是先从无蚊村回游客中心，然后再开大约十五分钟的车就能到达。但桂春梅不想这么走，一方面这样走太浪费时间；另一方面，这一路上都是主要游览路线，容易被查。最后，桂春梅说出了自己的想法：先顺河漂流而下，然后走山中小路直接去仙人城。

“怎么漂流？我们没有竹筏，也不能像游客一样竹筏漂流。”叶钧看着泸溪河上来往的竹筏说道。

“走，看看去。”

“去哪儿看？”

桂春梅没有回答叶钧的问题，而是直接起身向茶楼外走去，莫同尘和叶钧紧随其后。在村子的西南角，沿着台阶而下有一个临河小码头。这个码头是村里人为方便日常出入村子所建。码头的外侧是红色山崖，靠近村子的内侧被一块巨大的红色岩石所遮挡。如果不走近，很难发现这里还藏着一个小码头。

桂春梅走到码头边上，看见有一条小船停泊在那里。桂春梅让莫同尘他们等着，自己向村子里走去。

身旁的导游正在介绍那块把码头隐藏起来的巨石。原来这块巨石叫“福石龟”。仔细观察，它很像一个抻着长长脖子的乌龟，在临河饮水，又像潜水入河而去。

据说，这里原来并没有这块巨石。那时只要发洪水，村子就会被淹。后来村民们纷纷乞求天师帮忙。于是，张天师便派来一只镇河神龟护村。从此，洪水来时，神龟就驮着村子上浮，几百年来，村子再也没有被淹过。因“浮”与“福”同音，所以当地人就亲切地称它为“福石龟”。

讲完福石龟的故事，导游让大家站在福石龟上，观看河对岸的山崖石壁。导游告诉大家，对面的石壁上隐藏着九虎一龙。当地人说，能辨出一只老虎，说明是个聪明人；能辨出两到三只老虎，说明有才有德；能辨出四到五只老虎，说明才高望重；能辨出七到九只老虎，定是才高八斗，官至一品；如果一气呵成辨出九虎一龙，必定要做真龙天子。

历史上很多名人都曾在这数过“龙虎”，如乾隆皇帝、明朝宰相夏言、徐霞客、王安石等。据说，只有乾隆皇帝能够看出九虎一龙来，其他人则看不全。

听导游这么一说，游客们都来了兴趣，纷纷开始数“龙虎”。叶钧也在一旁按捺不住，拉着莫同尘加入其中。

“现在我要是能数出九虎一龙，还能当皇帝吗？”人群中一个小青年问道。

“你可以当马云。”导游机智地回答，引发了大家的哄笑声。

就在大家开怀大笑的时候，莫同尘偷偷扯了一下叶钧，让他往背后看。叶钧看见有两个保安正在不远处晃荡，像是在巡逻，又像是在找什么人。这两个保安，一个高大白壮，一个矮小黑瘦，两个人站在一起像一对不搭调的“黑白配”。

人群中的叶钧和莫同尘对视一眼。

“美女，那边那个破房子是什么？”叶钧指着许氏门楼问导游。

导游明显也不想在这福石龟上浪费太多时间，于是就坡下驴招呼团员去看一旁的许氏门楼。莫同尘和叶钧混杂在游客中，顺势溜进了许氏门楼内，然后又从后面的小门出来，沿着小路快速溜进刚才喝茶的望江茶楼。两个人躲在茶楼里往外瞄着，一边躲保安一边等桂春梅回来。

却见那两个保安在许氏门楼前面晃了一下，又在四周转悠了一会儿后，也向茶楼走来。叶钧立刻感到坏了，被堵在这里了。如果现在出去，肯定会被他们发现。怎么办？

叶钧看着进进出出的演员突然有了主意。他招呼莫同尘跟着进来换衣服的演员上了二楼。二楼的剧组工作人员一个个正忙得不可开交，谁都懒得搭理叶钧和莫同尘。

两个人躲在二楼的角落里，观察着楼下的情况，希望那两名保安不要进来。但是事与愿违，他们还是晃晃悠悠地进来了。

他俩在一张桌子前坐下，要了一壶茶美滋滋地喝起来。两个人还为谁付茶钱赌了一把。最后大个子的保安赢了，高兴得龇牙咧嘴傻笑，小个子保安明显不满地抱怨着。突然大个子保安牛眼一瞪，小个子保安立马噤声老实喝茶。大个子保安吸溜着茶水，眼睛却盯着进进出出的女演员们。莫同尘发现这个大个子保安的手上还缠着布条，看上去像是受伤了。

两个保安堵在楼下喝茶，看样子一时半会儿没有挪窝的意思。莫同尘和叶钧在上面出不去很着急，一会儿桂春梅回来了，找不到他们就有可能坏事。两个人看着进进出出的演员一时不知道该怎么办。

“其实我是一个演员。”突然，叶钧狡黠地看着莫同尘。

莫同尘立刻就明白了叶钧的意思。两个人很默契地跟在那群演员后面，去领服装穿好，又去化妆组化了妆，随后就跟着几个演员一起大摇大摆地下楼了。

两个人装作没事似的，打算从两名保安身边溜出门外，可刚走到他们身边，两个保安就“呼啦”一下站了起来！

“娘的，警察！”大个子保安嘟囔了一句。随即两个人就像老鼠见了猫一样，匆匆从一旁的小门溜了出去。

莫同尘和叶钧吓了一跳，紧接着又有点发蒙，摸不到头脑。两个人扭头往茶楼的正门外望去，发现有两个警察正向这边走来。

来不及多想，两个人顺着刚才那两名保安的路线，迅速穿过小门溜了出去，匆匆往之前等桂春梅的地方走去。

“保安还怕警察吗？”叶钧小声嘀咕道。

桂春梅站在福石龟旁，手里拿着竹篙，早就在焦急地四处寻找莫同尘两个人了。当莫同尘和叶钧大摇大摆地走过来时，桂春梅竟然没有注意到他们。

“等谁呢，大姐！”叶钧恶作剧般地出现在桂春梅面前。

“你还说，你俩干吗去了？”桂春梅有点生气。

莫同尘将刚才的情况简单告诉了桂春梅。桂春梅听完没有说话，领着两个人就往码头走。

“梅子！”背后一个声音叫住了桂春梅。

刚才那两个警察看见桂春梅，老远就大声打招呼。桂春梅没法视而不见。趁两个警察还没走近，桂春梅赶紧低声和莫同尘嘀咕了几句，然后大声说道：

“厕所在那边！”说完，就抱着竹篙，冲着两个警察迎了上去。

“你这是干吗呀？”其中一位警察问道。

“还能干吗，去对面呀！”桂春梅笑语盈盈，“你们这是干啥呢？”这两个警察桂春梅都认识，大家都是土生土长的龙虎山人。

“还不是早上的事。”

桂春梅这才想起来，这两个人早上也和许文涛一起去酒店了。

“哦哦，那啥，那你们忙。”桂春梅说完转身想走。

“梅子，要是发现情况及时报告哇！”

“好，这个我知道。”

“嫌犯刚刚把小艾打伤了，要小心！”

“我知道了！”

桂春梅说完，提着竹篙绕过福石龟前的游客，顺着台阶下到码头，解开小船跳进去，撑篙向泸溪河下游划去。午后的阳光照在河面上，金箔似的波光在河面上闪耀着。

第五章　爷爷的词典

莫同尘隐约感觉到这组数字应该和四角号码有什么关系，一时却想不出来，但他不想放弃。他隐约感觉这也许是破解这组数字的最后机会。莫同尘闭上眼睛，深吸一口气，将所有的事情在脑海中重新梳理了一遍，总感觉有什么事情呼之欲出……

1. 泸溪河

莫同尘和叶钧根据桂春梅的指引，顺着望江茶楼西北角的一条泥泞小路一直往里走。两个人没走几步，果然看到了桂春梅所说的那道铁栅栏小门。这道小门是通往《寻梦龙虎山》[1]演出区的后门。这里地处偏僻角落，荒草丛生，平时很少有游客。再加上望江茶楼的遮挡，从村里根本看不到这里。

莫同尘和叶钧看看四下无人，迅速翻门而入。两个人沿着沿河台地上的水泥路继续向里走着，去找桂春梅所说的寻梦码头。

由于《寻梦龙虎山》只在晚上演出，白天演出区关闭禁止进入，所以现在里面空无一人。莫同尘和叶钧向里走了一百多米后，就看见了河边上那个巨大的寻梦码头。

两个人脱掉身上的戏服，用水洗了一把脸，便躲在一处隐蔽处等着桂春梅的到来。

等了没多久，戴着斗笠的桂春梅便撑着一艘小船顺流而至。两个

① 《寻梦龙虎山》是龙虎山打造的一场“行进式”山水实景演出。在演出的大部分时间内，观众需要坐在船上沿河漂流，观看演员们的表演。它以龙虎山的“道文化”为演出主题，展现了龙虎山千古名岳、道都仙山的仙境风光，探讨了“道的逍遥”。

人跑到码头上，跳入桂春梅的小船中，小船继续顺流而下，汇入泸溪河上来往的竹筏和游船中。

泸溪河两岸风光旖旎，岸边的峭壁悬崖上有很多崖洞，崖洞内两千多年前的古越人放进去的棺材一直留存至今，成为千古之谜。邻近的竹筏上，不时传来筏工的山歌小调和游客的欢笑声，使两岸的风景更加生动。

顺水漂流十多分钟后，游客们乘坐的竹筏纷纷在仙水岩码头靠岸。上岸后，游客们依照游览路线纷纷去观看岸边峭壁上的古越悬棺了。桂春梅没有选择在此靠岸，而是接着向下游的桃花洲漂去。泸溪河流到桃花洲区域时，河的两岸出现了大片草地和沙滩，龙虎山每年的帐篷节都在这里举行，今年也是如此。

今天是龙虎山第十三届帐篷节的第一天，也是最热闹的一天。顺河而下，只见泸溪河的东岸是绵延数百米的帐篷露营区。五颜六色的帐篷蔚为壮观。露营区内人来人往，嬉笑欢闹，再加上各种娱乐表演，一派热闹景象。

河的西岸，是一大片细沙滩，也是每年帐篷节的游戏比赛区和晚上篝火音乐会的场地。巨大的音乐会舞台已经搭建完成，只等晚上篝火燃起，人们就可以唱歌跳舞，肆意狂欢。

桂春梅撑着小船到达桃花洲的时候，“升棺表演”正在进行中。它用今人的想象和研究，重现了当初古越人将祖先的棺木放进离河面几十米高的峭壁崖洞里的盛景。

此时，河的两岸聚集了大量游客，正神情专注地观看悬棺表演。河中间也有很多游船停在那里观看这场神秘的古越悬棺秀。看着由龙虎山当地药农扮演的古越人从山崖上凌空而下，在绳索上犹如猿猴一样做着悬空绝技，两岸的游客不断地发出惊呼声。

莫同尘和叶钧也被眼前的场景吸引住了，在船上好奇地盯着慢慢升起的悬棺和犹如在杂耍般的演员。还没等悬棺最终升到崖洞里，桂春梅已将小船靠岸。三人下船后，爬上堤岸，向凉粉小道的方向走去。

凉粉小道，是一条绿荫遮蔽的山间小径，常有附近的村民用一种学名叫薜荔果，俗称凉粉果的野果子制作凉粉，在此向游客售卖。习以日久，这条小路就被称为“凉粉小道”了。

桂春梅三人走过凉粉小道，从一条岔道离开景区，一路向仙人城而去。此地离仙人城已不到两千米了。

2. 七星拱斗

仙人城，位于泸溪河的西岸，是一座独立的巨岩山峰，其峰四面陡峭，直壁耸立，远远望去，可谓下临深渊，上嵌碧空。

这里之所以叫仙人城，是因为它自古就是“仙人”居住的地方，素有“神仙洞府”的美誉。“天鸡三叫白云中，知有仙家住半空，尘士恍然惊梦觉，碧桃花落自春风”[①]，说的就是此处的仙家盛景。

等桂春梅三人赶到仙人城的时候，这里果然大门紧闭。

① 魏晋时期，第四代天师张胜首在山顶修建庙宇，传诵老子功德。这就是现在山顶兜率宫的前身。宋代的时候，宝月禅师曾在此修建“仙岩上寺”，传灯授徒。因此，仙人城也曾一度是指“仙岩上寺”。随后，又有尼姑上山，在山上的洞穴之中修建“仙姑庵”，供奉观世音、地藏王等菩萨。从此，这里因“仙家”众多成为佛道潜修的宝地，朝圣者络绎不绝，文人墨客也蜂拥而至，吟咏风雅，留下许多诗词歌赋。

三人在大门外叫了半天，也没有人应声。正当他们准备翻门而入的时候，才有一个看门的老头儿，一脸不耐烦地出来，大声呵斥。

老头儿用当地话告诉他们这里关闭了，不能游览。任凭桂春梅怎么恳求说情都无济于事，老头儿依旧态度粗暴死硬。到最后，干脆懒得再跟桂春梅废话，直接转身要回自己的小屋。桂春梅像是受了莫大的委屈，气得直踢门。站在一旁的叶钧看不下去了。

“大爷，别走哇！买门票行吗？”叶钧隔着木栅栏大门招呼道。

“不行！”

“唉，大爷您别生气呀！生气，身体坏了不得买药吃不是？”

老头儿回头瞪了叶钧一眼，又转身要走。

“哎哎，大爷别走哇！不是骂您呢！”

叶钧说着，从兜里掏出两百块钱，隔着门缝扔了进去。

“哎哎，大爷，您钱掉了！”

听到自己的钱掉了，老头儿下意识地掏自己的裤兜。只见老头儿从裤兜里掏出粗粗的一卷钞票，还用橡皮筋扎着，足足有一个成年人的手臂那么粗。老头儿检查了一遍钱，发现没少又重新放回兜里。

这时，老头儿才看见地上那两张崭新的人民币。

“大爷，您的钱掉了，快收起来！”叶钧不失时机地喊道。老头儿走回来把钱捡起来，吹吹抖抖又摩挲着。

“大爷，跟您打听个事呗！”

“什么事？”老头儿走回了门口。

“这以前门票多少钱哪？”

“三十元。”

“哦，那我们出双倍，不……三倍的钱，总可以了吧！”

“这……不行，出了事谁负责！”

“大爷，您看我们是大老远专程坐飞机过来的，都花了好几万块钱了。您看这两个人……”叶钧指着旁边的莫同尘和桂春梅继续说道，“结婚好多年了还没有小孩，他妈都要他们离婚了，听说来这拜拜生孩子特别灵，大爷您就可怜可怜他们吧！俗话说得好，宁拆十座庙不毁一家亲，为了祖国的下一代，大爷您就通融通融呗，您就当没看见我们，是我们偷偷溜进去的。一看大爷就是慈悲之人，您看这慈眉善目的……”说着，叶钧又掏出两百块钱想递给老头儿。

老头儿看了一眼旁边的莫同尘和桂春梅。两个人被他看得有点难为情。老头儿又瞅了一眼莫同尘，摇着头叹了一口气。

“先说好啦，出了事你们自己负责！”

老头儿说着，打开门放他们进来。叶钧坚持要把手中的两百块钱塞给老头儿，老头儿坚持不要。最后，老头儿被叶钧的诚意打动了，还是收下了那两百块钱。

正当叶钧和老头儿两个人在“走心”表演的时候，莫同尘突然想到了一个问题。

“大爷，能再请教您一个问题吗？”

“什么事？”

“这个人，您见过吗？”莫同尘拿着自己和爷爷的合照，指着上面的爷爷问道。

老头儿端详了一会儿后说道：“见过，前两天天师府的龚道长陪着他来过一趟。”

“他们来这儿干吗？”莫同尘和叶钧对视一眼。

“不清楚，上山去了。你们是……”

“哦，他是……”

“嗯，大爷，再问您个问题呗。”叶钧打断了莫同尘的话，“您有没有见过两个人，一男一女，是中国人又有点像外国人，男的花白头发年龄大，女的年轻很漂亮……”

老头儿还没等叶钧说完，就厌烦地挥手打断他：“每天来那么多人，我哪能都记住哇！你们赶快的，5点之前下来啊，不然我锁门了！”

“嗯，得了大爷您嘞！”

叶钧谢过大爷，三个人向山里走去。看门大爷也不再管他们，踱着步哼着曲儿回自己屋里去了。

和所有景区一样，仙人城的游览路线也遵守了“不走回头路”的设计原则，呈一个大环线，其中心点就是仙人城的最高点，矗立在山顶的兜率宫①。

桂春梅决定走东线，沿着山崖上开凿的蜿蜒台阶一路上爬，这样可以尽快到达山顶。相对于走西线绕好几个山头来说，能省不少时间。

三个人于是沿着绵延不尽的台阶一路向上爬升，大约四十分钟后，终于看见了巍峨耸立的兜率宫。

三个人沿着层层台阶又向上爬了一段路，才来到了高高在上的兜率宫门前。虽然仙人城现在闭园重修，无人参观也没有人悉心打理，但是仍然能够看出这里昔日的香火盛况。

---

① 兜率宫，相传是太上老君的居住和炼丹之所。《西游记》里的孙悟空就是在兜率宫里偷吃仙丹并炼出火眼金睛的。龙虎山的仙人城之所以声名远播，是因为相传太上老君在这里向道教创始人祖天师张道陵传授道法玄机。到了第四代天师张胜的时候，为传诵老君功德，便在这里兴建庙宇，供奉老君神像，这就是今日兜率宫的前身。到了唐朝时，皇帝为了抬高自己的身份，神化自己的统治地位，开始将老子奉为祖先，奉道教为国教，将老子的《道德经》列为科举考试科目。而仙人城作为太上老君真身下凡，传授张道陵道法玄机之地，唐朝皇帝自然高度重视。唐玄宗就亲赐白银给第十五代天师张高，命其在仙人城重建兜率宫，以祭祀老子。自此，这里成为历代天师和道徒祭祀、朝拜教主老子的主要宫观之一，从而声名远播。

从大殿门口往里望去，空空荡荡的大殿内并没有太多陈设，但供奉在中间的太上老君像，仍然会让人生出膜拜之心。桂春梅说，这座太上老君像高12.3米，以应道家“道生一，一生二，二生三，三生万物”的哲学思想。

虽然现在闭园，大殿内灰尘蛛网，显得陈旧破败，但是老君面前的供桌上，依然香火不断，香烟袅袅，烛光熠熠。在供桌上还摆放着一些瓜果、香烟和绢花。在供桌前方，有一个巨大的红色功德箱和黑色的旧蒲团，旁边的铜盆里则盛着满满的香灰。

三个人在兜率宫门前稍微喘了口气后，桂春梅就领着两个人往最东边的山崖走去。站在山崖边向东眺望，包括刚才所在的无蚊村、寻梦码头在内，龙虎山的丹山碧水、瑰丽风景都尽收眼底，确实是欣赏龙虎山山水风光的最佳位置。眼前所见，泸溪蜿蜒飘玉带，龙虎磅礴冲长天，下俯金鳞跃竹筏，远观层林染青丘，真的好似古人所说“千尺云崖上，仙城白莲开。徘徊凌绝顶，好景胜蓬莱”。

站在这“千尺云崖”之上，往东北方向望去，莫同尘居然看到了和第五幅手绘画上一模一样的真实风景。河东岸高耸的仙桃石和对岸的金钟峰是最好的定位标志。这两座山峰就像一对静默门神，看着这绿水飘飘尽北去，赤峰绵绵惜相送，三两竹筏弄孤影。

想当初作画者一定是站在这里，向东北方向眺望而绘下那幅画的。既然爷爷也来过这里，那么爷爷也很有可能和自己一样，站在这里，看过相同的风景。想到这里莫同尘心里突然暖暖的。

但是，爷爷究竟为什么会站在这里？为什么会描摹这里的风景？他想告诉自己什么？莫同尘还是没有从这眼前的风景中看出来。毕竟这天地间壮阔的山水自然大画，是之前所见到的那些石雕和壁画不能比的。

“这怎么找不同啊！老莫你看得出来吗？”一旁的叶钧问道。

莫同尘摇头，因为根本不可能像之前那样找到其中的细微不同，这一点其实大家都明白。

“那不就是白爬上来了吗？”叶钧嘟囔道。

莫同尘没有说话，桂春梅显得有点难为情。

“嗯，你真不知道这画的原画在哪儿呀？”叶钧问桂春梅。

桂春梅摇头。

“再想想！你怎么这么笨呢，是从小在这长大的不？”

“真不知道！”桂春梅有点恼怒。

“你不知道，我们岂不是要前功尽弃了！没有这幅画上的点数，我们怎么算？”

“不知道就是不知道，我没见过就是没见过，我是龙虎山的还是你是龙虎山的？”

“嘿，还嘴硬，你罪过大了，我跟你说……”

“也许那些点数根本就没有意义。”

“啊？！”叶钧和桂春梅两个人都看向莫同尘。

“我相信春梅。”莫同尘信任地看向桂春梅，“也许这幅手绘画根本就没有原画，至少在现在的龙虎山看不到。”

“啊……”叶钧不明白。

“如果有，从小在这里长大的春梅肯定会知道。退一步讲，如果连春梅都不知道，我爷爷来这里的这段时间，你觉得他有多大概率能看到？换句话说，即使真有原画，如果春梅看不到，我爷爷也不可能看到，这就是我爷爷为什么来这里的原因。”

“你是说，老爷子和咱们一样，也是爬到这里看到真实风景后才画的？”

莫同尘点头。

“那他为啥要画这个？”叶钧接着问。

莫同尘摇头表示不知道。

“那，那前面那些画中的点数不同……”

“我们想错了，没有任何意义。”

三个人沉默了，谁都不再说话。远处的桃花洲，五颜六色的帐篷混杂在一起，像撒在地上的彩虹糖。帐篷节现场人声鼎沸，好像在玩什么有趣的游戏，一波波欢快的尖叫声，混合着现场的音乐随风袭来。

“走吧。”

良久后，莫同尘轻轻说了一声，转身要走。

“完了？！老莫你爷爷怎么办？”

听到叶钧的话，莫同尘像被什么蜇了一下，僵直地怔在那里。

“我再想办法。”莫同尘回头轻轻地说。

午后的阳光斜落在他身上，晕染出一层金黄色的落寞。莫同尘看上去像是一个在陌生路口和妈妈走丢的孩子，孤独、无助、渴望……

叶钧想起了自己小时候，每天放学后回家，用脖子上的钥匙打开黑洞洞的家门，自己做饭吃，然后上床睡觉。很多时候午夜惊醒，发现父母还没有回来。叶钧想，自己那时候缩在床上盼望父母归来的感觉，也许和现在的莫同尘一样。

“老莫等一下，我们再看一遍，我就不信邪了……”叶钧阻止要走的莫同尘，“既然你能看出前四幅画的不同，这里你也能看出来！”叶钧说着，向桂春梅使眼色。

“对对对，我们再看一遍一定能看出来！”桂春梅把莫同尘拉回来。

“你看哪……”桂春梅强装镇定但其实心里很虚，她不知道现在该说些什么，要怎么做才能帮助莫同尘。

“你看哪……你看，前面那个山峰啊，像不像一个卧着的巨大雄狮正在回头看？所以那里就叫‘雄狮回头’。它是龙虎山的一个标志景点，在龙虎山的不同方位都可以看到……”

桂春梅一边努力回想着自己当初导游培训时的所学，一边指着面前的山峦景致向莫同尘介绍着。

“呃……以这个‘雄狮回头’为界，你往南看……”

“对，你往南看！”叶钧也跟着重复一遍，并伸出手臂引导莫同尘的视线。

“你看南边，你看那里群峰森立，做奔驰腾飞状，那是‘百凤朝阳’组峰，喏，那是咱们刚才待过的无蚊村，还有寻梦码头，河的对岸是有蚊村，当地人戏称有蚊村的蚊子大得哟，三只蚊子一盘菜，五只老鼠一麻袋……”

桂春梅努力背着导游词，却越来越心虚，她不知道这些有没有用，是不是真的能帮助莫同尘。但是现在也没有其他办法，只能硬着头皮接着说下去。

“你再往南看，就是天师府和大上清宫……嗯，咱们再往北看……”

“嗯，咱们再往北看……”叶钧也重复一遍，像加油鼓劲儿的啦啦队。

“你看那边七峰并峙，直指长天北斗，是‘七星拱斗’组峰。有时浮云从山间飘过，清风徐徐吹来，俯瞰眼前的山水，侧观身后的宫观，我们简直就是置身于仙山琼阁中。难怪当年第三十代天师虚靖先生张继先在此观赏美景后，欣然写下了‘一条涧水琉璃合，万叠云山紫翠堆’的绝美佳句，也难怪有古人游历到这里后，油然而发‘千尺云崖上，仙城白莲开，徘徊凌绝顶，好景胜蓬莱’的感慨。”桂春梅觉得自己真的尽力了，她感到了深深的内疚。

莫同尘似听未听，还在往北望着……桂春梅刚才说的“七峰并峙，直指长天北斗……”也是第五幅手绘画上的内容。

“七星拱斗……”莫同尘暗忖。

看着手中的手绘画，又看看远处的山峰，莫同尘仰头向上看去。

“七星拱斗……北七南六……”莫同尘想起了之前在留侯家庙，叶钧认为“老君授箓”画上的不同之处是少画了一点的北斗七星的情景。

“龙两角……”

豁然开朗，莫同尘似乎明白了什么。

“我知道了！”

3. 规则

“老莫你知道什么了？”

莫同尘没有回答叶钧的问题，而是立即转身离开了山崖。他快步走回兜率宫，把背包里的东西“哗啦”一下全倒在大殿前的青石板地上。红蓝铅笔、初版《现代汉语词典》、手绘画、照片、铜柄放大镜……

莫同尘把那五幅手绘画依次摆在地上，认真地看着画上的不同之处。稍后，莫同尘拿起那支红蓝铅笔开始在地上画一些圈圈线线。桂春梅和叶钧静静地看着，连大气也不敢出，生怕打断了莫同尘的思路。

两个人也看出来了，莫同尘在青石地上画的是手绘画和原画的不同之处。只不过莫同尘用小圆圈代替了画中的雷火、蜜蜂等，但数量和相对位置都没有变，和手绘画上的数量以及布局一模一样，之后又用短线分组将这些圆圈连接起来。

这些圆圈一共分为四组，即每张画为一组。第一组是上下斜对着的两个圆圈，莫同尘用一根短线将它们连接起来。这代表的是“天师斩蛟”画上的两点雷火，而文创店的原画上此处是三点雷火。

第二组是呈两列平行斜线排列的八个圆圈，这代表的是“丹成龙虎现”上的八朵云纹。莫同尘先将两列上的四个小圆圈分别连成一条斜线，然后将两列斜线中间的四个圆圈横着连起来，看起来是一个斜着的“井”字，而在正一观的石雕上，虽然此处也是八朵云纹，但是分布位置不一样。

第三组是用十六个圆圈连线围起来的“蝙蝠”形状。这代表的是“鹤鹿蜂猴”画中的蜜蜂，而在天师府的石壁画中只有十一只蜜蜂，分布位置也不是“蝙蝠”形状。

第四组是六个圆圈连线组成的“勺子”或“鸭舌帽”形状。这是“老君授箓”画上，三足乌脚下代表星辰的小白点。原壁画上，此位置是七个白点，而且也不是“勺子”形状。

“这是……”桂春梅试图猜测道。

莫同尘接着又在地上画出了第五组圈线，七个小圆圈连线成一个勺子形状，又在勺子的一旁单独画了一个小圆圈。

“北斗和北极星，这是星宿……”桂春梅惊讶道。

“是的，我早该想到的……”莫同尘说道。

“我就说嘛，这是星座，你们还不信！”叶钧觉得是时候表现自己真正的实力了，“你看，我早就说那是北斗星，是你爷爷少画了一点，你还不信！”叶钧指着第四组那六个圆圈组成的“勺子”兴奋地说道。

“那是斗宿，不是北斗。”莫同尘说道。

“这不是一样吗？斗宿不就北斗嘛！”叶钧一副你们谁都别蒙我的表情。

“北斗是北斗，斗宿是斗宿，北斗是七颗星，斗宿是六颗星，也叫南斗，它在北斗的南边……”

“你说天上有两个勺子星？老莫，不带这么蒙人的吧！”

“看过《三国演义》吗？北斗主死南斗主生的故事听说过吧！”

“拉倒吧，三国杀我都嫌麻烦，你让我看《三国演义》？！”

莫同尘觉得是没法跟他解释明白了。

“这些星宿都是什么意思？”桂春梅虽然看出了这些是星宿图标，但是没看懂其中的含义。

“这些都是二十八星宿中的，分别是东西南北四方星宿的首宿。这两点是东方的角宿，这个井字形的是南方的井宿，这十六只蜜蜂围成的‘蝙蝠’是西方的奎宿，这六星的‘勺子’是北方的斗宿，而这个……”莫同尘指着最后一幅手绘画“丹山碧水”接着说道，“就指的是位于中间的北斗七星和北极星……”

一旁的叶钧觉得刚才自己被骗了。

“老莫，你刚才不是还说斗宿也叫南斗在南边吗？还有这北斗和北极星是在北边呀，怎么被你说成是在中间了呢？你是急傻了还是故意蒙我们俩呢？”

“是呀……”桂春梅也有点糊涂。

“其实，这个……”莫同尘腼腆地笑了一下，想着自己如何能把这件事情解释得更清楚些。

其实早在远古的时候，人们就发现，天上日月星辰的变化和自己所处的世界息息相关，正是它们的规律出没，天地间才有了四季的轮回，并显示出不同的气候特征，从而影响到自己的生活和生产。于是，人们就开始悉心观察日月星辰的运行规律。为了方便观察和标记，人们把相邻的恒星分组成星群并命名，这就是星宿或者星座。

地球围绕太阳公转一周是一年。但在古人的观察看来，太阳似乎是在星空的背景下，围绕着地球缓缓转圈。它绕地球一圈刚好是一年，并返回原来的位置。这条太阳绕地球转圈的轨道，就被古人称为“黄道”。由于月亮和金木水火土等对古人重要的星体也都在附近运行，因此这条“黄道”就具有了特殊的观星意义，无论是制定历法还是占星卜算都非常重要。

所以，西方人就沿着这条“黄道”，为太阳建立了十二座宫殿，称为“黄道十二宫”，也就是我们平时所说的十二星座，像白羊、双鱼什么的。而中国的古人却参照月亮的运行轨迹，在这附近为月亮修建了二十八个旅店。因为月亮在星空的背景下绕地球一周约为二十八天，这样月亮每晚都有一个休息的地方。这就是二十八宿，也称二十八舍，总之就是住宿、停留的意思。

但不管怎么说，这二十八星宿就成为中国古代星空中最重要的星宿。古人以此为标志来观察日月及五行的运行，仰以观于天文，俯以察于地理，以此测定岁时季节，甚至揣测年成的丰收、战争的成败和人事的祸福等。

这二十八星宿分别是东方七宿角、亢、氐、房、心、尾、箕，因为整体看起来像一条盘旋的龙，被称为青龙或者苍龙；西方七宿奎、娄、胃、昴、毕、觜、参，看起来像一只斑斓的猛虎，被称为白虎；南方七宿井、鬼、柳、星、张、翼、轸，组合起来像一只展翅的大雀，被称为朱雀；北方七宿斗、牛、女、虚、危、室、壁，看起来像龟与蛇缠绕在一起，被称为玄武。

之所以被分配以青白朱玄四色，这和五行思想相关。四方配四色，东方属木，为青色；西方属金，为白色；南方属火，为红色；北方属水，为玄色。

至于东南西北方位之分，是因为古人的观星习惯。古人观星时，都习惯面南背北而站，所以他们抬头仰望的这片星空，就叫“南中天”。这样在每年春分这一天的黄昏时，观星者面南而立看到的景象就是，前方朱雀七宿展翅翱翔于南天，左边青龙七宿正昂首跃出东方，右边白虎七宿正随夕阳坠入西方，身后玄武七宿则隐没于北方的地平线下。汉代的张衡曾经把这种景象描述为“苍龙连蜷于左，白虎猛据于右，朱雀奋翼于前，灵龟圈首于后”，所以这二十八宿映射到地上，就可以用来指示东西南北四方方位，也可以用来指示前后左右相对方位。

至于北极星和北斗的问题，则源于古人的北极星崇拜。对于我国古人来说，北极天区一直以来具有特殊的意义。黄河流域地处北纬35度左右，这样北天极和地平面所呈的夹角就是35度，这就意味着以北天极为中心，以35度为半径的圆形天区是一个终年都不会没入地平线的常显区域，这个区域被称为“恒显区”，也叫“拱极星区”。

古人很早就发现，在其他恒星每天都东升西落的同时，这个“恒显区”内的众星却是终年不会落入地平线，而是围绕着北天中心的一个无形的点在反复打转，这个点就是北天极。最接近北天极的恒星就是北极星，用肉眼观察，它稳如泰山，终年岿然不动，就像孔子说的那样“譬如北辰，居其所，而众星共（拱）之”。在文明的初始，人们就注意到了北极天区的这一重要特征。

在古人看来，群星围绕北极星旋转，而北极星恒定不动的特性是一种极为神圣的事情。他们认为北极星必定居于天之中央，它必定像天上的君主，坐镇中央令四方，日月星辰都是它的子民，围绕在它周围不停地旋转，所以，北极星也有了在中、在上的意味。

不仅如此，既膜拜上天又尊崇中央的古人，还把居于天之中央的北极星视为古代最高的神，是众神之主，这就是后来的玉皇大帝，天地人三界众神，无不听命于他。

然而在这北极天区中，最显著、最明亮、最容易找到的却不是北极星，而是北斗七星。在今天看来，北斗七星像一把大号汤勺，所以很多人叫它“勺子星”。古人之所以称它为“北斗”，是因为它的形状和商周时期的一种盛酒的器具酒斗相似。这是一种长柄的舀酒器具，和后来用来称量粮食的米斗形状不同。

每当黄昏的时候观察北斗七星，古人就发现，在不同的季节，北斗的方位和斗柄的方位是不一样的，他们据此总结出规律，用于辨识季节。每当黄昏群星出现，如果北斗七星的斗柄东指就是春天，南指就是夏天，西指就是秋天，北指就是冬天。

由于北斗七星围绕着北极日夜不息地旋转运动，所以从很早开始，古人就把北斗想象成了天帝的马车[①]。天帝以中央为枢纽，驾驶着这驾马车巡查四方，定四时、分寒暑。

“行了行了，你就直接说，老爷子这找不同到底想干啥吧！”听着莫同尘的解释，叶钧还是没弄明白其中的意思。

“也就是说，爷爷通过偷改画中元素，用星宿来指代方位，这五幅画其实代表着五个方位，即东南西北中或者上，‘天师斩蛟’在东或左，‘丹成龙虎现’在南或前，‘鹤鹿蜂猴’在西或右，‘老君授箓’在北或后……”莫同尘边说边用那五幅画在地上演示着。

“这是……房子？”叶钧试探地猜测道。

莫同尘看了一眼身后的兜率宫，没有吭声。莫同尘没有吭声，叶钧就视为认同。叶钧突然觉得自己柯南附体，小宇宙爆发，于是开始

① 把北斗七星看成车子的民族很多，如古代巴比伦人就把北斗看成货车，古埃及人把它看成伊西丝女神之车，英国人把它看成亚瑟之车，北欧人把它看成奥丁大帝的战车，阿拉伯人称北斗为“车星”。

接着推理。

“老爷子，是不是说他在一个房子里，这个房子的四面墙上画着这些画，让我们赶快去救他！”

莫同尘没有吭声，看向桂春梅。桂春梅没有说话。

“哎哎，龙虎山有没有这样的房子，四面墙上都画成这样，顶上也画成这样的？”叶钧问桂春梅。

桂春梅坚定地摇头，表示没有。龙虎山的宫观里有壁画的房子很多，但不可能四面墙和屋顶上都画画，最多也就是左右后墙和屋顶上画，前墙有门窗是不会画的。她肯定龙虎山没有这样的房子。

“那、那会是什么？东南西北前后左右……”叶钧的推理暂时卡了壳。

莫同尘没有说话，而是将地上的东西一一收起来，装回背包里。之后，他站起身来，走进了兜率宫，叶钧和桂春梅也跟着走了进去。

莫同尘在大殿内四处张望，大殿内高达 12.3 米的老子也在默默地看着他。供桌上香烟袅袅，烛火熠熠……莫同尘的眼睛掠过这些燃烧的香烛，看到了供桌前……

“也可能是一个……”

“箱子！”桂春梅也注意到了供桌前的那个红色功德箱。

“或者盒子。”莫同尘补充道。

“祈福、箱子……功德箱！”叶钧再次柯南附体，“这下通了，老莫，你爷爷给你的那条短信是什么来着……”

“小同，爷爷在龙虎山给你祈福啦，你来还愿吧！ 14020671715。”

“这就是对了！你爷爷被藏在一个功德箱里，功德箱的密码就是14020671715。”

“龙虎山没有那么高级，功德箱还有密码锁。”桂春梅觉得叶钧的推理很不靠谱。

“那是保险箱？”叶钧又推理道。

桂春梅翻了一个白眼，懒得再搭理叶钧。

“天师府有什么重要的箱子或者盒子吗？”莫同尘思索后问道。

桂春梅明白莫同尘的意思，既然这个箱子四面雕刻的都是张天师的故事，展现了他人生不同阶段的成就，就说明这个箱子一定和天师府、和张天师有很深的渊源。但是，桂春梅从来没有听说过有这样的箱子或者盒子存在。

“那道教历史上有什么重要的箱子或盒子吗？”莫同尘接着问道。

桂春梅仍然摇头，表示不知道。

“我知道了，那个 1402 不是密码，是编号，一个编号为 14020671715 的功德箱！”叶钧又重新做出了推理。

桂春梅有点哭笑不得。

“龙虎山哪有那么多功德箱，再说了，龙虎山各道观里的功德箱根本没有编号，还有，你见过哪个功德箱是雕刻成这样的？拜托你能不能闭嘴，消停点。”

“那、那，这、这……”

“走吧。”莫同尘说道。

叶钧和桂春梅不再作声，跟着莫同尘往山下走去。

盒子？谁的盒子？天师的盒子？莫同尘不觉得爷爷会在盒子里。这个盒子或者箱子应该是爷爷此次来龙虎山的目的，盒子里的东西应该是爷爷想保护的东西，也是“天眼”觊觎的东西和他们现在仍然留在龙虎山的原因。

盒子里面又是什么呢？莫同尘默默地想着。

三个人默不作声，沿着小道向山下走去，午后西斜的阳光，为他们画出了长长的影子。

4. 千秋固

午后的阳光，穿过破旧的窗户照射进小屋里，点点微尘在光线中上下翻动，更显得这间小屋的寂寥静谧。

张和光沉默不语，盯着照射在自己手背上的阳光以及光线中那些翻动的微尘，就像实验室里的研究员在观察显微镜下的微生物一样，神情肃穆专注。死神塔纳托斯坐在对面，饶有兴致地看着笼罩在斑驳光影中的张和光，像是在欣赏一件精美的艺术品。睡神修普诺斯坐在小屋的门口，慵懒地修理着自己保养甚好的指甲，偶尔也抬头看一眼外面的山峦风景，显得意兴阑珊。

自从中午返回小屋后，死神和张和光已经在这里对坐了三个小时，彼此都没有说话。其实，大家都知道这是一次沉默的较量，犹如武林高手过招，最先沉不住气的人必将一溃千里，而气定神闲的人则有机会一招制胜。死神悠闲地看着张和光，张和光则肃穆地把玩着阳光里的微尘，两个人沉默不语，其实暗中早已横刀立马，黑云压城。

死神原本以为他一返回小屋，张和光就会焦急地向他询问莫同尘的情况，这样自己就可以在这场较量中占据主动。但令他没有想到的是，张和光始终表现出一副气定神闲的样子。难道他不关心孙子的安危？这不可能，死神暗忖着。

其实死神不知道的是，他在中午突然返回，反而给焦虑的张和光吃了一颗定心丸。看着死神将看守自己的大蒜和三五叫到一边叮咛几句，并打发出去后，张和光就知道死神和睡神这次肯定不是主动回来的，而是在外面遇到了麻烦，迫不得已才返回的。现在他们两个应该一时不方便再出去，所以才打发大蒜和三五两个人出去。虽然他不知道死神和睡神两个人在外面遇到什么麻烦才被迫返回，但至少意味着孙子莫同尘暂时安全。张和光觉得自己有了稳下去的筹码。

不过，张和光仍然暗自惊叹天眼的做事手段，思虑周全，未雨绸缪。他们竟然会事先预设两个和自己毫不相干的“棋子”。即使发生意外，他们不方便出面，也不会影响任务的继续执行，而且很有可能因为这两个“棋子”，他们能不留痕迹地全身而退。

看来这个世界文物界的黑暗传说，果然非比寻常，手段毒辣。想到这里，张和光忽然心里一颤，昨天晚上大蒜和三五两个人盗走铜钟龙头，看来绝不是临时起意，而是死神有意引导。

用一个文物盗窃案来掩盖自己的真实行动，误导警方视线，随后李代桃僵，金蝉脱壳。想到这里，张和光不禁后脊背发凉，这个对手太可怕了，不知道眼前这个看起来风度优雅的家伙，心里还盘算了多少阴险伎俩。张和光又想起刚才从这里离开的大蒜和三五两个人，恐怕他们的发财梦里包藏着什么样的凶险，他们从来都没想过。财迷心窍，必为所害，张和光在心里感叹着。

“张先生……”

死神沉稳优雅的嗓音打破了平静，他似乎反省到了张和光气定神闲的原因，于是决定主动进攻。

“你不想知道你孙子的情况吗？”

张和光没有吭声，仍然低头把玩着阳光中的微尘。

“但你应该很关心这些手绘画的进展吧！”死神的脸上仍然挂着自信优雅的笑容。张和光瞬间一愣。

死神从睡神手里接过手机，打开里面的照片，递到张和光面前。他一张一张地翻着照片。

第一张是莫同尘和桂春梅两个人在正一观研究“丹成龙虎现”石雕的照片，后面分别是两个人在天师府研究“老君授箓”壁画和“鹤鹿蜂猴”石雕的照片……

张和光惊讶地抬头看了死神一眼。虽然早就预料到莫同尘会被他们跟踪，就像当初自己被跟踪一样，但张和光还是吃惊不小，这些照片有好几张是近距离拍摄的，莫同尘和桂春梅两个人竟然都没有发现。看着张和光惊讶的眼神，死神决定不给他任何喘息机会。

“这些画是千秋固上的图案吧？”死神接着说道。

张和光猛地抬起了头：“你……知道……”

“这还得托张先生多年辛苦研究的福。”死神依然保持着那自信优雅的微笑，“我可是张先生那些论文的忠实读者，每一篇我都认真研读过，可你后来将它们一把火烧掉，实在有些可惜了。”

张和光没有说话，低下头看着自己手背上的光束，试图去抓住那里面的微尘。

“不过，世事轮回还真是有意思。六百年前，正是张先生的先祖将它从龙虎山带走，没想到六百年后还是由他的后人回来寻找。而我们的先祖也因为它漂洋出海六百多年，九死一生流落他乡。没想到转遍了整个世界，六百年后还是回到了原点，当初故事开始的地方，看来冥冥中一切自有注定啊……”死神边说边看着自己右手虎口内侧的刺青文身——一个圆圈里画着“×”的标志。

张和光没有吭声，仍然试图抓住那光束里的微尘。也许就像死神说的那样，一切都在六百年前的那个晚上就注定了。

那是元顺帝至正十一年，也就是1351年。那一年的正月，龙虎山大上清宫发生了火灾，大上清宫被焚毁。如要构建新宫费时日久不说，且耗资巨大。当时已经处在灭亡前夕的元朝政府，正疲于应付黄河治理和因此而起的红巾军起义，也是心有余而力不足。最后，大家决定先铸造一口大钟来确保“大道兴行”“风调雨顺”“国泰民安”和“皇图巩固”，其他的复建从长计议。

这一年九月的一个晚上，第四十代天师张嗣德和方从义等人就铸造铜钟事宜在书房商议到很晚。等天师将众人送走，已是子时深夜。正当天师准备休息时，一个道士突然推门闯了进来。

这个道士看上去五十多岁，须发已花白，道袍也洗得素白，头上戴着一个铁冠道帽，看上去有点不修边幅。还没等天师发问，这个道士就自报家门，说他叫张中，临川人，已在山上修道多年。

听到他自报家门，天师没有言语，示意他就座。张中也不客气，就在桌前坐下。坐下后，张中看着桌子上方从义手书的铜钟铭文啧啧称赞，赞其书法笔墨苍润、沉稳雄浑、简洁凝练、自成一格。

天师没有吭声，只是在一旁端详着这位看起来有点失礼的道士。对于张中的那些事迹，天师也有所耳闻。但天师现在还搞不明白，自己平时与这个看起来就有点癫狂的道士并无交集，今夜他为什么会突然跑到自己的书房来。天师沉默着等张中开口。

“听闻上清宫要铸造大铜钟一口？”张中边比画边说。

天师颔首应允。张中突然大声吟道：“大道兴，大钟鸣，大道废，大钟鸣……”

天师一惊，问此话是何意。

“合乎天道，钟鸣祥瑞，风调雨顺，国泰民安，是为镇国之宝；悖乎天道，钟鸣丧殂，风不调雨不顺，兵兴祸起，是为丧鸣之钟……”张中边说边意味深长地看着天师，“天师，可曾听过明王出世，日月重开大宋天……”

“放肆！”天师惊恐地厉声呵斥张中。这样大逆不道的话，天师当然知道意味着什么。但是张中不为所惧，依然慷慨陈词：“如今元朝腐败黑暗，赋徭沉重，天灾不断，兵祸四起，民不聊生，这是元朝的气数尽了，天师何不顺应天时，助推一把，加快完成这朝代更替的进程，提前结束这乱世灾祸，使天下苍生少受一点祸事煎熬，少一些生灵涂炭，岂不是我等修道之人的本分！”

“住口！出去！”还没等张中慷慨陈词结束，就被天师下了逐客令。

“道存则隐，道废则现。难道历代天师不是以福国佑民为本？望天师勿忘己任，及时替天行道！”张中说完后拂衣而去。

张中走后，天师跌坐在椅子上。其实他何尝不知道元朝命数已尽，就像秋之黄叶，落下来是迟早的事情。但是于道来说，大道运转自有规律，应该顺乎自然，谓之道法自然，如若贸然人为干预，加速进程，恐怕会埋下祸事，遭受天谴，这是万万不能做的。

于私来说，历代天师都在以福国佑民为己任的同时，以忠君为基本。自元朝建立以来，历任皇帝对历代天师可谓恩宠备至。正是在元朝皇帝的大力推崇和支持下，天师道才得以快速发展，出现了之前历史上从未有过的鼎盛局面，而天师也被敕命主江南道事，成为实际上江南各道教派别的首领和共主，自己又怎能在这个时候辜负皇恩，推大厦于将倾呢！

天师就这样前思后虑，一直枯坐到天亮。第二天一早，天师派人去查询张中的下落，并下令将其逐出龙虎山，不准其在山上各道院修道，但是此刻张中已经消失不见，此后再也没有人看见过他，天师也只得作罢。

随后不久，红巾军起义蔓延到江西境内，龙虎山周边也变得不再安宁。境内盗贼四起，天师不得不忙于将精力转移到组织地方义勇保境安民等更急迫的事务上来，对于张中的事也就抛之脑后，慢慢淡忘了。

到了第二年的闰三月，大上清宫的大铜钟历时半年有余终于铸造完成。就在大铜钟悬挂在大上清宫钟楼的当天深夜，消失半年之久的张中又一次出现在天师的书房里。“真正的明王出现了。”这是张中闯进来后说的第一句话。

这次天师没有呵斥他，也没有驱赶他，而是默默地绕到他身后将书房的门关了起来。

等张中再从天师的书房出来，已经是近五更天。他趁着朦胧的夜色离开了龙虎山，带走了一个叫“千秋固”的匣子，从此之后再也没有人看见过他回到龙虎山。而第四十代天师张嗣德也在不久之后，偶感微疾羽化而去，第四十一代天师张正言袭天师位。

就在这一年早些时候，一名叫朱重八的倒霉和尚在走投无路的情况下，投奔了红巾军，那年他二十五岁。一年后，从龙虎山深夜离开的张中在滁州遇见了已经改名为朱元璋的朱重八，并成为他的幕僚。

十一年后，鄱阳湖大战，张中“望云气而知友谅亡”并献奇策，帮助朱元璋击败了他人生中最强劲的敌人，打赢了他人生中最关键的一场战役，为他在南京登基奠定了基础。

张和光始终相信，那所谓的“望云气”只是欲盖弥彰的表面说辞，真正的秘密就在那个叫作“千秋固”的匣子里。只不过后来事情的发展出乎所有人的预料，似乎应验了那匣中之物的千年诅咒。阳光中的微尘还在张和光的手背上翻滚着……

5. 传说

午后的余晖中，莫同尘三个人沿着蜿蜒的石阶向山下走去。莫同尘沉默不语，还在苦苦思索着盒子的线索。爷爷暗示的盒子究竟是一个什么样的盒子？一个雕刻得如此繁复，看起来和龙虎山天师府很有渊源的盒子……

“其实，我觉得我们可以换个角度来想想……”走在前面的桂春梅说出了自己的想法。莫同尘示意她继续说下去。

“除了龙虎山有什么盒子，我们也可以从你爷爷的角度想想，你爷爷跟什么盒子有关系。”

莫同尘觉得有道理，但他实在想不起来爷爷能和什么盒子扯上关系。虽然爷爷是研究文物的，但是清贫如洗，从来没有什么古董收藏，更不用说什么特殊的盒子之类的。

“或者，你爷爷跟龙虎山有什么关系呢？”

“没有，不过……”

“不过什么？”

“我爷爷祖上曾有人当过道士，倒是对我爷爷影响挺大……”

“谁呀？”

“张中。”

“张中？铁冠道人张中！”桂春梅停下了脚步，回头望着莫同尘。

“你知道？”

“是，张中在龙虎山修过道，这里还有他的传说……”

“都传说什么？”这显然是莫同尘不知道的。

“传说元朝末年的时候他在这里修道，”桂春梅看着莫同尘惊讶又迫切的表情接着说道，“据说这个张中在龙虎山修道的时候，就有点石成金、起死回生的本事，但平时看起来总是疯疯癫癫的，独来独往，有点神龙见首不见尾的意思，与道院里的其他道士也没太多来往，倒是喜欢和街边村民的小孩嬉耍。后来不知道什么原因就离开龙虎山去云游了，也有人说他是因为得罪了天师被逐了出去。但是后来他却不知道怎么就辅佐了朱元璋，还屡立奇功，帮朱元璋打得了天下。”

“屡立奇功？都是什么奇功啊？”叶钧插嘴问道。

“那可多了，其中最有名、最神奇的就是在鄱阳湖大战中，张中未卜先知，望云气而知友谅亡，帮朱元璋打败了陈友谅……”

“什么意思？”叶钧没听明白。

桂春梅也懒得给叶钧解释，接着说道：“这样说吧，他是明朝大神人刘伯温的师父，刘伯温你总该知道吧！刘伯温的预言书《烧饼歌》就是根据张中的预言写的，你说他在朱元璋身边，对朱元璋帮助多大……”

“老莫，她说的是真的吗？你们家还有这么神奇的祖宗呢！”叶钧像发现了金矿一样看向莫同尘。看见莫同尘点头称是，叶钧兴奋得两眼放光去拉扯莫同尘。

“哎，哎，那你会预言吗？明天股票能涨吗？要不咱们买注双色球？大乐透也行！”

“你神经病啊！几百辈子的事了……”莫同尘哭笑不得，拨开了叶钧拉扯自己的手，“不过，这个祖先倒是影响了我爷爷的一生……”

接着，莫同尘向两个人讲述了自己知道的张中和爷爷的故事。在莫同尘看来，爷爷一生的轨迹和境遇都和这位祖先有关。爷爷一生都痴迷于破解张中在鄱阳湖大战中的“望云气”之谜，甚至一度到了走火入魔的地步。这也为他一生的悲剧埋下伏笔。

在爷爷看来，张中在鄱阳湖大战中的“望云气”只是表面的遮掩，事实的真相是，张中很有可能掌握了一种在当时不为人所知的高科技或宝物，才会有如此神异的表现。他一直希望能揭开此中谜团，找到这隐藏的高科技或宝物。

可以说爷爷一生的经历，求学、研究、工作都是围绕着这个展开的，但是他的研究成果却不被大家承认，甚至被斥为怪力乱神、异想邪说，被排斥在主流学术圈之外，还有人讥讽他是想光耀老张家的门楣想疯了，才整出这些玩意儿。爷爷也因为这些“封建主义思想”和“怪力乱神”的研究在“文化大革命”期间被关进了牛棚，接受思想改造。

“难道你爷爷这次也是为了这个研究而来？”叶钧问道。

莫同尘不置可否，要知道爷爷早在十多年前就突然终止了这方面的研究，并把相关研究资料焚毁。

“那你爷爷的那些研究论文，你看过吗？”桂春梅问。

莫同尘摇头，表示没有。“那些论文在我很小的时候就被毁掉了，而且我长大以后，爷爷也不喜欢和我谈论这些事情，甚至不允许我进他的书房，还把我的高考志愿从历史改成了中文。”

“看来你爷爷不希望你接触这些东西，一定是有原因的。”桂春梅若有所思，“你和你爷爷好好谈过吗？”

“什么？”

“这里面的原因。”

“禁止谈论。”莫同尘回答。

“其实，这里还有一个张中的传说，只是看起来没有什么关联……”桂春梅有些犹豫。

“说说看。”莫同尘说道。

“就是传说，朱元璋在南京当了皇帝以后，张中就不辞而别了。

后来，有一次朱元璋得了重病，昏迷不醒，眼看着就不行了，皇宫里的御医都束手无策。这时候，张中突然出现在皇宫里，喂了朱元璋三粒丹药，朱元璋立马就好了，一骨碌就从床上坐了起来。可以说张中真的有起死回生的本事。只不过……”

“只不过什么？”

“朱元璋病好后，赏赐了张中黄金千两，绸缎万匹，但张中坚决不受，之后就离开了。谁知张中离开后不久，朱元璋突然派兵去追杀他。眼看张中就要被追上了，他从地上抓起一把沙土，往天上一扬，瞬间天昏地暗，飞沙走石，等天晴以后，张中早已消失不见了，被飞沙走石打得鼻青脸肿的士兵们，只好狼狈地回去复命。你说这朱元璋是不是挺忘恩负义的？白眼狼！”

“啊，是……还有其他传说吗？”

桂春梅想了想，摇头表示没了。

目前看来，张中是张和光与龙虎山之间仅有的一点联系，但这点联系似乎对目前的状况也没有什么实际的帮助。

“那张中有什么盒子吗？”半天没说话的叶钧问道。

“有我早说了。”桂春梅不满地瞥了叶钧一眼。

“那扯啥，走吧！”叶钧说着迈步向山下走去。桂春梅被他气得只能轻哼一声，翻了一个白眼。

“老莫，你说你爷爷在画里说的那个盒子，里面会不会装着什么预言书哇？就像刘伯温的《烧饼歌》那样的，那要是找到了咱们可就发达了，什么股市、球赛、彩票、期货，咱们全部通吃呀，我再也不怕我家老头子断我生活费了，你说是不是，想想就高兴……”

叶钧在前面走着，还没有从发财梦中醒过来，唠叨个不停。莫同尘和桂春梅在后面忍着笑不吭声，就当是听相声了。

6. 仙雨门

三个人继续沿着蜿蜒幽静的小道向山下走去，很快到了一个“人”字形的岔路口，叶钧看见前面竹丛掩映中有一个石牌楼，石牌楼上有三个阴刻的红色繁体大字“僊雨門”。

“倦雨门。”叶钧随口念了出来。

后面的桂春梅扑哧笑了：“那是仙雨门！”

“什么‘仙’，那明明是‘疲倦’的‘倦’字的旧写嘛！”叶钧趾高气扬地回击。

“没文化！”

“谁没文化，敢不敢打赌？！”

“赌什么？”

“赌什么都行！”叶钧说着，从自己口袋里掏出一沓钱来。

“嘁，你除了有钱还有什么？”

“卡！”

“还有别的吗？”

“那你说赌什么？”

“前面不远就是咱们在无蚊村看到的仙人桥，谁要是输了，谁就站在桥上冲着泸溪河上的游客，大喊三声‘我是蠢猪，我是蠢猪存钱罐！’”

“哼，说得自己好像能赢似的，来呀！”

“口说无凭，先写字据！”

“行行行，老莫把纸和笔拿出来！”

还没等莫同尘反应过来，叶钧就自己上手，把莫同尘背包里的红蓝铅笔和夹在《现代汉语词典》里的那半张华泉酒店的便笺纸掏了出来。

叶钧垫着那本古董《现代汉语词典》，在纸上歪歪扭扭地写上了和桂春梅的打赌协议，并签上了自己的大名。

“不行！”桂春梅看完后说道。

“你想怎样，还摁手印哪？”

“写身份证号也行。”

“好——”叶钧在纸上添上自己的身份证号，交给桂春梅。桂春梅也在纸上写下自己的姓名和身份证号。一切妥当后，叶钧把协议递给莫同尘保管。

“老莫告诉她！这个字念啥！”叶钧耀武扬威地嚷道。

“我不知道。”

“啊……”叶钧不敢相信地看着莫同尘，“你，你天天上自习都干吗去了？”

“中国汉字博大精深，我怎么可能都认识呀！”

“别帮不上忙还一副大言不惭的样子，赶快想个办法，看看这个字念什么！”

桂春梅在一旁稳操胜券，看着叶钧想办法验证。莫同尘也在一旁笑而不语，看着叶钧在那鼓捣。叶钧试图去网上寻找答案，但是山上信号不好，眼看着打赌进行不下去了，叶钧有点抓耳挠腮。

“你笑什么！”叶钧看见莫同尘在冲自己笑。

“你手上是啥？”

“啊……”

叶钧这才发现自己手上还拿着那本古董《现代汉语词典》。这下打赌可以继续了。叶钧站在石牌楼前，认真地数“僊”字的笔画。看着叶钧数了两遍都没数对，莫同尘从叶钧手上抄走了词典。

“知道四角号码吗？”莫同尘笑着问道。

“别打扰我！”叶钧数得很认真。

莫同尘笑了，他看着石牌楼上的“僊”字，小声地背诵着爷爷从小就教给自己的四角号码口诀“横一垂二三点捺，叉四插五方块六，七角八八九是小，点下有横变零头……21217……”

叶钧的第三遍笔画还没有数完，莫同尘已经在词典中查到了“僊”字。

“你输了。”莫同尘把词典递给还在数笔画的叶钧。

“怎么可能……”叶钧嘟囔着自己看词典，桂春梅也凑过来看。

叶钧确实是输了，这个字确实念“仙”，是“仙”字的一个异体字。

“你怎么查到的？你刚才在那儿嘚啵的啥呀！”叶钧诧异地问道，桂春梅也很好奇。

“四角号码知道吗？”莫同尘笑着问道。

“四角号码？”

“嗯，四角号码是一种曾经很流行的查字法，它曾经和部首查字法、拼音查字法一样，作为标准的查字法出现在各种字词典工具书上。它是20世纪20年代，一个叫王云五的人发明的，王云五当时深感部首查字法的不便，于是受电报码的启发而发明的。

“四角号码查字法用0—9十个阿拉伯数字代表汉字中常用的十种笔画，然后取汉字四个角的笔画进行数字编码，为了减少重码率，还另选一个笔画作为附码，这样四角号码最多用五个数字就可以确定一个汉字。

“由于它不用数笔画，对熟练的人来说，看一眼就能很快在字典中查到这个字，这就是我刚才为什么比你快的原因。但是后来由于种种原因，这种查字法用的人越来越少了，很多字典也不再采用这种查字法了，像这个《现代汉语词典》初版里还有，从第二版开始就没有了，所以现在很多人都不知道这种查字法。”莫同尘晃了晃手中的词典说道。

“那你怎么会？”叶钧问道。

“我爷爷习惯用这种查字法，从小就教过我。”

“怎么样输了吧，没文化！”桂春梅不失时机地挤对叶钧。

“唉，那不一定，也许这是个多音字呢，还有另外一个读法呢！”

“你瞎说，你刚才不是看字典了嘛，别耍赖呀！”桂春梅从莫同尘手里拿过来那个打赌协议，在手中晃着。“这可有你的签名和身份证号，是不是男人……”

在桂春梅和叶钧的打闹声中，莫同尘忽然想起了爷爷短信里的那个“手机号”，那个令他一直百思不得其解的14020671715。他突然有了一个大胆的想法。“既然整体看起来不行，那拆开呢？”这就是莫同尘突然涌现出来的想法。

“14020……”莫同尘用四角号码查字法快速翻动词典。“不存在，没有这字……倒着来51717……依然不存在，没有这个汉字，难道我想错了……”莫同尘陷入了沉思。

莫同尘隐约感觉到这组数字应该和四角号码有什么关系，一时却想不出来，但他不想放弃。他隐约感觉这也许是破解这组数字的最后机会。莫同尘闭上眼睛，深吸一口气，将所有的事情在脑海中重新梳理了一遍，总感觉有什么事情呼之欲出……

“既然爷爷在画中暗示的是一个盒子或者箱子的东西……”莫同尘有了新的验证思路……

“盒，80102，不是……箱，88963，也不是，还有什么……”

桂春梅和叶钧还在一旁纠缠打闹，全然没有注意莫同尘这边。

“箱子、盒子，类似的东西还能叫什么？”莫同尘突然大声向两个人问道。

桂春梅和叶钧一愣，没明白莫同尘什么意思。莫同尘又重新解释了一遍。

“筐，篓子……”叶钧抢先答道。

“瞎说什么呀！”桂春梅讥讽道。

“匣子！”三个人异口同声喊道。

“匣是……71715……”莫同尘脱口而出。

三个人惊讶地相互看着，稍后桂春梅和叶钧呼啦一下回到莫同尘身边。

“那 140206 是什么？”叶钧兴奋地问。

“140206……”莫同尘稍加思索明白了，但他却有点不敢相信，他又特意去翻看了词典后面附录的“我国历代纪元表”。

“1402 年 6 月的匣子……”莫同尘说道。

“什么意思？”叶钧问。

“靖难之役，朱允炆的匣子……”莫同尘喃喃自语。

第六章 石斛蜂蜜水

尽管桂春梅分析错了，但她还是提醒了莫同尘。虽然上半句『元龙有头无头』指的不是龙头被盗，但整个事情看起来和元末明初这段历史有关，即从元朝的灭亡，明朝的建立直至靖难之役明成祖朱棣上台。那么这『元龙』会不会指的是元朝的皇帝，尤其是最后一个皇帝元顺帝呢？

1. 朱允炆

1402 年 6 月，建文帝朱允炆和燕王朱棣之间的叔侄战争，终于迎来了最后的结局。这场因建文帝削藩而引发叔叔朱棣反叛的战争，在经过四年的较量之后，最终以燕王朱棣的军队在 6 月 13 日进入南京城，建文帝在皇宫中纵火失踪而告终，这就是明朝历史上有名的靖难之役。建文帝的失踪也成为明朝乃至中国历史上最大的谜案之一。

当日宫中大火，朱棣随即赶到皇宫，面对火堆中已经烧焦的尸体，立马“钦定”这就是自己的傻侄子建文帝的尸体，当场宣布建文帝被烧死了。朱棣还在七日后为侄子举行了盛大的葬礼，按照天子的礼遇埋葬了他。朱棣想以此瞒天过海，断了建文帝旧臣的痴心妄想，宣告大明进入自己的时代。

虽然官方如此表态，但当时的人，无论是上层集团还是普通百姓，都相信建文帝逃走了，大火中的尸体根本不是建文帝的，而是建文帝的皇后马皇后的。后来的种种迹象和证据也表明了朱棣的欲盖弥彰，建文帝确实逃走了。这成为朱棣一生中最大的心病。朱棣上台后，不得不花费巨大的精力来寻找建文帝的下落，一方面安排胡濙以寻仙的名义，在南方各省秘密寻查，另一方面则安排郑和大张旗鼓六下西洋去海外寻找。

关于建文帝的失踪之谜，一直以来流传着一个妇孺皆知的说法。相传朱元璋生前曾为继承皇位的朱允炆留下了一个红色的匣子，并留下遗训只有在大难临头时，建文帝才能打开这个匣子。

当日城破之时，建文帝在慌乱之中经身边的太监提醒，想起了先帝爷爷的那个红色匣子。于是立即命人把匣子取来，发现里面有度牒三张，白银十锭，还有袈裟、剃刀、鞋帽和一封朱元璋朱笔御书的“逃跑攻略”。随后，建文帝等人就靠着这些匣中之物，逃出南京，隐迹于民间。

其实不用莫同尘做太多介绍，桂春梅、叶钧和大多数的中国人一样，都对这段历史有所了解。从古到今，这段历史不知道已经衍生出了多少戏文唱词、影视小说等文艺作品。

但是有一个细节，莫同尘还是特意告诉了两个人。那就是虽然长期以来，这段历史因为太过离奇，一直被大多数人当作民间野史看待，但其实它被很多明清之际的信史所记载。如被历史学家吴晗先生列为研究明史必读的三部史书之一的《明史纪事本末》就是这样记载的。史学家谈迁的皇皇巨著《国榷》也是如此记载的。

而且在这些信史中，还不约而同地记载了一个更神乎其神的细节。那就是，当日建文帝一行人按照匣中指示逃出皇宫时，在宫外遇见了一个驾着小船等候多时的道士。这个道士自称名叫王昇，解释说昨夜先帝朱元璋给自己托梦，说建文帝有大难，要自己驾船在此等候。之后，在这名道士的引导下，建文帝一行人顺利逃出了重兵包围的南京城。

听完莫同尘的介绍，桂春梅和叶钧惊讶得一时无语，那神情犹如看见外星飞船坠入了地球。毕竟无论是建文帝还是他的匣子都是遥远的历史传说，他们从未想过能和自己产生什么关联，但现在一切线索都指向了这个传说中的匣子。两个人一时不知所措，犹如有人在他们的脑子里引爆了一颗炸弹。

“你是说，你爷爷画中暗示的匣子就是建文帝逃跑时的匣子？”半晌后，叶钧喃喃道。

莫同尘点头称是。如果说 1402 年 6 月有什么特别的匣子的话，那一定是“靖难之役”中建文帝朱允炆失踪时带走的匣子。

“那上面怎么都是天师的图案……”

困惑的不只是叶钧，桂春梅也是眉头紧蹙。莫同尘没有吭声，只是望着河对岸的苍茫群山。他在心里将所有的信息又重新梳理了一遍，渐渐地出现了一个大胆的推断，也只有这样，所有的事情才能合理起来。

那就是这个匣子本来就是属于天师府的，当时不知道什么原因，张中从天师那里借走了这个匣子，带着它离开了龙虎山。之后，张中辅佐朱元璋打得了天下，这个匣子不知道怎么落到朱元璋手里。朱元璋又将这个匣子传给了建文帝朱允炆，而在 1402 年 6 月 13 日靖难之日这一天，建文帝朱允炆就凭借着这个匣子逃出了南京。

听完莫同尘的推断，桂春梅和叶钧翕动了几下嘴巴，瞪着眼睛你看看我，我看看你，最后又双双看向莫同尘。

“你刚才说的，有证据吗？”桂春梅还是不敢相信。

“没有，但是只有这样一切才合理起来。”

“一切……合理……”桂春梅不懂他说的是什么。

“是的。之前我一直想不明白，朱元璋打天下时，一直和张天师情谊深厚，为什么在他登基庆祝时，在大家一团和气的情况下，会突然问出‘天还有老师吗’这样的问题，并趁机剥夺了天师的‘天师’称号。还有，你刚才讲的那个张中给朱元璋看好病，反而遭朱元璋追杀的故事，看来都是背后有原因的。”

“什么原因？”桂春梅很好奇。

“虽然我不知道具体细节，但我想他们两个，无论是第四十二代天师还是张中，都是想借庆贺或看病之际，从朱元璋那里把那个匣子讨要回来，遭到朱元璋翻脸……”

“这个匣子有什么用啊！里面不就是些银子、袈裟、剃刀什么的吗？”叶钧不解地问道。

“最先里面的东西应该不是这些。”

“那里面装的是什么？”

“古代高科技。”

“啊，你爷爷要找的古代高科技？”

“对，就是张中在鄱阳湖大战中望云气，未卜先知的高科技。”

“你怎么知道的，你爷爷告诉你的？”

“不是，是小时候我在他书房偷看到的。在我爷爷看来，帮助建文帝逃出南京的匣中之物，正是张中在鄱阳湖大战中望云气，预知陈友谅阵亡之物。”

“预知未来，回到未来，时光倒流，量子转移，移形换位，千里眼，我的个乖乖……”叶钧积极爆发了小宇宙。

“其实在我爷爷看来，朱棣后来安排胡濙去南方寻仙，与让郑和下西洋的最终目的也不是找建文帝，而是追查这匣中之物的下落。”

看着桂春梅一脸的迷惘，莫同尘又问道：“你知道，建文帝失踪后，朱棣清宫三日吗？”

2. 朱棣的焦虑

1402年6月13日，当朱棣匆匆赶往皇宫，“钦定”完朱允炆的尸体后，随即发布了一条命令，那就是立即封锁皇宫，清宫三日。

朱棣为什么要清宫三日？在这三日内，他几乎掘地三尺，寻遍皇宫的角角落落，他究竟在找什么？这令后世很多史学家好奇又困惑不解。

有人说是搜查建文帝，这绝对不可能。因为这时候建文帝即使再傻，也不可能玩灯下黑，和朱棣在皇宫里躲猫猫，那等于直接找死。

也有人认为，朱棣是在搜查建文帝后宫的美女。对这种说法，你只能当笑话听了。这种说法未免太猥琐、太肤浅、太小瞧一代雄主明君朱棣了。

那么朱棣清宫三日究竟是在找什么呢？

一些专家给出了看起来比较靠谱的说法，那就是朱棣是在找建文帝的皇帝玉玺。在这些专家看来，朱棣相信只有找到玉玺，他这个皇帝才能当得名正言顺，才能镇服天下。

中国的玉玺制度大约开始于秦朝的时候，相传最早的玉玺就是用那块传说中的和氏璧雕琢而成。这块玉玺上篆刻有“受命于天，既寿永昌”八个大字，为秦始皇的丞相李斯所书。

后来每发生一次朝代更迭，除了在军事和政治上取得绝对胜利以外，拥有皇帝的玉玺几乎是皇权更迭的象征。如此说来，朱棣当日心急火燎地发布“清宫三日”的命令，在皇宫里寻找玉玺倒也说得过去。

但是也有一些历史学家提出了自己的质疑。要知道秦代的那枚原版玉玺流传到唐末五代时就已经失传了。也有一种观点认为，秦代的那枚玉玺并没有在唐末五代时丢失，一直到宋代，皇帝还在用着。后来元朝灭宋，这枚玉玺又归元朝的皇帝使用。再后来元朝灭亡时，这枚玉玺被逃亡的元顺帝带到漠北去了。

但不管怎么说，朱元璋登基时，没有得到前朝的玉玺是肯定的。朱元璋的皇帝玉玺是自己刻制的。老子天下都能打下来，还在乎一块石头的传承？想必这就是当时朱元璋的心态写照。

另外在历史上也有确切记载，朱允炆当上皇帝后的建文三年，也就是建文帝失踪的前一年，有人从西域带回来一块青色的宝玉，建文帝命人将其雕刻成了一枚玉玺，在上刻了“天命明德，表正万方，精一执中，宇宙永昌”十六个字。这枚玉玺制成后，建文帝在皇宫中举行了盛大的庆典，接受百官朝贺，并颁布圣旨宣布从今以后大明的皇帝颁布诏书时就用这枚新制的玉玺。

从这件事上，至少能说明两个问题：第一，朱元璋的确没有得到前朝的玉玺，朱元璋刻的玉玺建文帝似乎不满意，于是建文帝又重新刻了一枚代替它。第二，明朝一共才传了两位皇帝，看来都有自己刻玉玺的习惯。

既然自己的老爹和侄子都能这么干,朱棣自己为什么不能这么干?他又何必在意一块石头呢？无论这块石头是自己老爹朱元璋留下的，还是自己的傻侄子去年新刻的,朱棣都可以继承传统自己刻一枚玉玺，来宣告自己的正统性，何必大费周章在皇宫里搜查三日，去寻找一块意义不大的石头？

朱棣发起靖难之役，一直打的旗号是“复祖制，谒孝陵”。这是朱棣四年靖难战争中一直坚持的政治旗号，以表明自己是以一个大孝子的身份“清君侧，靖国难”，也为自己后续的上位塑造形象，赢取口碑，彰显合法性和正统性。

因此，进入南京城后，朱棣最要紧的事情应该就是去拜谒他老爹朱元璋的明孝陵。但是朱棣进入南京的第一件事竟然不是去拜谒明孝陵，而是去皇宫里一顿乱翻，还被人误解为是找自己的美女侄媳妇儿们“交流感情”。这简直是冒天下之大不韪，为自己之前苦心经营的光辉形象抹黑打差评。这显然是老谋深算的朱棣肯定不会干的事，但他偏偏就这么干了。

朱棣进入南京之后，一不太关心建文帝的下落，二不去拜谒老爹的皇陵，而是不管不顾去搜查皇宫，那只能说明一个问题，他要寻找的东西肯定是比建文帝的生死、比玉玺、比形象还重要。这是一个让朱棣深深恐惧又渴望得到的东西。这个东西可能攸关他的性命，但最有可能的是，关系到他的靖难胜利果实能否最终保得住，他以后的皇位能否坐得踏实。

朱棣清宫三日究竟在找什么，后世一直争论不休，但在爷爷看来，这个答案很明确，那就是当初张中在鄱阳湖大战中“望云气”的“高科技”神物。不幸的是，这个“高科技”神物就藏在建文帝的匣子里被带走了。

在爷爷张和光看来，在鄱阳湖大战之后，朱元璋一定识破了张中屡次“预知未来”的“高科技”，并渐渐开始忌惮这种“高科技”。于是他就找机会将能产生此种“高科技”的“神物”占为己有，以避免这种“高科技”威胁到自己的统治，因为他不想成为第二个陈友谅。

这也是张中最终离开朱元璋的原因，因为他肯定想将此物从朱元璋那里讨要回来。毕竟此物关系重大，而且还是从天师府借来的。但在多次讨要未果的情况下，张中不得不黯然离开。因为他知道现在的朱元璋已不是当初的朱重八，他不想引起朱元璋的猜忌，引来杀身之祸。

而此后，这个装在匣子里的“高科技”就一直留在朱元璋身边，成为事关江山社稷的一个秘密。直到朱元璋逝世，其皇孙朱允炆继承皇位，他才将这个匣子和匣中之物传给朱允炆，以备他不时之需。

随后，因为朱允炆的削藩，靖难之役爆发，而反叛的燕王朱棣也知道那个匣中之物的存在，更忌惮于此物的神威。如果说找到玉玺是其统治合法性的象征，那么找到这个传说中的匣中之物就是掌握了真正的硬实力，所以朱棣进入南京后的第一件事就是必须找到它。

这也是朱棣不先去拜谒皇陵，不关心朱允炆下落，在皇宫里疯狂清宫三日，并诛杀宫中上千人的原因，可谓丧心病狂。而往往一个人有多丧心病狂，就代表着他内心有多恐惧。

后来事实证明，朱棣并没有在皇宫中找到“高科技”神物。这让他寝食难安，因此他觉得皇位并不安稳，他的靖难战争还没有彻底结束，他必须找到那个被朱允炆带走的“高科技”神物。

于是朱棣上台后，很快就安排了两项工作：一是安排胡濙四处去寻仙，二是安排郑和去下西洋，除了带上数万的军队，还带上了特殊人才锦衣卫。

从古至今，虽然大家几乎都认为朱棣安排的这两项工作是去寻找建文帝的，但爷爷坚信，朱棣真正的目的是找建文帝带走的匣中之物，找建文帝只是顺手。

朱棣的靖难之旅可谓九死一生，最终能登上皇位真的是富贵险中求。想必朱棣当时的心态和现在的暴发户差不多，没有时可以肆无忌惮，有了就会诚惶诚恐烧香拜佛。因为以前他没有什么可“失”的，现在却真的可能有所“失”，但是再也“失”不起。

不过，在朱棣看来，一个在台上能调动全国所有兵马和资源的建文帝都阻挡不住自己，现在已下台的落魄废皇帝又何足为惧？只是被带走的匣中之物，曾帮自己的老爹朱元璋打赢了人生中最生死攸关的一场战役，如今，自己的侄子朱允炆还凭借其神秘遁走，他不得不担忧，不得不恐惧，不得不像他老爹朱元璋那样忌惮匣中之物，只有将它收为己有才能放心。

听着莫同尘的讲述，虽然觉得他这个大胆的推测听起来合情合理，但是桂春梅还是有很多疑惑和不解。

“那这个匣子怎么会在龙虎山？”桂春梅问道。

“还记得中午那道菜吗？”

“哪道？”

“黄袍拜君王。”

“怎么了？”

“你不是说这道菜发明于永乐年间吗？那天晚上天师接待了一个年轻人，于是就有了这道菜，你觉得那个年轻人是谁？”

“当然是皇帝呀！”

“哪个皇帝？”莫同尘追问道。

“永乐年间，当然是朱棣了……”

“朱棣在 1402 年登基称帝时就已经 42 岁了……”

桂春梅哑然。

“一个在永乐年间敢自居皇帝的年轻人，你觉得他是谁……只能是建文帝朱允炆，这也是天师不敢光明正大和他相认的原因。”

“啊……”

莫同尘接着解释：“自从建文帝当日从皇宫失踪后，在全国各地都陆续出现了他的踪迹，可以说建文帝开始在全国各地漫游了。从明朝一直到现在，有关建文帝出逃之地被不断曝出，据有关专家统计，光在国内就涉及十七个省六十多个地方，可以说遍及大半个中国。这些地方都说建文帝从南京逃出后，就躲藏在自己那里，长期以来众说纷纭，难辨真假。为了争夺这位漫游皇帝，各地可谓争论不休，诉诸法律的也大有人在。

“但是，大家可能忽视了一个基本现实，那就是建文帝的逃亡是流动的，他不可能长期躲在一个地方，所以全国多个地方发现建文帝的踪迹也是很正常的。不管建文帝是被动逃亡的，还是主动迂回去某个目的地的，他都长时间处在漫游状态，路过很多地方。

“根据爷爷的研究，建文帝的逃亡路线大概是这样的，从南京逃出后，先到了苏州，然后在江浙一带多地迂回逃亡，之后进入湖北境内，接着从九江进入江西境内，从鄱阳湖、上饶、鹰潭一路向南，翻越武夷山进入福建境内，然后有可能从这里出逃海外。

“很巧的是，根据《明史·郑和传》的记载，郑和出使西洋的正式起航地也是在福建。那个寻仙的胡濙也是在江浙一带转悠了一阵后，从九江入江西一路寻访到福建的，据说在《武夷山志》里还收录了胡濙路过武夷山时写的诗。

“如果建文帝路过鹰潭，那他一定去过龙虎山，而且很可能龙虎山是他一个很重要的目的地。既然当初这个来自龙虎山天师府的匣子，帮助他爷爷赢得了天下，那么现在带着匣子逃亡的建文帝想必也有类似的心愿。那就是了解匣中之物的秘密，或者干脆求助天师出手，就像当初天师襄助自己的爷爷夺得天下一样，帮助自己重新夺得皇位。这或许是建文帝一路逃亡来此的原因，也许他当初离开南京时就定下了龙虎山这个目的地。”

“可是后来的历史证明，建文帝并没有夺回皇位。”桂春梅听完莫同尘的分析后说道。

“是的，确实没有，这就是问题所在。”莫同尘接着分析，“可能出于某种原因，天师并没有帮助建文帝重新夺回帝位，可能是天命所归，也可能是缺少某种机缘，或者条件不允许。总之，建文帝的这次龙虎山之行一定让他失望了。他不得不离开龙虎山，继续一路南逃进入福建，直至在那里登船远遁海外。可能当时出于某种原因，建文帝离开龙虎山时并没有把匣子带走，而是留在了龙虎山。”

“然后你爷爷发现线索，只身来龙虎山寻宝。”一旁的叶钧插话进来。

“是的，希望借此完成他一生的夙愿，解开张中在鄱阳湖望云气之谜，但是……”

“但是没想到螳螂捕蝉，黄雀在后，着了人家的道！”

“是，也有可能黄雀早就等着了。”莫同尘虽然不觉得叶钧的话合适，但确实是这个道理。

“那匣子里面装的到底是什么？”

“找到就知道了。”莫同尘回答。

“你也不知道哇！那怎么找哇？”

叶钧的问题又使三个人陷入沉默。莫同尘想起了爷爷的那条短信：“小同，爷爷在龙虎山给你祈福啦，你来还愿吧！14020671715。”

“应该是在一个能祈福的地儿。”

“祈福？那祈福的地儿可多了，这可是龙虎山！”叶钧觉得莫同尘说了等于白说。

“是呀，龙虎山是道教祖庭，百神授职之所，道观庙宇这么多，能祈福的地方少说也有几百个，这么多地方怎么找？”桂春梅难得认同叶钧的观点。

“今天早上你表哥不是说，在龚道长口袋里发现一张字条吗？”莫同尘难得说话时脸上带上笑容。

“你想干吗？”桂春梅紧张地问道。

“拿来看看！”莫同尘回答。

3．石斛蜂蜜水

叶钧没有想到在仙人城上的赌注会被桂春梅强行更改，不过他更乐意接受新的赌注代价。那就是由原来站在仙人桥上，冲着泸溪河上的游客大喊三声“我是蠢猪，我是蠢猪存钱罐”改为两百块钱。这在叶钧看来再好不过了，凡是能用钱解决的问题都不是问题，因为他就是有钱。

等三个人从仙人城下来，回到游客中心的时候已经差不多6点了。但由于今天是一年一度的帐篷节，晚上又是帐篷节的终极大招篝火音乐节，所以一直到现在游客中心广场上还是人来人往，游客中心也仍在营业中。

桂春梅将莫同尘两个人小心地领到游客中心东北角的一个小门前，推门闪身进入后将玻璃门关好。这个小门平时很少有人使用，只是一个备用消防出口。小门的位置并不隐蔽，更没有任何遮挡，从这里可以看到游客中心广场上来来往往的人流，但是它却有意无意地处在一个视觉死角上，如果没有熟悉的人特意指给你看，你根本不会注意到它。

三个人躲进门洞后，桂春梅伸手向叶钧讨要那两百块钱的赌资。叶钧倒是爽快，干脆直接甩出来五张人民币。桂春梅也不客气地收起来。

在她看来，这种暴发户二憨子的钱不收白不收。

不过桂春梅也没有白收叶钧的钱。收完钱后，桂春梅推门出去，等她再回来的时候，手上拎着十多杯石斛茶和两份上清豆腐。

“哇，比我还嘚瑟，买这么多能喝得完吗？”

“反正钱多！”

桂春梅说着将上清豆腐和两杯石斛茶递过去。忙活了一下午，叶钧和莫同尘也确实饿了，两人接过来就开始大快朵颐。桂春梅这时还不忘揶揄叶钧一句：“谢谢请客呀！”叶钧吃得风扫残云，根本懒得迎战。

稀里哗啦吃完豆腐，叶钧一仰脖把手中的石斛茶一饮而尽，又伸手去拿了一杯石斛茶，边喝边问道：“你买这么多茶干吗呀？”

“送礼！”

“送谁？你表哥！”

桂春梅懒得再回答他，只是直勾勾盯着外面广场上来来往往的行人。

“不是吧，你表哥几杯石斛茶就能收买？那让我用钱直接将他拍晕得了！”

桂春梅厌烦地皱了皱眉头，还是盯着广场上的人来人往没有搭理他。

所谓石斛茶，更确切的叫法，应该是“石斛蜂蜜水”。龙虎山的丹霞岩坡非常适合铁皮石斛[①]的生长，自古以来就是铁皮石斛的著名产地。当地人就有用石斛和蜂蜜泡水的习惯。

---

① 铁皮石斛是一味非常珍贵的中药，不仅自古以来就有救命仙草的美誉，还被列为九大仙草之首。中医主要取石斛的茎秆入药，晾干的茎秆被揉搓为卷圈螺旋状，被称为“枫斗”。有一句古语叫“北有人参，南有枫斗”，其中的“枫斗”指的就是石斛，可见其珍贵，其价格堪比黄金，因此也有“软黄金”和“千金草”的称号。

在龙虎山人看来，石斛浑身都是宝贝，他们可不想浪费这天赐珍宝的一丝一毫。除了茎秆，石斛叶子和花也都可以用来入药，或者用来泡水、煮粥、做菜等。和当地很多人的童年记忆一样，对于桂春梅来说，小时候最美好的事情就是上学时能带上一瓶石斛蜂蜜水。

家里的大人会将新采来的石斛茎秆碾碎兑水，再加上几滴龙虎山的野花土蜂蜜，那可是整个夏天最甜蜜的记忆。如果去学校前，能把这石斛蜂蜜水放到井里冰镇一下，那滋味就更好了。每个孩子都会将自己的石斛蜂蜜水看得很贵重，如果不是老铁的友谊，那是绝对不会给你喝上一口的。

很多人为了防止别人喝自己的石斛蜂蜜水想过不少办法，比如在瓶子口抹醋，骗别人说这是醋水不是石斛水，或者干脆在瓶子口抹上辣椒，不过这样反而效果不好，因为当地人很喜欢吃辣，就喜欢这样的重口味。

桂春梅自己就干过这样的事，当年的许文涛特别讨厌，就喜欢偷喝她的石斛蜂蜜水。桂春梅就在瓶子口抹过醋，也抹过辣椒，但这并不能阻止许文涛的偷喝。如果当时流行画个圈圈诅咒你，估计学校的墙上和地上早被桂春梅画满了圆圈。

不过，桂春梅也因此发现了许文涛的一个秘密。想到这里桂春梅忍不住“扑哧”笑了，一旁的叶钧吸溜着石斛茶，像看神经病一样看她。桂春梅很快收起了笑容，她感觉时间已经差不多了，但是外面的广场上还是没有出现她希望见到的人。

平时这个时间，许文涛的同事都会下楼去食堂吃饭，然后顺带给许文涛带回一份。今天似乎有点不寻常，平时他们去食堂吃饭可是特别积极，因为去晚了好菜就没了，但现在早过了饭点了，还是没有看见许文涛的同事下楼吃饭。桂春梅有些着急，怕他们今天事情多去不成了。

好在等了一会儿，桂春梅终于看见许文涛的同事林谦出现在广场上，手里拿着自己和许文涛的饭盒向食堂方向走去。桂春梅的心里稍稍松了一口气。

又等了一会儿后，桂春梅觉得机会到了，拎起地上剩下的十来杯石斛茶推门向外走去。莫同尘和叶钧在小门内，看着桂春梅在广场上貌似悠闲地转悠着，两个人心里其实都有点忐忑不安，不知道桂春梅这个神神秘秘的计划靠不靠谱。

4. 数据中心

林谦手捧着饭盒刚走回游客中心广场，就看见了人流中的桂春梅。桂春梅的手里还拎着十来杯石斛茶。

“梅姐！”林谦笑着主动打招呼。

“哟，小谦打饭呢！”桂春梅也笑语盈盈。

“是呀，梅姐，你这是干吗呢？”

“这个呀，帮同事买点东西……”桂春梅故意将手中的石斛茶拎得老高。

“买这么多？”看着桂春梅手中一堆的石斛茶，林谦咽了口唾沫，感觉忙碌一天的口干舌燥刚刚冒出来。

“嘿，一个二憨子打赌输了。”桂春梅说得风轻云淡。

“那我能喝一杯不？”林谦抿了一下嘴唇。

“行啊！”桂春梅说着递给林谦一杯石斛茶，“你们今天挺忙的吧！”

“别提了，本来今天帐篷节就够忙的了，偏偏又出了那事！”林谦收了声，往四处看了看。

“那事，人还没抓到吗？”桂春梅也压低了声音问。

林谦摇头，专注地咕噜咕噜喝着手中的石斛茶。

“那你们忙了一天没歇气呀！”

“可不是，我这腿都快颠断了，一整天连口水都没得喝，刚扒了一口饭……”林谦说着猛吸两口，把手中的石斛茶喝干，将杯子扔到了旁边的垃圾桶里。

“你们大家每个人都忙了一天哪？”桂春梅又问了一遍。

“是呀……”林谦怔了一下立马接着说道，“涛哥，现在还在办公室忙着呢！其他人都在外面，我也得马上出去……”

“谁管他呀！”桂春梅看上去很不乐意听到许文涛的名字，“走了，我回去了！”

“姐……”

“咋了？”

“这个，我能再喝一个吗？”

“来来来，多拿几个，给大家都带一个。”桂春梅说着就给林谦塞石斛茶。

“那你怎么办？”林谦看起来有点不好意思。

“没事，反正那二憨子输了好多钱，待会儿我再去买。”桂春梅爽快地说。

“那，那怎么好意思！”

“没事，多拿几杯！”桂春梅很大方。

“那好，我给涛哥带一个！”林谦又顺手拿走两杯。桂春梅突然瞪起了眼睛，用手指点着林谦。

“姐，我明白，不给涛哥说是你送的，我就说我买的行不？”

看见桂春梅满意地笑了，林谦接着说：“真搞不懂你俩，明明……”看见桂春梅又瞪眼了，林谦赶紧闭嘴，“唉，不说了。”

林谦捧着饭盒，拎着石斛茶匆匆往游客中心走去。看见林谦进入了游客中心，桂春梅立马返回小门内，领着莫同尘两个人沿着楼梯向三楼爬去。

龙虎山游客中心一共三层，一层和二层是售票中心和智慧旅游体验中心，三层是办公场所，数据中心就在这里。游客中心的三层主体建筑格局是一个“回”字形，中间的“口”处是礼堂，平时都处于关闭状态。两个“口”中间的部分是楼道，四周相连。“回”字的上部是数据中心的办公场所，有前后两个门。“回”字的右侧楼道外侧临空，下面是售票大厅；左侧的楼道外侧是墙。在“回”字的下部是男女两个厕所。厕所的左旁边角落有一个关闭着的灰色小铁门，正对着楼道对面数据中心的后门。铁门后面就是桂春梅带着莫同尘他们爬上来的楼梯，直通一层小门出口。

三个人爬到三楼后，就躲在那铁门后等待着。桂春梅将铁门轻轻地拉开一条细细的缝，偷偷向外面观察着。

很快，桂春梅就听见楼道里传来了开门、碰门和急匆匆的脚步声，紧接着看见许文涛手里拿着一卷卫生纸，闯进了铁门旁边的男厕里，随后传来“砰”的一声，关厕所隔断门的声音。

这声音就像冲锋号，桂春梅拉开铁门，迅速向对面的数据中心后门奔去，她后面跟着莫同尘和叶钧。桂春梅知道这许文涛的大号来得快，去得也快，他们最多有十分钟的时间。

桂春梅站在后门前，只见她拧住门锁，先往右一拉，再往上一提，同时用肩膀和膝盖抵住门用力向上一扛，锁着的门就被桂春梅打开了。这一连串的动作一气呵成，麻溜又顺利，莫同尘和叶钧都看呆了。叶钧的脸上随后又露出一丝坏笑。

“业务挺熟练哪！”

“快点！最多十分钟！”桂春梅一脸凝重，没有搭理叶钧。

桂春梅推门进去，将莫同尘和叶钧领到许文涛的办公桌前就出去了。许文涛的办公桌上杂乱地摆着很多东西，有文件、办公用品，还有一台笔记本电脑。一个文件夹正摊开摆放在电脑前面，旁边的饭盒里吃剩的饭菜上面插着一双筷子，像是吃饭的人有急事必须马上离开时，随意插进去的。在饭盒旁边有一个空杯子，里面的石斛茶已经喝完，只剩下还没有融化的冰块。

许文涛办公桌正对面的墙上是一块巨大的电子屏幕，现在正同时显示着景区九个不同位置的实时监控画面。叶钧扭头看了莫同尘一眼，那表情好像是侥幸劫后余生的样子。

“乖乖，这么多摄像头！”

莫同尘明白他的意思，但时间紧迫容不得多想，只能催促他赶紧找字条，别耽误时间。其实他们不知道，龙虎山景区内的监控摄像头一共有二百多个，面前这块大屏同时播放的监控数量也不止九个，而是能同时播放六十多个监控的实时画面。

问题是机器同时播放六十多个视频画面没有问题，但人眼如果长时间同时观看六十多个画面，几乎等于什么也没看。一般来说，一个人能长时间同时盯住九个画面，并从里面找到想找的目标，基本上已经是极限。这就是莫同尘他们能侥幸没有被抓现行的原因，即使他们不刻意躲避摄像头，他们被实时投放到这个大屏上的概率也不足5%。所以，如果没有明确的追踪线索和思路，翻看监控录像本身就是一件极其熬人又耗时的海量工作。

当然莫同尘和叶钧现在没有时间琢磨其中的原因，而是急着在许文涛的桌子上寻找自己想要的东西。看来许文涛真的走得很匆忙，他的手机都在桌子上扔着没有拿走。叶钧拿起手机开始鼓捣起来。

5．手机

桂春梅从办公室出来后，就来到了前门把门望风，以防许文涛突然回来。

这时，办公室的后门开了一条缝，露出了叶钧的半个脑袋。叶钧一脸坏笑地招呼桂春梅过来，桂春梅赶紧溜过去。

“知道密码吗？”叶钧晃着手中的手机笑着问。

“我怎么知道！”

“你生日多少？”

“干吗？”桂春梅瞪了他一眼。

“快点，没时间了！”

桂春梅不情愿地说了自己的生日，门又关上了。

桂春梅想着叶钧刚才神秘兮兮不怀好意的样子，真想一脚将他踹地上。想象着叶钧被踹翻到地上的样子，桂春梅突然笑了，觉得似乎解了一点气。可是桂春梅刚要走回前门去，门又开了，又露出了叶钧那张讨人嫌的脸。

“干吗？”桂春梅瞪眼龇牙压低声音问道。

“你表哥是不是跟踪狂啊！”叶钧晃着手中的手机。

桂春梅皱了一下眉，很显然叶钧用自己的生日解开了许文涛的手机，这是她没有想到的。她从来没有想过许文涛会用自己的生日作为手机密码，不等她多想，下面的事更令她羞赧不已。

隔着门缝，叶钧开始给桂春梅翻看手机里的照片。在手机的照片里，有一个专门的相册存放着桂春梅的照片，其中很多都是许文涛趁桂春梅不注意偷偷拍下的，有背影，有侧脸，有走在路上的，有吃饭的，还有在姨妈饭馆里帮忙的……

看着这些照片，桂春梅虽然心里甜甜的，但是被一个陌生男人扒出来还是有点难为情，她伸手想打门缝里的叶钧。

“别鼓捣那门了，都被你鼓捣坏了……”前门楼道拐弯处响起了许文涛的声音。“梅梅，你怎么来了？”

“啊……我想来就来你不欢迎啊？”

桂春梅看见许文涛傻笑着朝自己走过来，手里的卫生纸被他扯得老长，没有卷起来，随着他走动来回摇摆着。桂春梅赶紧迎上去，将他重新带回前门位置，并趁机引导他背对着后门站立。

“梅梅，你怎么来了！”许文涛兴奋地又重复了一遍。

“你说呢？”

“你不说我怎么知道。”许文涛又尬又憨地笑着。

“我不说你就不知道了？”

“那、那进屋说……”说着许文涛就去开门，卫生纸也跟着摇摆。

“不行，就在这儿说！”

桂春梅一手稳住许文涛，一手按在门框上阻止许文涛开门。这时，桂春梅口袋里的手机连续振动起来，好像有人在连续给她发信息。但她现在顾不上这些，她必须拖住许文涛，给莫同尘他们争取时间。许文涛似乎也察觉到了桂春梅口袋里的手机振动，但是他没有吭声。相对于桂春梅去接电话，他更愿意桂春梅和他说话。这一点他很明确。

“梅梅，你想说啥？”许文涛问道。

桂春梅看上去很不满的样子。

“梅梅，我今天真的很忙……”

“每次都是这样，我不说你不能猜呀！你猜会死呀！”

“我不是猜不中嘛，要不下次我好好猜，但今天……”

许文涛说着就想去开门，这时桂春梅瞅见叶钧在后门探了一下脑袋，许文涛似乎也感觉到背后有动静想回头去看。就在此时，桂春梅突然贴了上来，将许文涛推在了门框上，等他再扭头看时，身后的楼道空空如也什么也没有。

许文涛纳闷儿地回过头来，这时他感觉到了胸前的柔软，以及桂春梅唇齿之间呼吸出来的石斛混合着蜂蜜的甜味。这时，桂春梅也意识到自己贴得太近了，本能地想往后抽身拉开距离。但与此同时，脑袋里另一个理智的桂春梅告诉她必须贴上去，于是她又瞬间贴了回去。许文涛再次闻见了桂春梅唇齿间那令他眩晕的甜味。

桂春梅一向不觉得自己是那种风情万种会撒娇卖萌的女人，但是现在她必须演下去。她想象着自己就是韩剧里的女主角，而眼前的人就是自己亲爱的欧巴。

“表哥，我有事跟你说。”桂春梅尽量使自己眉目含情，温柔似水。许文涛第一次听到桂春梅喊自己表哥，高兴得有点像在做梦。

“梅梅，你想说什么？”

“你猜。”桂春梅红唇轻咬，双眸流转。

“我，我，我哪知道哇！梅梅你就告诉我吧！”

“昨天晚上，人家……”

“怎么啦？”

“人家做了一个梦……”

“梦见什么了，有我吗？”

“嗯……”

“这叫日有所思夜有所梦，梅梅你是不是想我了！”许文涛按捺不住兴奋。

“可是，我梦见你跟别人结婚了，在婚礼现场你都乐开花啦！”桂春梅说着白了他一眼。

“后来呢？”许文涛听得津津有味。

“后来，后来我就梦见天师骑着黑虎，拿着宝剑斩掉你的狗头，扔到泸溪河里喂鱼……哼……”桂春梅突然气鼓鼓地说道。

“我怎么会跟别人结婚呢？梅梅，梦都是反的……”许文涛意识到自己入坑了，连忙往外爬。

“爱跟谁结跟谁结去，关我什么事呀！”桂春梅说完扭身就走了。

“哎，梅梅……”

桂春梅已经走过楼道转弯不见了，只剩下许文涛怔怔地站在那里，手中的卫生纸摇摆着。直到听见电梯的铃声响，许文涛才知道桂春梅已经下楼，只能回身去开门。

一头雾水的许文涛走进办公室，将卫生纸扔到桌子上，怔怔地坐在椅子上仍感觉莫名其妙，觉得女人都太无事生非、喜怒无常了，说翻脸就翻脸。

坐了一会儿，许文涛觉得还是应该给桂春梅发条微信，道个歉哄哄她比较好。可是他拿起桌上的手机，打开微信，去找“A 梅梅”，却滑了好几屏也没有找到。

“奇怪，我昨天晚上还给她发段子来着……”许文涛暗忖道。

许文涛又重新翻了一遍微信，还是没有找到“A 梅梅”。他只好从通讯录里把她点出来。当他点开“发消息”时，发现对话框里一片空白，一条以往的微信记录都没有。

许文涛皱起了眉头……

6．字条

桂春梅匆匆走出游客中心，在确定许文涛没有跟着自己后，疾步直奔事先和莫同尘约好的见面地点。那是游客中心南面的一片树林，步行需要走上十多分钟。

等桂春梅疾步赶到时，莫同尘和叶钧早在那里翘首以盼。刚才在办公室，莫同尘很顺利地看到了字条上的那行字“元龙有头无头，九九归一缺一”。对于这行字，许文涛不仅用手机将它拍了下来，而且还在一张纸上反复写着，并画出很多横线问号，可见他也在研究这句话，只是还没有研究明白。

“元龙有头无头，九九归一缺一”，看着这行字，莫同尘感到一阵亲切和激动。他一眼就认出这是爷爷的字迹，这证明了他之前在灵芝园的推测是正确的。这个字条是爷爷给龚道长，想通过龚道长之手转交给自己的，可惜事与愿违，龚道长因此丢了命，爷爷也下落不明。

除了字条上的字，许文涛的手机上还有很多案发现场的原始照片。当时时间紧急，莫同尘没能仔细查看，已经都被叶钧急中生智发到桂春梅手机上了。

莫同尘从办公室惊险逃脱后，一直在反复琢磨爷爷留下的那句话，可惜到现在他也没弄明白爷爷究竟想通过这句话告诉自己什么。

虽然他相信这句话应该是指向某个能祈福的地方，但是对于其他的他就一无所知了，只能等桂春梅回来后看看有没有其他的破解线索。

看见桂春梅来了，叶钧挥手打招呼，脸上还挂着不怀好意的笑容。桂春梅眉头一皱没有搭理他，伸手将手机递给莫同尘。

“你用他手机给我发微信，不怕他发现吗？”桂春梅质问叶钧。

“放心吧，我都删了，删得干干净净！”

桂春梅看着他嬉皮笑脸的样子，真想抓他个满脸桃花开，让他再也笑不出来。刚才在路上桂春梅已经看了手机里的照片，除了案发现场的，叶钧还把许文涛平时偷拍自己的一些照片也发了过来。桂春梅觉得他真是无聊至极讨人嫌，不过现在还好他没有张嘴八卦自己和许文涛的关系。

莫同尘专注地看着桂春梅手机上的照片，其中就包括那张从龚道长口袋里摸出来的字条。虽然这些照片帮助莫同尘确定了很多事情，但他还是没有找到破解那句话的蛛丝马迹，不得不求助桂春梅。

“这个你知道是什么意思吗？”莫同尘举起手机向桂春梅问道。

“元龙有头无头，九九归一缺一……”

桂春梅看着这句话反复琢磨着，但却始终猜不出是什么意思。如果说前半句“元龙有头无头”暗指元代的铜钟龙头失窃，铜钟从“有头”变成“无头”这件事的话，那么后半句“九九归一缺一”就更像某种奇门八卦或者卦辞卜算。如果真是如此，那可不是自己能解得开的。想到这里桂春梅不免皱起了眉头，但她还是把自己的推测告诉了莫同尘。

莫同尘摇头表示不同意，他认为这句话的前半句“元龙有头无头”不可能指的是铜钟龙头失窃。刚才的那些案发现场照片，虽然没有让他找到破解线索，但是仍然让他明确了很多事情。字条是爷爷写的，而且是在昨晚见到龚道长之前就事先写好的，那个时候铜钟龙头还没有被盗窃，所以他不可能写铜钟龙头被盗的事。

“那要是你爷爷提前察觉有人要偷龙头，所以留下线索，就像他给你发的短信一样呢？”桂春梅提出了自己的质疑。

“不可能，那是一个意外！”

“意外？”

“老莫，你说铜钟龙头被盗是意外？”叶钧也很惊讶。

“是的，恐怕昨晚现场还有第三拨人。”

“第三拨人？！”桂春梅和叶钧同时惊呼道。

“是的，你看这些照片……”

莫同尘说着，给两个人展示了几张案发现场的照片。这些照片上，铜钟龙头展柜的正面被人砸了一个大洞，地上散落着许多玻璃碎片，中间还滴落了一些血迹。

“这怎么了，你上午不是去过现场吗？”叶钧不明白莫同尘的意图。

“你觉得这洞是谁砸的？”莫同尘反问道。

“盗匪呀！”

“哪个盗匪？”

“还能有谁？天眼啊！天眼想偷龙头，你爷爷拼命保护，光荣负伤……”

“我之前也是这样想的，但是现在看来我错了。”

“难道不是这样吗？”

“如果是天眼偷龙头会去砸玻璃吗？这太业余了！”

“那就是他们逼你爷爷砸的！”叶钧的小宇宙爆发让莫同尘差点无语凝噎。

“也可能还有一个人在场，是他砸了玻璃，拿走了龙头。”桂春梅补充道。

“是的，而且这个人还受了伤，地上的血就是他的。”

“那为什么说是意外，不是事先预谋呢？”

“如果是事先预谋，谁会用这种让自己受伤的方式去偷东西呢？这得多笨的贼呀！所以只能是临时起了贪念又时间紧迫，才这么简单粗暴。”

“那你觉得他们是谁？”

听到还有一拨人，桂春梅和叶钧感觉头都大了，一个天眼就够难对付的了，现在又多出来一伙来路不明的贼，事情变得更复杂更棘手了。莫同尘沉默了一会儿后很快给出了答案。

“不可能在时间上这么巧合，而且还能在天眼面前全身而退，能这样做到的人肯定是和天眼有某种联系的人……”

“什么联系？”

“帮手。”

“这不还是天眼的人嘛！”叶钧不满地说道。

“不一样，盗龙头的人应该是天眼的帮手，但不是天眼组织里的人……是他们临时起意砸了玻璃偷走了龙头。这也就说通了为什么事后天眼还会去我爷爷房间翻找，因为他们的目标根本不是龙头，而是那个传说中的朱允炆的匣子。”

接着，莫同尘说出了自己对昨晚现场的推测。天眼跟踪爷爷一路来到灵芝园敕书阁，以为可以得到那个传说中的匣子。在爷爷去往二楼后不久，天眼那两个人也跟着偷偷上去了，并留下他们的帮手在一楼望风。天眼来到二楼杀害了龚道长，却没有找到那个传说中的匣子。

就在这个过程中，楼下负责望风的人起了贪念，砸开展柜拿走了龙头。楼下的意外之举也迫使楼上的天眼改变了计划，他们趁机绑架了爷爷，迅速离开了灵芝园。

“所以，”莫同尘最后总结，“这句话的前半句不可能指的是龙头被盗这件事。”

听莫同尘这么分析，似乎很有道理，却让桂春梅仅有的头绪也没了。

尽管桂春梅分析错了，但她还是提醒了莫同尘。虽然上半句“元龙有头无头”指的不是龙头被盗，但整个事情看起来和元末明初这段历史有关，即从元朝的灭亡，明朝的建立直至靖难之役明成祖朱棣上台。那么这“元龙”会不会指的是元朝的皇帝，尤其是最后一个皇帝元顺帝呢？

“龙虎山有没有和元朝皇帝有关的祈福地？”莫同尘问桂春梅。

桂春梅摇头表示没有。虽然元朝是历史上天师道发展的鼎盛期，但是龙虎山还真没有和哪个元朝皇帝有关的祈福地。

“那元顺帝呢，有没有和他相关的祈福地？”莫同尘缩小了范围。

桂春梅更坚决地否定了，毕竟谁会拜托一个末代亡国的皇帝赐福呢！

“你再仔细想想……”

莫同尘说着递给桂春梅一张龙虎山旅游宣传折页，上面有龙虎山旅游导览图。这是莫同尘刚才在许文涛办公室顺手拿的，当时想着以备不时之需，没想到现在用上了。

桂春梅皱着眉头接过折页，虽然她觉得这是浪费时间，但还是什么也没说，沉下心来去看折页上的导览图。从游客中心开始，自北向南，一个景点一个景点地看过去。

桂春梅盯着导览图看了好久，正当她准备放弃的时候，一个名字忽然引起了她的注意。这算是龙虎山的一个另类小景点，它和天师没什么关系，和道教也没什么关系。但就是这个地方，在张和光来到龙虎山之前，桂春梅几乎每天都去那里给自己的妈妈祈福。张和光来了之后，桂春梅很快就不去了。看着这个名字，桂春梅在闪念间想起了一个故事，她明白那句话的意思了。

“我知道了！”桂春梅眼里射出炙热的光芒。

“哪里？”莫同尘和叶钧同时问道。

桂春梅伸手在导览图上指了一个地方。

“这里。”

“长庆坊！”莫同尘和叶钧又是同时说道。

7. 痕迹

办公室内，许文涛看着手机上干干净净的对话框不禁皱起眉头，差点从椅子上跳起来，因为他马上就意识到有人偷删了自己和桂春梅的微信聊天记录。

虽然这些聊天记录都是些日常闲聊，连男女间的暧昧试探都没有，但许文涛还是将它视为珍宝。平常没事的时候，许文涛总喜欢拿出来一条一条地翻看。

“我的手机一直不离身，只有刚才……一定是有人趁我上厕所的时候，偷偷溜进来给删了，会是谁？梅梅吗？她为什么要删了……她刚才其实是在关门，不是在开门……她已经知道我用她的生日做手机密码了……”

许文涛在一连串的自问自答后，再想想桂春梅今天的反常反应，觉得她的嫌疑最大。但是她为什么突然今天跑过来删掉这些记录呢?她早就知道自己一直在保存着这些记录啊!许文涛猜不透桂春梅为什么会这么做。他想打电话去问，但又不知道是不是合适，毕竟他才惹恼了桂春梅。

就在他犹豫不决的时候，许文涛瞥见了桌上的那个石斛茶杯子，少年时的一段往事突然浮上心头：“这也是她干的吗？”

许文涛站起身来，拿着石斛茶杯子，慢慢向办公室后门走去。打开后门，许文涛看见了楼道尽头的铁门。铁门紧闭着无声无息，像是咬紧牙关坚守秘密的铁齿铜牙。

许文涛关上房门，走向铁门。推开灰色的铁门，许文涛蹲在地上观察了一阵，然后顺着楼梯向下走去。三层、二层、一层……

等他走到一层的门洞时，赫然发现了地上的石斛茶，四个喝完的空杯子，五个没有开口的杯子被随意丢弃在地上，杯子里的冰块都融化了，杯壁上的水珠顺流到地上洇湿了一圈又一圈。在杯子旁还有两个用来装上清豆腐的白色餐盒。许文涛蹲在地上仔细观察着，这里肯定不止来过一个人，这些石斛茶和自己手上的石斛茶一模一样，看来是在同一个地方买的。

许文涛坐在台阶上想了一会儿后，拨通了林谦的电话，问他刚才那杯石斛茶是从哪儿来的。

“梅姐给的，她不让我告诉你！”林谦在电话里告诉许文涛。

“你在哪儿碰见她的？”

“就在游客中心门口哇，刚才打饭回来的时候。”

“她当时手里是不是有很多石斛茶？”

“你怎么知道的？”

许文涛挂了电话，在狭窄的门洞里来回地踱步，他想让自己尽快平静下来。外面的天色渐渐暗了，许文涛终于冷静下来转身向楼上走去。他知道现在给桂春梅打电话，也不会得到他想要的答案。他要亲自看看，今天有点反常的梅梅究竟想干什么。他的心里隐约浮现出不祥的预感，那是他最不愿意看到的结果。

许文涛返回办公室，坐在电脑前调出监控视频，从游客中心开始倒查桂春梅的行踪。随着电脑屏幕上不断出现的监控画面，许文涛越看越心惊。

黑暗中，办公桌上的手机振动了一下，发出白色的光芒，是夏所长发来的一条短信，只有三个字“长庆坊”。

8. 诅咒

山顶的小木屋内，张和光和死神塔纳托斯的较量还在继续，虽然表面上平静如月光照水，但水下早已暗流汹涌。死神依旧一副坦然若定、稳操胜券的样子，张和光却隐隐感觉到了不安。

射进小屋的阳光早已不见，光线里的尘埃也随之隐身遁去，夜幕的黑纱在慢慢笼罩大地，这使得屋外的山峦更加静谧。

张和光坐在椅子上，虽然看起来神态自若，但他心里知道自己的身体恐怕支撑不了多久了。几乎一天一夜的滴水未进和种种惊恐变故，已经使他十分虚弱，他随时都会倒下去。眩晕、心悸以及由此带来的思想不集中，他都只能努力克制着，因为只有表现得越镇静才越能牵制住死神，为莫同尘争取时间。他忽然想到了诸葛亮的空城计，只是不知道对面是不是司马懿。

天色越来越暗了，小屋内也越来越朦胧，只有神案上的香烛还闪烁着点点昏黄星火……死神的脸上还是那优雅的笑容，在这样的环境下，在这样的时间里，不啻阎罗殿内罗刹的微笑，诡异、阴邪、恶毒、恐怖。

“我会死在这里吗？”

张和光心里突然冒出了这个念头。其实张和光并不怕死，他怕的是那个匣子和其中的神物落到眼前这个人手里，那等于将潘多拉魔盒交给恶魔。他更怕的是莫同尘万一有个闪失，他就真的无法在这个世上苟活，也无颜在地下面对莫同尘的父母和自己的老友了。

神案上香烛的星星火光映射在死神的瞳孔上，跳跃着、燃烧着，使他看上去像是双眼喷火的恶魔，随时可将这天地间的万物焚为灰烬。

“恶魔……诅咒……”是的，诅咒！张和光心里突然冒出了这个词。这是关于朱允炆的匣子“千秋固”的诅咒，确切地说，是匣中之物的诅咒。

相传，它自唐朝末年现世以来，就一直伴随着诅咒。谁要是动妄念使用了它，必是饮鸩止渴，短利而长祸，也必将遭受其反噬，永世难逃厄运。当初使用过它的天师、先祖张中和朱元璋似乎都遭受到了诅咒，现在是不是由于自己的毕生追寻和纠缠，也要遭受诅咒了？

当初，先祖张中以“道存则隐，道废则现”成功说动天师，允许其带着千秋固下山助推“天道轮回”，辅佐“明王”朱元璋夺得天下，结束了元朝的暴政，拯救万千黎民苍生于水火之中，可惜最终朱元璋还是识破了张中的神迹，将千秋固收归已有，而张中则不得不“道存则隐”。

朱元璋南京称帝后，天师看到天数已定，大道即昌，决定借着去南京祝贺朱元璋登基之际，收回千秋固，将其再度封存。只是天师没有想到，此时的朱元璋早已知悉千秋固匣中之物的威能，产生了忌惮之心，而他也决不允许其再度旁落，以免动摇他老朱家的千秋一统。

天师此行南京祝贺，可谓极尽恩宠，风光无限。朱元璋不仅对其本人赞誉有加，还将天师张家提到了和北方孔家并列的高度，在历史上首提了“北孔南张，两大世家”的说法。除了务虚，朱元璋务实也出手阔绰，为天师加官晋爵赏银子，命其“永掌天下道教事”。但是当天师趁机提出想收回千秋固时，朱元璋还是翻脸了。

一句不轻不重的“天有师乎”，就将此前朱元璋和天师相亲相爱的友谊变成了相爱相杀的君臣。从此，明朝开始了对天师明升暗降、明褒暗控、纠结又矛盾的政策，而天师道也由元朝时期的鼎盛发展，逐渐走向停滞和衰微。

此次从南京回来后，天师曾多次找机会讨要千秋固，可惜都未能如愿。这也使得天师难免对当初将其借走的张中有所不满。而此时早已离开朱元璋的张中对此事也惭愧不已，深知此事关涉重大，因此也在试图找机会将千秋固完璧归赵。

张中最终等到了一个机会。朱元璋病重，危在旦夕，太医们束手无策，只能发出皇榜广求天下名医。这时，张中不失时机地出现在皇宫里，并用三颗丹药帮助朱元璋起死回生。

朱元璋病好后，当张中对赏赐的黄金千两和绸缎万匹坚决不受，只希望能讨回千秋固时，他还是对自己的救命恩人翻了脸。朱元璋虽然当场放过了张中，但很快派出了兵士去追杀张中。张中机智逃脱，从此不知所踪。

千秋固的诅咒似乎在天师和张中身上都应验了，至于朱元璋，在他逝世后不久就发生了靖难之变，同室操戈，叔侄相残，大明的天下也偏离了他初设的轨道，他的子孙几乎被朱棣屠杀殆尽……

“张先生……”黑暗中的死神再次发起了攻击。

张和光没有应声，甚至没有抬头，但他的思绪还是被打断了，被拉回了现实中。

“元龙有头无头，九九归一缺一。”死神在黑暗中缓缓地吟诵。

张和光猛地抬起头，随之而来是一阵眩晕。

“你说什么？”张和光急促地问道。

“字条上的那行字呀！”死神脸上仍然是那似有似无的微笑。

“你怎么知道的？”张和光感觉到自己声音的战栗。

死神的笑容在脸上晕染开了，眼中的火焰更明亮地跳跃起来……

“昨晚我也在场啊！”

眩晕的感觉更强烈了，张和光开始冒冷汗。

“你看见了？”

“是的。”

不用死神再多解释，张和光已经明白了。昨天晚上，当楼下传来声响，死神和睡神错愕扭头之际，他趁机将字条塞进了龚道长的口袋里。他以为巧妙地瞒过了这两个人，但现在看来却没有。

“字条你拿走了？”张和光感觉一切将毁于一旦。

“我怎么能夺人所托呢！”死神说道。

张和光明白了，死神知道即使他拿走那张字条，也破解不开上面的谜题，所以他将计就计将字条放了回去。他知道那张字条是自己留给莫同尘的，他也知道那张字条只有莫同尘能解开，他想静观其变，渔翁得利。那么现在字条应该就在警察手里。当时情况紧急，这也是张和光的情急之策和无奈之举。

“放心，令孙比你想象的能干，”死神似乎看透了张和光的思虑，“他已经去过那个保安队长的办公室了。”

“保安队长……许文涛……那个追求小桂的小伙子……”张和光明白了，看来死神真是做足了功课，自己在龙虎山的一举一动都在他的监控之中。

他不禁为莫同尘揪起心来。如果莫同尘如愿看到了那张字条，会是一个陷阱吗？张和光感到眩晕得厉害，心悸、颤抖，已经很虚弱的身体似乎在一点点剥离分解……

黑暗中，睡神的手机闪烁出了一道蓝光。睡神看了一眼手机上的短信，向旁边的死神耳语了一句，死神颔首表示知道了。

“长庆坊，张先生，对吧！”看见张和光垂首没有说话，死神接着说道，“看来令孙进展神速哇，他已经过去了。”

张和光仍然垂首不语，他只能在心里默默为莫同尘祈祷着，但愿他比自己警觉、机灵，能够逢凶化吉……

死神望着屋外黑幕中的匍匐群山，忽然扭头问了张和光一个问题。

“其实你也没有找到千秋固吧！”

张和光沉默不语，四周的夜色更暗了，将他笼罩其中。

“小同，小心……”

第七章　黄泉的善恶

叶钧用手机往下照着，井不深，在离井口二三尺的地方，手机光被一块青石板挡住了。青石板上贴着三张黄纸丹书的道符，像是在封印井下的什么东西。一旁还竖着一枚八卦镜，并沿着井壁的四周用白色的小石子弯弯曲曲摆了一圈，看上去像是星宿图，又像是某种阵法。

1. 朱老爷

清代时，上清古镇被划分为三坊，即五通坊、中坊和长庆坊。而现在的长庆坊指的是一座庙宇，它坐落在上清古镇的西头，也就是上清古街的西入口处，离上清古镇车站仅有百余米的距离。

长庆坊也被当地人俗称“朱老爷庙”，其内供奉着元代著名的医学家朱丹溪[①]。这位朱丹溪先生早年学习儒学，后来弃儒习医，拜名医罗知悌为师，经过刻苦研习终成一代名医。据记载，朱丹溪医术十分高明，被生动地形容为“临症治疗如桴鼓相应[②]”。其诊治的病人常常一贴方药即可病除，故他在当时就有“朱一贴”“朱半仙”的名号。

朱丹溪虽然不是龙虎山当地人，但在龙虎山却享有至高的声誉。因为这位朱老爷不仅医术高明，而且医德高尚，为人耿直诚正，淡泊名利。晚年时，他曾多次在龙虎山一带行医，为当地百姓治病，深受当地百姓爱戴。

后来，朱丹溪在京城不幸冤死后，龙虎山百姓悲愤地为其修庙

① 朱丹溪（1281—1358），原名朱震亨，浙江义乌人，其故居前有一条名叫“丹溪”的溪流，因此被世人尊称为“朱丹溪”“丹溪先生”或“丹溪翁”。在我国医学史上占有重要地位，被后世尊为“金元四大家”之一。

② 桴鼓，鼓槌和鼓的意思。桴鼓相应，比喻效果十分对应迅速。

宇、塑金身，以这种封建时代最崇高的形式和礼节来纪念他。每逢正月十五，当地的老百姓还会将朱丹溪夫妇的神像抬着游街，以示缅怀之情。直到现在，这里依然香火不断，当地人也习惯来这里烧香祈福，祈愿朱老爷保佑自己身体康健，不生病害。

在长庆坊里，朱丹溪朱老爷的金身面部还被有意绘成了紫铜色，以表达百姓对其冤屈身亡的不满和悲愤。

关于朱丹溪的身亡，在龙虎山一直流传着这样一个说法。

相传在元朝末年，元顺帝的皇后得了一种怪病，遍访名医久治不愈，元顺帝也跟着寝食难安。最后，元顺帝找来了朱丹溪为皇后治病。朱丹溪仔细诊断后，很快就找到了皇后患病的症结所在，但考虑到皇后患病已久，身体虚弱，用药不宜过猛，于是就给开了一百服药，劝其慢慢调理。

可是九十九服药都吃完了，皇后的病还不见好转，元顺帝就怒了，觉得朱丹溪这个庸医纯粹是在拖延时间故意戏弄他，便要以欺君之罪杀了朱丹溪。任凭朱丹溪怎么解释，元顺帝都听不进去。朱丹溪急得红了脸，红脸最后又急成紫脸。但是在昏庸的元顺帝面前，一切都无力回天，朱丹溪就这样含冤而死。

朱丹溪死后，元顺帝命令其弟子继续为皇后治病，没想到其弟子只开了一服药，皇后就面露红光，不久身体就完全康复了。这时大家才发现，这位弟子所开的这服药，竟然和朱丹溪先前所开的药一模一样，也就是皇后还没有喝完的那第一百服药。本来，只要服完那一百服药，皇后的病自然就好了。可惜元顺帝太心急，就这么一服药，一代名医就成了刀下冤魂。

在搭老乡的车去往长庆坊的路上，桂春梅向莫同尘和叶钧讲述了长庆坊和朱老爷的故事。张和光字条上的那句“元龙有头无头，九九归一缺一”，指的就是长庆坊里朱老爷的故事。

前一句“元龙有头无头”暗讽元朝的皇帝虽然长着脑袋（有头）但是却没有脑子（无头）。后一句“九九归一缺一”说的是朱老爷给皇后看病的故事。本来一百服药就能看好，但是就差了最后一服，结果功亏一篑，朱老爷也被迫冤死。所以，张和光通过这句话想告诉莫同尘的地点就是长庆坊。这也是目前桂春梅所知道的，龙虎山唯一能和这句话对应的地方。

到了上清古镇，桂春梅在一个偏僻的地点下车后，领着两个人走进了幽暗的巷子里。虽然天已经黑了，但桂春梅还是觉得应该小心为妙，她不想在最后的关头节外生枝。

“你怎么知道许文涛喝了石斛茶就一定会上厕所？”显然叶钧对两个人的关系很感兴趣，这个问题估计也憋了一路，现在终于有机会问了。

“我就知道！”桂春梅在黑暗中露出一丝不易察觉的笑容。

“你不会往里面加了泻药什么的吧？”

“用得着吗？”桂春梅扭头露出了快乐的笑容。

随后，桂春梅向他们讲述了自己的童年往事。

原来桂春梅和许文涛小时候曾经是同班同学，两个人都在上清古镇上小学。许文涛原本比桂春梅大两届，但是他小时候身体非常不好，经常要休学回家休养，就这样不断留级，最后留到了桂春梅班里，成了桂春梅的同桌。

之后，许文涛就开始了对桂春梅的懵懂迷恋，桂春梅也发现了这个瘦弱男孩的许多秘密。比如许文涛的肠胃非常不好，几乎每次吃完饭后都要上厕所，如果喝了石斛蜂蜜水那更是百分百要跑厕所，但他却全然不顾，就喜欢偷喝自己的石斛茶。

不要看现在许文涛长得很壮实，接近一米八的个子，他小时候可是长得特别瘦小，比桂春梅还矮半头。那时候的许文涛不敢像其他男孩子那样，用在课桌上画三八线或揪头发、抢东西的方式来表达对桂春梅的特别之意，只是用他自己的手段来引起桂春梅的注意，那就是偷喝桂春梅的石斛蜂蜜水。虽然每次喝完后一准会跑厕所，但许文涛还是乐此不疲。至于事后跑厕所拉肚子，许文涛毫不在意，这就好像是一种英雄光辉行为后的小惩罚，根本不值一提。

慢慢地，桂春梅也由最初石斛蜂蜜水被偷喝后的气愤，逐渐变成了对许文涛拉肚子的担心。有一段时间，桂春梅甚至忍着不带石斛蜂蜜水到学校，因为她怕许文涛老这样偷喝，会把自己拉死。

回忆起往日的时光，桂春梅竟然不由得笑出声来，巷子里的灯光照射在她的脸上，渲染出了一片片的红晕。这红晕让人沉醉，连叶钧也难得安静下来，静静地听她讲着往昔。

不过，许文涛的跑厕所时光并没有持续多久，因为生病，他又一次休学了。等到他再次回到学校，他不得不再次留级，从桂春梅的同班同学变成了低她一年级的学弟。再后来许文涛的家就搬到了市里，两个人从此再也没有见过，桂春梅也就逐渐淡忘了有这么一个短暂同班的同学。

直到四年前，许文涛大学毕业后回龙虎山上班，两个人才再次相遇。听人说，许文涛大学毕业时，本已得到了保研的机会，但不知道他是怎么想的，最后竟然放弃了这个机会，来龙虎山上班。其实，即使他不上研究生，也有机会留在大城市工作，但他还是选择了回到家乡。

桂春梅说完，脸颊依然被路灯打出泛红的光晕，只是没有了刚才的神采奕奕。

“你喜欢他吗？”叶钧问道。

“谁、谁喜欢他呀！”

“真的？”叶钧的眼睛贼溜溜地盯着桂春梅。

“那……那当然，整天大大咧咧的，又呆又傻又笨又不帅又不会说话，每次答应人家的事都办得驴唇不对马嘴，小时候他也不这样啊！”

“看来你真的不喜欢他！”叶钧说道。

“谁喜欢他呀！”桂春梅张嘴就来，似乎是她的口头禅。

“你是爱他！”

“才不是！”

“爱才会纠结，才会寻求完美，否则就不会在意那么多！”

桂春梅没有说话，往前走着。

“在这方面，相信哥。”

“到了。”桂春梅说道。

桂春梅领着两个人转出巷子，来到开阔的广场上。莫同尘看到不远处有一栋古朴的青砖房屋，有点像北方的四合院，大门的上方有“长庆坊”三个大字。紧闭的大门上画有两个巨大的彩绘门神，正威严地瞪着这空旷的广场。大门的旁边，有一株看上去已长了数百年的大樟树，上面挂满了红色祈福带，正在路灯下随风婆娑着。

2. 祈福

现在已经是晚上 7 点多，天色朦朦胧胧黑了下来，广场上早已没了什么游人，只有镇上的几个小孩在一端嬉戏玩耍。断断续续传来的嬉戏打闹声更显得广场空旷寂寥。

莫同尘三人径直走到长庆坊的大门前。桂春梅上前推了一下才发现，大门只是虚掩着。桂春梅继续将大门推开一条缝儿，三个人鱼贯而入，桂春梅又把大门重新关好。

绕过门口的玄关影壁就进入了长庆坊的院子。院子里一个老居士正在打扫庭院，看见他们三个人进来了，连忙拦住，说这里已经下班，不能再参观了。

桂春梅连忙说，这两个人是特意从老远的地方过来拜朱老爷，想给自己的爷爷祈福的，用不了多长时间就好。这时候，一旁的叶钧也在配合她飙演技，装出一副如丧考妣的夸张样子，一边嘴里嘟囔着“爷爷呀，您一定要挺住哇，孙子来给您请朱老爷了”，一边伸手从口袋里掏出一沓百元大钞乱晃。

老居士认出了桂春梅就是镇上老桂家的梅伢子，之前还经常过来为她妈妈烧香祈福，现在又是祈福的事，不好拒绝就同意了，但也叮嘱他们快点，马上就要关门了。

听到老居士肯放行，三个人谢过后直奔大殿而去。刚才在路上，桂春梅就已经跟莫同尘两个人说了长庆坊的大略情况。

长庆坊初建于元代，后来几经修复，现在保留下来的主体建筑是民国时期重新修建的。

长庆坊的面积并不大，占地只有三亩，却可以分为正殿和偏殿两部分，正殿又可分为前殿和后殿两部分，其中正殿的前后殿供奉朱丹溪夫妇和一些道教神仙，如张天师、财神、三官三真君等。偏殿供奉弥勒佛祖、四大天王、十八罗汉等佛教神仙，所以长庆坊在龙虎山的庙宇中算得上是一个奇葩的存在，是一个佛道双修加民间朴素信仰的场所，充分显示了中国人民生动的信神态度和哲学。

进入前殿后，三个人看见有女居士在忙着收拾桌上的香烛、祈福带和祈福牌等物品，就像模像样地站在殿中央的神龛前，认真虔诚地祈拜了朱丹溪和张天师。

随后，三个人开始装作普通游客，若无其事又对什么都充满好奇的样子在殿里转悠起来，东看看西摸摸，从前殿到后殿再到偏殿，时而聚拢窃语，时而分散行动，不放过任何犄角旮旯，迫切想找到那传说中的朱允炆的匣子。在殿里收拾忙活的居士们，虽然觉得这三个人有点奇怪，但也没有制止，任由他们这样转悠着，或许以前也有过这样的游客吧。

半个小时过去了，小小的长庆坊被他们反复仔细地检查了多遍，仍然没有发现关于那个匣子的蛛丝马迹。叶钧都有点想上房揭瓦了，他觉得有没有可能老爷子把匣子藏房梁屋顶上了。莫同尘虽然没有彻底否定，但觉得这种可能性不大。他爷爷只是一个普通平凡的老头儿，不是什么身怀绝技的武林大侠，想让他把匣子藏在房顶里，还不露痕迹地瞒过所有人，这基本没有可能。

“那现在怎么办？”叶钧有点不爽。

莫同尘沉默不语，桂春梅也无计可施。正当三个人在后殿踌躇不决的时候，殿里的居士开始对他们不耐烦了，催促着他们赶快离开，想要关门下班。

面对一再的催促，三个人只能被迫离开。在返回前殿的路上，叶钧开始盘算着待会儿怎么再溜进来。莫同尘却眉头紧锁，疑惑不解，在心里面反复琢磨着爷爷的那条短信和那句话：“小同，爷爷在龙虎山给你祈福啦，你来还愿吧……小同，爷爷在龙虎山给你祈福啦，你来还愿吧……元龙有头无头，九九归一缺一……”

当三个人返回前殿时，莫同尘无意间瞥见了桌子上已经被女居士码得整整齐齐的香烛和祈福带、祈福牌。他心里忽然一个震颤，“难道爷爷真的给我祈福啦？”

莫同尘走到桌子前，仔细端详着那些摆放得整整齐齐的香烛、祈福带和祈福牌。

“这个多少钱一块？”莫同尘拿起一块祈福牌，问旁边的女居士。

“十五元。”

“这个怎么用？”

“你可以给自己祈福，也可以给你的家人好友祈福，把你要祈福的人的名字和祈福的心愿写在牌子上面，然后挂在外面影壁下就可以了。”

顺着居士手指的方向，莫同尘这才发现他们刚才进来的大门影壁后面，挂满了密密麻麻的祈福牌，几乎铺满了影壁的下半截墙壁。

“要不要请一个，给家人祈福保平安，朱老爷很灵的。”

“好。”

听到莫同尘要请祈福牌，女居士很热心地递给他一根黑色的水笔，教他怎么写祈福牌以及如何在朱老爷面前跪拜祈福等。莫同尘按照女居士的指导写好祈福牌，交了钱，然后在朱老爷面前叩拜祈愿后，两手捧着祈福牌向院子里走去。

三个人来到影壁后面，假装要挑一个好的位置挂祈福牌，开始翻看那些悬挂着的密密麻麻的祈福牌。

三个人快速翻看着，想从里面找到线索。刚才的女居士在殿里提醒他们要快点，她们要下班了。三个人嘴上迎合着“好的，好的，马上”，手上却不停歇。

“找到了！”莫同尘突然说道。

叶钧和桂春梅扭头看见莫同尘手上拿着一块祈福牌，牌子的正面写着“莫同尘”三个字。

“靠，这都行！”叶钧脱口而出。

莫同尘把牌子翻过来，牌子的背面有四句话：“青龙白虎护草庐，钟鼓齐鸣凤麟路，雄狮四守木上水，善恶轮回黄泉处。”莫同尘认得出来，这是爷爷的笔迹。

“什么意思？”

叶钧不明白，莫同尘也不明白，两个人又望向桂春梅，桂春梅也摇头。看来张和光只是用祈福的方式在长庆坊为莫同尘留下了线索，而那个匣子并没有真正藏在这里，而是藏在另外的地方。

“老爷子太鸡贼了吧！”叶钧嘟囔道。

“你们好了吗？我要锁门了！”这时，殿里的女居士又催促道。

“好了，好了！”叶钧回应。

三个人绕过影壁，准备先离开这里再作打算。走到门后，叶钧刚把大门打开一个缝儿，就瞅见外面的大樟树下坐着两个景区保安。其中一个保安正捧着一次性餐盒吃里面的油煎上清豆腐，他的右手上胡乱缠着布条。借着路灯的光，叶钧认出了他们，正是在无蚊村碰见的那两个保安。叶钧迅速把门关上，然后又轻轻地拉开一条小缝让莫同尘和桂春梅看。

“你认识他们吗？”叶钧小声地问桂春梅。

“我不可能谁都认识呀！”桂春梅摇头道。

“景区内的保安都是当地人吧？”

“你什么意思？”桂春梅不明白。

叶钧和莫同尘对视一眼后，把在无蚊村的遭遇告诉了桂春梅，联想到刚才莫同尘在小树林里的分析，他怀疑这两个保安是假冒的。

桂春梅扒着门缝观察着外面的两个保安，“不过当地人很少买这种上清豆腐吃，都是游客买。”桂春梅随后说道。

“这两个人肯定就是你说的那第三拨人。你看那人手上的伤，肯定是他砸的玻璃，老莫你说是不是？”叶钧也扒着门缝往外观察着。

“有可能……”

“我们要不要验证一把？”

“怎么验证？”桂春梅问道。

“这里还有没有别的出口？”叶钧问道。

“有，有个后门。”桂春梅大概讲述了后门怎么走。

叶钧狡黠一乐，招呼两个人说出了自己的计划。虽然莫同尘和桂春梅觉得叶钧的计划过于冒险，但是一番简短的争执后，还是同意了。

桂春梅带着莫同尘又从院子里重新溜回偏殿，再从偏殿溜回正殿的后殿，一直往后，走到底就出现了一个小门，出了小门再穿过一条仅容一人通过的小巷子就彻底出了长庆坊。出了长庆坊，桂春梅带着莫同尘很快消失在古镇纵横交错的巷子里。

看着桂春梅和莫同尘离开后，叶钧打开大门从里面大摇大摆地出来，径直向两个保安走去。看见自己要跟踪的人径直向自己走来，大蒜和三五有点发蒙，一时不知所措地直愣愣坐在那里。虽然是晚上，广场上也没有了游客，但叶钧还是赌眼前这两个“保安”不敢轻举妄动。

“许文涛呢？”叶钧故作轻松地问道。

“谁？”大蒜和三五相互看了一眼，不明白他在说什么。

“那个带劲儿的小娘儿们……”叶钧的双手在自己身上上下游走，比画着婀娜之姿，来提示两个人自己说的是谁。

“你说那娘儿们叫许文涛？”大蒜用力咽下嘴里的豆腐，瞪着大眼说道。

“对喽，知道她和那老头儿是什么关系吗？”叶钧边说着边往四周的地上踅摸。

“什么关系？”对于这样的八卦，大蒜和三五早就想知道了。

叶钧从旁边的地上捡起一块石头，一脸坏笑地在手里掂着玩。

“其实，我也很好奇，回去帮我问问！”

叶钧说着，扬手抛出石头，把旁边的路灯给砸了。大蒜和三五瞬时感到眼前一黑，等到他们适应过来，叶钧已经走出广场，拐进了旁边的巷子里。大蒜骂了一句娘，立马起身追了上去。

叶钧在巷子里左拐右突，脚步越来越快，后面的大蒜和三五紧跟不放，努力缩短距离。叶钧脚步匆匆，不得不连续在巷子里拐来拐去，拐弯时还不忘看后面一眼。结果一时不注意，在一个转弯处竟然和两个人撞了个满怀。等叶钧站住定睛一看，才发现是两个警察。

“身份证！”扶好叶钧后，其中一个警察要求查看证件。

叶钧从身上摸出身份证递给警察。趁着警察低头看身份证的时间，叶钧突然上前贴近警察低声问道：“警察同志，你们这治安好吗？”

“你什么意思？”警察似乎受到了羞辱。

叶钧装作一副神神秘秘的样子：“你们这里有没有发生过假装景区保安骗取游客钱财的案件？”

看着两个警察盯着他不说话，叶钧又接着往下说：“刚才有两个保安模样的人一路尾随我，我走哪儿他俩跟我到哪儿，还问我包里装的是什么，还想借我手机用……”看着警察警戒的神情，叶钧继续说道，“而且听他们说话不像本地的，对了，他们还买那个上清豆腐吃。”叶钧边说边比画。

就在这时，大蒜和三五也匆匆拐进了这条巷子，远远看见叶钧身旁站着两个警察后转身就往回急走。

“喏，就是那两个人！”叶钧在后面大声喊道。

“你们两个……”警察说着把身份证塞给叶钧，抽身向前面追去，叶钧见状，立马趁机溜走。等两个警察追到巷子的另一端，大蒜和三五早不见了踪影。

见人不见了，两个警察决定先不追查，还是按原计划办正事要紧，于是转身向长庆坊方向走去。

等到两个警察赶到长庆坊，大门早已紧闭。敲了一阵门后，门从里面打开了一条缝，一个上了年纪的居士探出脑袋。随后，老居士打开门，让他们进去，门又重新被关上了。

3. 木上水

叶钧摆脱“保安”和警察后，在巷子里转悠了一会儿，确定没有人尾随自己，就放开脚步向中午去过的那个废弃屋子走去。等叶钧赶到时，莫同尘和桂春梅早已在里面等候了。

“果然不出我所料……”

叶钧进来后，张口就来了这么一句，然后将刚才的经历讲给两个人听。

“那两个人果然不是景区的保安，而是天眼的跟班，就像老莫你推测的那样。”说到这里，叶钧懊恼地拍了一下大腿，“嗐，可惜时间紧张，要不我能套出更多信息来，他们肯定知道你爷爷藏在哪儿！”

“没关系，我们很快就能找到！”莫同尘说道。

“有什么发现？”叶钧兴奋地问。

莫同尘看了一眼手里的祈福牌，默念道：“青龙白虎护草庐，钟鼓齐鸣凤麟路，雄狮四守木上水，善恶轮回黄泉处。”

“我觉得，爷爷将那个匣子藏在一个井里面了。”

“藏在一个井里了？”

“你看这上面……”莫同尘举起祈福牌给叶钧看，同时念出了那四句诗。

“不懂。”

“你看，雄狮四守木上水，善恶轮回黄泉处，木上水，黄泉处……”

“什么意思呀？你直接说！”

“木上水，木上有水，井。君子以劳民劝相。这是《易经》六十四卦中井卦的卦辞。本卦下卦为巽，巽为木，上卦为坎，坎为水。水下浸而树木生长，这就是井卦的卦象。古代圣贤观此卦象，取法于井水养人，从而鼓励人民勤劳而互相劝勉。”看着叶钧呆滞懵懂的样子，莫同尘也不想再多解释，这种易经卦象越解释越糊涂，就接着跟他讲下一句“善恶轮回黄泉处”。

“黄泉处，以前的人认为井是通黄泉的，是黄泉的入口，而黄泉也就是指的阴曹地府，是人们轮回转世之所，所以这诗的后两句暗指的就是井。也就是说，爷爷想通过这首诗告诉我那个匣子藏在一个井里，而那个井的四周有狮子守着。”

“这不是扯淡吗？龙虎山哪有狮子呀！”

“不是真狮子，是四周应该有狮子雕像或图案什么的！”

“哦……”叶钧这才明白过来，“那龙虎山有这样的井吗？”叶钧问桂春梅。

“龙虎山的井多了，不算居民家里的吃水井，光是景点有名的井就至少有五六个。游客中心广场上的离沁泉井、正一观的炼丹井、天师府的灵泉井、伏魔殿的镇妖井、无蚊村的天师井，还有上清宫东隐寺的善恶分界井。但是，不记得哪个井旁边有狮子。”

“那这么多井，怎么找哇！总不能一个个都看吧！”叶钧有些泄气。

“当然不会，你看这首诗，如果后两句指的是一口井的话，那么前两句应该指的是这口井究竟是哪口井。”莫同尘解释道。

“是哪一口？”叶钧又来精神了。

“我还不知道。”

“这不还是白扯嘛！”叶钧又泄了气。

桂春梅从莫同尘手中拿过祈福牌，端详着上面的四句诗：“青龙白虎护草庐，钟鼓齐鸣凤麟路，雄狮四守木上水，善恶轮回黄泉处。”随后，桂春梅说出了自己的想法。

“也许前两句并不是指的是哪口井，而是描述了这口井的周围环境……”

“井的所在之地！”

“对，我知道有一个地方，和这前两句诗描述得很像……”

“哪里？”莫叶两个人同时问道。

“正一观。”

“正一观？”莫同尘和桂春梅上午去的第一个地方就是正一观。

“是的。”桂春梅接着解释道，“正一观后面的山是龙山和虎山，合起来就是龙虎山，是整个百里龙虎山的心脏所在。之前也说过，张道陵携弟子王长由淮河入鄱阳，然后沿信江而上，来到当时还叫云锦山的龙虎山时，最早就是在那里结草庐炼仙丹的，三年丹成而龙虎现，这里也就被叫作龙虎山了。所以，无论是从自然环境还是从历史传说来看，正一观都符合第一句诗的描写，而且正一观里有钟楼和鼓楼，可以钟鼓齐鸣。”

“那凤麟路呢？”叶钧问道。

“也许到那儿就知道了。”

“就是说你不知道呗？自己家地盘都这么不熟悉！”叶钧表示不满。

“谁能记住那么多细节。”桂春梅瞪了叶钧一眼。

“正一观里有炼丹井……”莫同尘咂摸道。

“是，相传张天师就是用这口井里的水炼成九天神丹的，这口井现在是正一观最有名的参观点。”

“行，那就正一观。”莫同尘说道。

4. 会议

就在莫同尘三人躲在废弃的屋子里参悟祈福牌上那四句诗时，许文涛和夏所长他们也在派出所的会议室内召开案情通报会，分析案情。眼看着一天时间过了，案子还是没有实质性进展，大家都很有压力。

走访长庆坊的那两位警察也回来了，正在汇报情况。正如他们找当地民俗专家破解的那样，在龚道长口袋里发现的那张字条上的神秘语句“元龙有头无头，九九缺一归一”，确实指向长庆坊。通过倒查长庆坊的监控录像，也确实发现了张和光曾在两天前去过，而且在里面买了一块祈福牌。

但在刚刚走访长庆坊时，据那里的老居士回忆，她对张和光这个人并没有什么印象。看来他并不经常去长庆坊，这一点倒是跟他经常去灵芝园不一样。随后，两个人查看了影壁后面的那些祈福牌，也并没有什么发现。

不过临走时，老居士又提供了一条线索，就是今天傍晚，长庆坊来了三个年轻人，他们转悠了半天，买了一块祈福牌后，又在影壁后面磨蹭了半天，好像是在找什么东西。根据这条线索，再回来查看今晚长庆坊的监控，确实有三个人早先一步去过长庆坊，并从那堆祈福牌里拿走了一块祈福牌。

“经辨认,其中一个就是张和光的孙子莫同尘,另外还有一个女的，和老居士说的一样，就是……就是……”汇报的警察瞥一眼对面的许文涛，“就是那个酒店女服务员……桂春梅……”夏所长也瞟了一眼许文涛，示意继续汇报。

“另一个男的，我们刚刚在巷子里碰到他了……”

“怎么回事？”夏所长问道。

汇报的警察就把刚才去长庆坊路上，在巷子里如何与那男的撞到一起，并查了他身份证的情况，汇报给了夏所长。

“那他叫什么名字？”夏所长问道。

“叶钧，”许文涛抢先回答，“这个人是张和光孙子莫同尘的大学同班同学，上午也曾在灵芝园出现过……从景区入口的监控录像来看，他是上午 9 点 42 分，独自走进景区的，然后在景区内找到了莫同尘。”

“还有，你要我查的那两个保安我也查了，”许文涛扭头对汇报的警察说道，“他们确实不是我们的人，是冒充的。这两个人在景区的动向我还在追查，但是可以初步确定，这两个人是在一路跟踪着张和光的孙子莫同尘他们,而且很有可能灵芝园展柜是这两个人砸开的,现在看来基本上可以推断他们是天眼的帮手。”

虽然现实的证据越来越支持自己当初的推断，但许文涛高兴不起来。简短的沉默后，许文涛还是说出了自己刚刚从监控中了解到的情况。原来桂春梅一直和张和光的孙子莫同尘在一起。桂春梅带着他一直在景区内各个景点游走，似乎是在帮他寻找什么东西。接着，许文涛就将从监控里获取的一些关于莫同尘三人在景区里活动的信息告诉了大家。

听完彼此的汇报，所有人陷入了沉默，大家都在各自消化、分析着刚才的信息。夏所长把自己蜷缩在椅子里，脑袋向后靠在椅子背上，仰望着会议室的天花板，天眼为什么得手了还不离开景区，现在似乎有答案了。

看来铜钟龙头不是天眼最终的目标,他们真正想要的还没有得手，这就是他们都没有离开的原因。张和光失踪了，他的孙子及时来了，而且张和光在失踪前，就已经给他孙子留好了线索信息，看来他对之后发生的事似乎提前就有所判断，他是主谋……还是……如果张和光是主谋，那么他孙子又是什么角色?

“我觉得我们现在应该尽快找到张和光的孙子，不仅仅是要找到丢失的龙头，还应该进一步弄清楚他们在找什么，以防止再有文物丢失。”许文涛首先打破了会场的沉默，说出了自己的建议。其实这也是大家所担心的。

“是的，恐怕下一个被他们盯上的目标比铜钟龙头更贵重，而且龙虎山文物太多了，除了放在灵芝园里集中保护的，还有很多是分散在各处的，很难一一都派人保护。”刚才汇报的警察也说出了自己的担忧。

“龙虎山还有什么比铜钟龙头更贵重的文物？”夏所长问道。

“仁靖真人碑、大铜钟、教演宗传匾。”许文涛背诵着被誉为龙虎山天师府三宝的文物名字。虽然龙虎山文物众多，但这三件最为重要，而且个个都盛名在外。说完后，大家都觉得仁靖真人碑和大铜钟过于巨大沉重，被偷走的可能性不大。只有仍然悬挂在天师府私第中厅的教演宗传匾体量较小，有可能被偷走。虽然夏所长觉得事情不会这么简单，但是以防万一，还是立即安排了人手去私第中厅蹲守。

随后，夏所长总结案情：“看来铜钟龙头并不是他们的最终目标，他们应该还有一个更大的目标。而根据张和光的行为来看，一种情况是他就是主谋，另一种情况是张和光并不愿意将那件东西交给天眼，所以遭到了挟持。不管是哪种情况，我们必须尽快找回铜钟龙头，而且要阻止新的文物丢失。一方面，要尽快找到张和光的孙子莫同尘等人，查明他们究竟在找什么，他们还知道什么；另一方面，要尽快摸清那两个假保安的情况，看看能不能顺藤摸瓜，找到天眼和张和光他们。”

最后，夏所长叮嘱大家：“今天晚上是帐篷节的重头戏，有篝火音乐节，数万人会滞留在景区，一定要确保帐篷节的顺利进行，不要打草惊蛇，不要出现意外。”协调完工作后，大家散会，各自离开忙去了。

等所有人离开后，夏所长叫住了许文涛，问道：“桂春梅是怎么回事？”

5. 道士

趁着浓浓的夜色，桂春梅三人很顺利地到达了正一观。本以为此时的正一观应该是大门紧闭，灯烛熄灭，黑漆漆的一片，没想到却是灯火通明，大门敞开。在大门前的道路两旁，还停放着几辆集装箱大车，有几个人在灯下忙活着。

等他们走进正一观才明白过来，原来白天在无蚊村拍戏的剧组，晚上挪到这里拍夜戏了。三个人原本计划绕到正一观后面再翻墙进来，现在看来是不用了。

三个人装作剧组人员，就这么从从容容地走了进去。剧组的人正忙着拍戏，也没有人多看他们一眼。三个人发现没有人关注自己，就偷偷挪向院子右侧的钟楼。绕过钟楼，在黑暗中穿行过一段花草绿植，三个人绕到了玄坛殿的后面，炼丹井就在这里。

炼丹井，距今已有一千九百年历史，相传是第一代天师张道陵亲手挖掘的。张道陵用这口井里的水炼成了九天神丹，丹成龙虎现，从此有了龙虎山。为了保护这个古迹，后人在井的上方修建了一个井亭。为了相映成景，在井亭的周围又修建了几个亭子，便于游人休息和道人打坐修道。但是在晚上，四下寂寂，影影绰绰，有一种特别的陌生感，即使对于桂春梅来说也是这样。

三个人走进亭子，站在井边扶着一米高的井沿，往井里望去，井底的水泛着幽幽的银光。

“这就是炼丹井吗？”叶钧问道。

“是的。”桂春梅边回答边伸手到井口上方，去感受从井底升腾上来的氤氲水汽，竟有一股缕缕的暖意。

叶钧也学着桂春梅，手掌朝下将一只手伸向井口中央。“好凉！”叶钧说着就抽回了手。桂春梅告诉他，每个人的体质不同，感受到的井气也是不一样的，有的是热气，有的是凉气。

“有这么神奇吗？”叶钧还是不相信，又伸手去试了一下还是凉。“有意思呀！”叶钧说着就抄起旁边的井绳，想打一桶水上来试试水温。

“哎，你说匣子会藏在这下面吗？”叶钧边往上拽绳子边问。这时，莫同尘却绕着井沿似乎在查看什么。

“老莫，你在干吗呢？”

“找狮子。”

炼丹井的井沿是由六块约一米高、半米宽的梯形木板拼合而成的。这些木板上都雕刻有图案。莫同尘仔细查看着这些图案，上面只有两种动物形象，龙和虎。

莫同尘从井外沿看到井内侧，又仔细检查了井台地面和亭子四周，搜索范围越来越大，一直扩散到炼丹井周边区域，连周围的亭子也检查了，还是没有发现所谓的“雄狮四守”。

“可是，你看这后面就是龙山和虎山，当初天师就是在这里结草

庐炼丹的……你看那边就是钟楼和鼓楼，也很对呀！龙虎山除了这里，没有哪儿更符合那首诗描写的‘青龙白虎护草庐，钟鼓齐鸣凤麟路’了！”桂春梅说道。

“那凤麟路怎么解释？”莫同尘思索着。

“这个，这个……也许是因为天黑，我们刚才又走得匆忙，没注意到……”桂春梅解释道。

莫同尘沉默不语，低头望着炼丹井里幽明的井水。

“要不咱们再从门口开始，仔细找找……”桂春梅建议。

“还找什么找！既然来了直接下去看看不就知道了！”叶钧说道。

“怎么看？”桂春梅问。

“把手机打开录像和手电筒，然后放到井底下，不就能看到下面了嘛！”叶钧说出了自己的创意。

“那手机不就进水了？！”其实桂春梅更觉得是他脑子进水了。

“叮叮叮……”叶钧变戏法似的从背包里掏出来一个小东西，举在手里摇晃着。天太黑，看不清楚是什么东西，桂春梅凑近一看，脸一热，脱口一句“流氓”。

“怎么流氓了！”叶钧抖抖手中的安全套说道，“安全套可以当手机保护套，可以当鞋套，可以当水袋，还可以防潮，实在是居家旅行之佳品，真没见识，嘁！”

说完，叶钧不再搭理桂春梅。他撕开安全套包装，取出安全套套在自己的手机上，之后将口死死扎紧以确保水不会漏进去。然后，他把手机绑在井绳上面，打开手机的相机和手电筒后，就小心地抓着绳子把手机往井里面放，边放边不断地转动绳子，以期能拍到不同的角度。井绳下放了十多米后，到了头。叶钧又转动绳子，慢慢地往回收，最后把手机吊了上来。

叶钧拿出手机，开始回放录像。三个人的脑袋凑在一块，屏气看着回放的画面。可惜在幽暗的井水里，手机拍得并不清晰。

“我下去试试，你们拽好绳子！”

叶钧说干就干，把背包扔到一边，就开始脱衣服裤子。

“你干吗？”虽然是在黑暗之中，但叶钧的红裤衩仍然很显眼，桂春梅把头别到了一边。

“下井啊！”

“那你脱衣服干吗？”

“大姐，我现在不脱，待会儿我就得脱衣服走出去。”

“不用下了，应该不是这里。”莫同尘制止道。

“试试呗，不试怎么知道！”

“干吗呢你们！”突然，一道光打在了已经脱得差不多的叶钧身上，紧接着又晃到了莫同尘和桂春梅身上。随着呵斥声，出现了两个头戴纯阳巾，身着青色道袍的道士。年长一些的中年道士正拿手电筒照着他们，一脸的威严。在中年道士身旁，跟着一位年轻的道士。

“你们是谁，在这干吗呢？”中年道士威严地呵斥。

“啊……我们是剧组的……”桂春梅应急道，“他手机掉进了井里，想捞。”桂春梅指指正忙着穿衣服的叶钧。

“胡闹，这是圣井，你们能下去吗？赶快走！”

“哦，哦，哦！”三个人唯唯诺诺应承着。看着三个人匆忙离开，两位道士也打算离开，继续巡夜。

“两位道长请留步！”

莫同尘突然转身叫住了两位道士。两位道士扭头疑惑地看着他。

“两位道长真的很抱歉，其实我们是在打赌猜谜，说谜底就是炼丹井，我们不信就过来验证一下，没想到有所冒犯，真的非常对不起！”

莫同尘非常诚恳地致歉。

“什么猜谜？”莫同尘的话引起了年轻道士的好奇。

“那个谜语就是‘青龙白虎护草庐，钟鼓齐鸣凤麟路’，说的就是这儿，正一观吧？”

“青龙白虎护草庐，钟鼓齐鸣凤麟路？”年轻的道士念叨着。

“你看这里，后面是龙山和虎山，前面是钟楼和鼓楼，天师是最早在这结草庐炼丹的，是这样吧？”桂春梅补充道。

年轻的道士微微颔首认同她的推断，中年道士却一直盯着他们三个人没有表态。

“你们去炼丹井看什么？”中年道士突然发问。

“啊……其实这个谜语是打龙虎山的一口井，我们以为是正一观的炼丹井。”莫同尘解释道。

“就这两句吗？”中年道士看得出来炼丹井让他们失望了。

“啊……”

“你为什么觉得不是炼丹井？”中年道士目光如炬似乎能看穿一切。

“啊……其实还有后两句，我们猜出来是井……”

“是什么？”年轻道士抢先问道。

“雄狮……雄狮四守木上水，善恶轮回黄泉处。”

听到这两句话后，年轻的道士又陷入自顾自的猜谜中。“雄狮四守木上水，善恶轮回黄泉处……善恶轮回……雄狮四守……”年轻道士暗自揣度着。

“明天去上清宫看看吧……那里原来叫天师草堂，地势也是青龙白虎。”中年道士说道。

“好，好，好，明天我们去看看！”最先反应过来的桂春梅招呼两个人往外走。

“师兄，你觉得是善恶分界井吗？”年轻道士小声问道。

“等一下！”

中年道士威严的声音又响起来，叫住了正往外走的三个人。三个人怔怔地回头。

“明天你们过来一下，我看看能不能把你们的手机捞出来。”

“哦，哦，好，好，谢谢道长，谢谢道长！”三个人异口同声地致谢。

两位道士在背后不紧不慢跟了两步，之后站在祖师殿前，看着他们三个人匆匆穿过正在院子里拍戏的剧组，向正一观外面走去。

半小时后，许文涛和警察来到了正一观。

6. 凤麟路

上清宫，确切地说叫大上清宫，是历代天师阐教说法、传道授箓和举行重大醮仪的地方，也是历代天师供祀神仙的场所。

大上清宫最初是第一代天师张道陵在此修道炼丹时修建的天师草堂，自第四代天师张盛开始，更名为传录坛，并在原来的基础上不断改建扩建。唐宋明清时期，在各朝皇帝的不断干预赐名下，这里的名字也一路更改，直到清朝康熙皇帝为其亲笔御书“大上清宫”，名字才算确定下来。据说，在全国的道教名山中，叫“上清宫”的道观很多，但是能在前面加一个“大”字，叫“大上清宫”的似乎独此一份。

历史上，历朝历代的皇帝对大上清宫都十分重视，不惜耗费巨资对其进行不断的修建和扩建，其规模之庞大，布局之严整，完全是仿照皇宫而造，其气势之雄伟，殿楼之华丽，在中国道教史上绝无仅有，因此也被人们称誉为“中国道教第一宫”。施耐庵在《水浒传》开篇第一回里，对大上清宫和其内的伏魔殿、镇妖井浓墨重彩的渲染和描写，更使它名扬天下，成为世俗人们心目中的神秘禁忌之地。

等莫同尘他们赶到大上清宫时，已是晚上 10 点多了。大上清宫的正门福地门正巍然高耸在静默的夜色中。

就着微弱的天光，莫同尘看见大门的右侧有一个景点介绍牌，于是走过去观看，叶钧在后面用手机为他照亮。只见上面介绍道：“大上清宫是根据道教风水学而建，坐北朝南，子午端正，北靠西华山，南朝琵琶峰，门临泸溪河，依山傍水，气势非凡，处于绝佳之地势。从道教风水来讲，它是前有罩，后有靠，左右青龙、白虎两相抱，左青龙指的是应天山，右白虎指的是通天峰……”

这正和桂春梅在路上介绍的一样，而大上清宫最初的名字就叫“天师草堂”，这么看来这里真的可谓“青龙白虎护草庐”。

借着手机的光亮，莫同尘很快发现在大门入口台阶上的中央位置，有一幅石雕图案。等他过去仔细查看时，才发现这石雕图案雕刻的竟然是凤凰和麒麟。只见麒麟在前，凤凰在后，两者亦步亦趋，麒麟回首顾盼，凤凰伸颈跃舞。

“凤麟路！”

三个人几乎同时喊出来。桂春梅更是惊讶于莫同尘的发现，要知道自己从小就去大上清宫玩耍，从这里进进出出何止百次千次，竟然没有注意到这台阶上的图案。对太熟悉的东西视而不见，这就是我们所谓的现实生活中的第四维空间陷阱。

不过，虽然她之前忽视了这石阶上的图案，但是并不影响她明白这幅石雕图案的意思。“这幅石雕画叫作《鸾凤麒麟交跃戏舞图》。”

桂春梅向莫同尘解释。

在道教神仙文化中，麒麟被认为是天上神仙胜景、人间道教活动场所才有的灵兽。道教认为，天上神仙胜景，麒麟“化生其中”，众神仙出入驾行，常有麒麟“导舞”，所以在人间的道观大门口前也常常放置或雕刻麒麟，就是取“众圣驾行，有麒麟导舞”之意。另外，修道之人飞升之前，所处的人间修道之地，也常有“凤凰、麒麟交跃戏舞”，所以道士修炼之地，也常常被称为“名山福地、凤麟仙岛”。这幅石雕图表现的就是这样的意思，除了表达自己的修炼之地是“凤麟仙岛”外，恐怕还有祝自己早日得道飞升之愿。

外有凤麟路，内有钟鼓楼，左右有青龙白虎，现在看来“青龙白虎护草庐，钟鼓齐鸣凤麟路”是完全符合了，那口井在大上清宫中没错了。但是现在有一个问题，怎么进去呢？

如果在正常时间来游览，只需要走过眼前的福地门，接着穿过呈“S”形弯曲的龙凤街，一路走过下马亭、棂星门、钟鼓楼、荷花池，再走上一段就会到达东隐院西侧的善恶分界井前。

但现在已是晚上 10 点多，福地门大门紧闭，整个门楼有近二十米高，直冲天幕，像一个门神巨兽阻挡了三个人的去路。

不过，这也难不倒从小就在这里嬉戏玩耍的桂春梅。黑暗中，桂春梅领着莫同尘两个人向福地门西侧走去。在福地门西侧的围墙上，有一个小小的红色仿古门楼，却只有门楼，没有装门。门楼后面是一条弯弯曲曲的柏油小路，一直向远处的黑暗中伸展而去。

桂春梅领着两个人顺着小路往里面走，路的右边就是大上清宫的院墙。他们三个人都没有出声，在黑暗中默默地走着，只有脚底下传来与地面的摩擦声。一阵轻风吹过，两旁的树木枝叶跟着轻轻摇晃。

黑夜，轻风，在乡间小路上无声行进的伙伴们，这让桂春梅想起了小时候的“摸秋”活动。

“摸秋”是当地的一项儿童民俗活动。一般是在中秋节晚上，小孩们吃完月饼后，便会三五成群去偷摸别人家的柚子、甘蔗、板栗、红薯等，即使被主人家抓住也不能惩罚。这是那时候小孩子们最喜欢的活动之一，可以光明正大地晚上出去玩耍，翻墙、上树，紧张、兴奋，还有“自己动手”收获的果子吃。

想到这里，桂春梅的心里涌起了一丝童年的欢乐。她想起了许文涛。有一次，许文涛跟着他们一起“摸秋”，去偷板栗。正当小伙伴们用竿子往下打板栗的时候，一条毛喇子被震了下来，好巧不巧掉进许文涛的衣服里，吓得他一屁股坐在地上，偏偏地上都是板栗壳子，又尖又硬的刺让他一跃而起，叫喊着向田野里冲去。

等小伙伴们反应过来去找他时，才发现他在慌乱中一脚踩进了田边的粪沟里，两个裤腿上裹满了人和牲畜的粪便，搞得小伙伴们一时束手无策，不知道该不该去拉他。听说回去后，他被父母胖揍一顿，之后又承包了桂春梅他们一个学期的笑料。想起许文涛，桂春梅在黑暗中微微皱起了眉头。

在刚才来的路上，她接到许文涛一条微信，偷偷看过后，开始犹豫不定。

桂春梅领着两个人走了一段路后，顺着大上清宫院墙的走势，离开柏油路，向右拐到了一条更窄的土路上。路的两旁长满了荒草，路右边大上清宫的院墙上也爬满了藤类植物。他们顺着院墙向里面走了一段后，就看见院墙上有两扇红色的大铁门。

桂春梅知道这铁门后面有两个用铁棍做的门闩。一个在门底部，

竖插在地面的槽里；一个在门中间，横插着。桂春梅先蹲在铁门下面，从门底下的缝隙伸手进去，把竖着的门闩转扭着向上推开，然后站起身来，用力把两扇门推出一个大缝，伸手进去把横着的门闩向右拨开，之后再把门往里轻轻一推，三个人就顺利进入了大上清宫。善恶分界井就在他们左前方大约五十米处。

善恶分界井是一个毫不起眼的小石井，孤突突地伫立在一片荒芜的草地中，井口只有半米，沿着地面而开，上面围了一个半米高的石箍。如果没有熟悉的人带领，普通人很难注意到这口荒地里的小石井，就是曾经无比神奇的善恶分界井。不像百米之外的镇妖井，因为《水浒传》而名扬天下，每天都有大批的游客前去参观，善恶分界井的神奇早已湮灭在时间里，几乎没有人再在井口俯望。

相传，这口小井能够映照、判断出人的善恶，还能照出人的前生来世。人世间解决不了的复杂纠纷，只要打开井盖照一照，是非黑白便可分明。所以，在过去，人们一旦有什么冤屈找张天师诉说，张天师便让相关的人到井口照一照，善恶真伪就一清二楚。也正是基于这样的传说，莫同尘、桂春梅和正一观里那位年轻的道士一样，认为“善恶轮回黄泉处”指的是这口井。

莫同尘拿着叶钧的手机往井里面照着，井水幽明近在咫尺，石砌的井壁上爬着青苔，还有蕨类植物横长出鲜嫩的枝叶。透过丛生的蕨类植物，莫同尘向井里面看了一会儿，又抬头向四周张望。桂春梅和叶钧知道他在找什么。

善恶分界井的四周用石板铺了一个四米见方的井台，井台之外是一片杂草丛生的荒地，再往外就是院墙、山体、树木，没有任何和狮子能扯上关系的物件。莫同尘又低头向井里望去。

“这井太小了，我都下不去！”

“不用下去。”莫同尘制止叶钧。

“那怎么办？”

“不在这里。”

“啊！你怎么知道？”

“你看井壁上的这些植物和青苔……这么小的井口，这些植物又长得这么茂盛，如果真有人往井下藏东西，很难不碰到这些植物的枝叶，你现在看这些植物的枝叶，竟然没有一个折断破损的痕迹，都十分完好自然，青苔也没有被蹭过的痕迹，所以不可能在这里。”

“那，那现在怎么办？”

“我明白了，是镇妖井。”

“镇妖井？”

“是，镇妖井！善恶轮回指的是天罡地煞一百零八将，而不是单纯字面意义上的善恶和轮回。”

“没懂，你能解释清楚点吗？”

“天罡地煞，在井下是魔君，被放出来后，转世轮回就成了替天行道的梁山好汉，而这些梁山好汉多出身于地痞、流氓、小混混，连做事的方式也多是上不了台面的流氓伎俩，所以历来主流社会对他们评价不高，但在老百姓心里他们却是伸张正义的大英雄。善与恶，神与煞，流氓与英雄，又怎能轻易说得清楚，这恐怕才是那句‘善恶轮回黄泉处’真正的意思。”

“啊，你爷爷的脑回路我是服了，怪不得我上他课会挂科！”叶钧吐槽道，“镇妖井在哪儿？赶快去吧！”

三个人离开善恶分界井，绕过旁边的东隐院，顺着正常的游览路线，一路上坡向伏魔殿走去。伏魔殿位于整个大上清宫的最东南角，和善恶分界井、东隐院在一条线上东西相对，相距不过百余米。

很快，他们就看见远处一栋影影绰绰的建筑，给人一种诡异森然的感觉。周围三面的山体苍茫连绵，犹如一条苍龙横卧，正在护着龙蛋酣睡。而他们现在就要去摸龙蛋——矗立在苍龙腹部的伏魔殿。微风拂过，大殿前挂满祈福带的树枝婆娑摇曳，犹如这酣睡“苍龙”腹部一张一翕的律动……

7．镇妖井

“狮子！”

伏魔殿，这个因《水浒传》而名扬天下的建筑，被建造在整个大上清宫最东南角的山坳里。这里是整个大上清宫最靠里、最隐秘的角落。三面环山犹如一条苍龙横卧，将伏魔殿盘裹在其腹部镇护着。

刚走到伏魔殿前，叶钧就在朦胧中看见它的左前角上似乎趴着一只“动物”，他下意识地喊了出来。等他跑过去一看，果然是一只趴着的石狮子，有一尺来高。很快，三人发现伏魔殿的四角上都趴着一只这样的石狮子。伏魔殿建在一米高的青石基台上，而这些石狮子就趴在基台的四个角上。

“雄狮四守！”莫同尘说道。

“没错了，肯定是这里！”叶钧也兴奋起来。

“唉，这么明显，你平时没看见啊！”叶钧兴奋之余，还不忘损一下桂春梅。桂春梅瞪他一眼，也一时语塞。

三个人兴奋地走上基台，来到伏魔殿门前。只见门上贴着许多黄纸丹书的符印封条，一道压着一道，一层粘着一层，层层叠叠交叉贴在门上。虽然这里已经不是什么禁忌之地，而成为游客观光的旅游景点，封条也早已从门缝处划开，但还是给人一种森然畏惧之感。

意外的是，这伏魔殿的门并没有像《水浒传》描写的那样“使着胳膊大锁锁着”并且“锁用铜汁灌注”，而是没有上锁，且还是虚掩着的。

想想也是，谁会半夜三更来这里偷窃呢？

来这里，无疑像是去了一趟森罗殿，二者又有什么差别？人们普遍还是有“莫须有”的偏执迷信和恐惧的，即使再犯浑的人到了庙宇道观也是规规矩矩的，更何况这里曾经是镇压天罡地煞一百零八魔君的伏魔之殿呢！

即使在白天，除去络绎不绝的游客，还有多位道士在这里镇场，否则再有多少好奇心，恐怕也没有几个人愿意孤身来此。

当然，现在也不可能有当年洪太尉那样的二百五，随便闯进来就推倒石碑，破坏文物。莫同尘突然觉得，今天晚上的他们会不会成为第二个洪太尉？是福是祸，很难预料。

伴随着悠悠的吱扭声，伏魔殿的门被莫同尘轻轻推开了，迎面而来的是浓烈的香烛火灰味。三个人走进大殿，轻轻把门关上后，顿时陷入黑暗之中。借着手机的光亮，他们隐约看清了殿内的情况。大殿迎面的三座神龛里，从左到右依次供奉着关羽、太上老君和张天师。左右两边的墙壁上，绘有《水浒传》连环壁画和一百零八将的画像。四根支撑大殿的朱红大柱子上面，绘有高大的马王爷、赵公明、温琼、关羽四人的神像，个个身披甲胄，手持兵刃，正瞪着他们三个人。

虽然没有《水浒传》里描写的“昏昏默默，杳杳冥冥”那样阴森恐怖，但还是让人有种透体的寒意。在大殿中央，一只赑屃赫然驮着一块大碑。石碑的正面是龙章凤篆，镇妖大符，绕到石碑后面，就看见凿刻在其上的“遇洪而开”四个苍劲大字。而石碑后面，便是令人谈之色变的镇妖井。

镇妖井被一个朱红色的木井栏拦着，木井栏的每个柱头上都雕刻了一只狮子。三个人围着井栏往井里面看，九百年前那惊心动魄的一幕似乎犹在眼前。

叶钧用手机往下照着，井不深，在离井口二三尺的地方，手机光被一块青石板挡住了。青石板上贴着三张黄纸丹书的道符，像是在封印井下的什么东西。一旁还竖着一面八卦镜，并沿着井壁的四周用白色的小石子弯弯曲曲摆了一圈，看上去像是星宿图，又像是某种阵法。

“你觉得匣子会在下面吗？”叶钧犹豫地问道。

“那四句诗指向的就是这里。”莫同尘盯着井里的石板说。

“你觉得你爷爷能把匣子藏在这下面？”叶钧有点不相信，很明显光靠老爷子的力量，很难挪开这块石板，把匣子藏在下面，然后再将这块石板完好如初地嵌入四周的井壁里。

叶钧扒着井栏，跳进井里，用力地踩了踩，石板很坚固，但感觉底下是空的。他又蜷缩着身体蹲在里面，检查四周的井壁，没有任何机关，也没有新近移动的痕迹。

“不可能。”叶钧摇头。

莫同尘和桂春梅在井的四周，大殿内四处查看了一遍，并没有什么发现。

“是不是咱们又搞错了？”站在井里的叶钧说道。

“不可能啊，龙虎山不可能再有比这更符合的地方了！”桂春梅说。

“那这怎么解释？”叶钧说着又踩了踩井中的石板。

“如果前面所有的证据都正确，那么现在事实再怎么怪诞，也一定有它内在的合理逻辑。”莫同尘说道。

“那你说说什么逻辑？”

“也许匣子并不是我爷爷藏的。”

“啊，遛我们玩呢！”

“不，他应该只是推测到，那个匣子就藏在这下面，但他还没来得及验证，就发生了某件可怕的事情，可能是某种危险，又或者是有人跟踪他，所以他才留下信息诱使我过来。”莫同尘推测道。

“那我们怎么打开呀？”叶钧又踩了踩下面的大石板，“这没有一个大铁锤，弄不开呀！要不你去外面找块石头！”

“我知道哪儿有工具。”桂春梅说道。

第八章　神秘的客人

莫同尘理解爷爷的心情，毕生的研究和心血，到头却换来这样的结果。不管匣子里面装的是什么，那一定是一个可怕的物件，一定是爷爷不愿意看到的。谁都知道预测未来意味着什么，无论它落到谁的手上都会是一个诅咒，都会是一场灾难。它本不应该出现在这个世界上，它本不应该再被任何人使用，它本应该永远禁锢在幽暗的黄泉之下。

1. 永固黄泉

大上清宫，最初是东汉时期的“天师草堂”，但自唐宋开始，一直到后来的元明清，历朝历代的皇帝都对其十分重视，都曾不断地拨款敕命其大规模修建和扩建。在元朝不足百年的统治时间内，从忽必烈到元顺帝先后拨款修建五次。到了明朝，从朱元璋到明神宗万历皇帝，又先后拨款修建了七次。到了清朝，包括康熙、雍正在内的多位皇帝也曾拨款对其进行修建。

昔日的大上清宫，曾建有十二座大殿，八十一座道观，三十六座道院，占地总面积达十五万平方米，其建筑形制仿效皇宫，只是由于礼制的制约，在规模上受到一些限制。

这里曾供奉有各路神仙一千余尊，可以说中国的神仙基本上都可以在这里找到自己的位置，于是这里就有了“神仙都所”和“百神受职之所”的称谓。

历代天师举行重大演法活动，均在此处进行。其兴盛时，香烟缭绕，仙乐阵阵，四方高道云集，善男信女、达官显贵络绎不绝，门前车水马龙，宛如繁华盛会，曾被誉为“昼夜长明羽人国，春秋不老药仙宫”，其建筑规模、规格、兴盛程度，在中国道教史上都是绝无仅有的。

但是福祸相依，兴败有序，大上清宫在历史上也屡次被火灾所毁。

尤其是在其鼎盛时期的元朝，所遭受的火灾也最多。据记载，大规模的火灾就有三次，其中最后一次火灾是1351年。被盗走龙头的大铜钟就是在这次火灾之后铸造的。当时的元朝政权风雨飘摇，已经无力再拨款重建大上清宫，但又希望借助天师的力量挽救败局，于是在无力拨款重建大上清宫的情况下，拨款铸造了这口大钟，希望以此确保“皇图巩固、国泰民安”，却没有想到事与愿违，这口钟最后竟成了元王朝的丧钟。

大上清宫最后一次被大火焚毁是在1930年。到了新中国成立初期，这里已经残破不堪，只留下福地门、钟楼、鼓楼、棂星门、下马亭、东隐院、善恶分界井、古樟树、镇妖井等少数古迹。新中国成立后，这里一度成为上清林场的办公场所，直到后来恢复宗教政策，才得以修缮重建，但其规模早已十不留一。

从伏魔殿出来后，桂春梅领着两个人向后山走去。沿着鹅卵石铺成的小径，几个拐弯后，在山坳里出现了一座破败的院子，看上去已经废弃。这个院子没有院墙，东南北三面都是联排的多间平房。桂春梅示意两个人别出声，这里面住着人。

莫同尘看见院子里随意堆放着很多废旧物品，木板、饮料瓶、电线、铁丝、纸箱，不一而足。此外，还有干活用的各种工具、农具，以及晾晒在外面的衣服。这里曾经是上清林场的办公场所，现在由一对老夫妻居住，除了种田采药外，还以捡拾景区里的废品为生。

桂春梅蹑手蹑脚从院子里找到一把铁锤和一个凿子一起递给莫同尘，然后又从墙上取下一盘麻绳背在身上。三个人拿着工具离开院子，原路返回伏魔殿。

莫同尘想自己下去凿开井中间的石板，被叶钧制止了。他觉得这活他干更利索。叶钧将绳子一头捆在自己的腰上，另一头拴在旁边的柱子上，来回拽两下觉得没问题后，就跳进了井里。莫同尘和桂春梅把铁锤和凿子递给他。

“这是文物吧？”叶钧接过铁锤和凿子后问道。

“宋代的。”桂春梅应答。

“那我凿它，不会判我三年吧？”

“你不是有钱嘛，赔呗！”

“刷卡成不？”

“哪儿那么多废话，救人一命胜造七级浮屠。”

“大姐，这可是道家场所，说什么佛家的话……”

“快点吧。”莫同尘催促道。

“唉，我不下地狱谁下地狱！”

叶钧装着无奈的样子，佝偻着身体蜷缩在井里，开始凿石板。清脆的撞击声，在黑暗中显得尤其尖锐刺耳。莫同尘和桂春梅紧张地看了一眼门窗。

“不会被人听到吧？”桂春梅小声说道。

“要是打雷就好了。”井底的叶钧想起了《肖申克的救赎》。

桂春梅看了看四周，拿起一个神像前的蒲团就把井口给塞上了。

“喂……”叶钧感觉头顶一黑，井里更是黑上加黑。如果真有魔君，估计当年被封印在井里的感受，叶钧多多少少体会到了。

活还得干，叶钧在黑暗中打开手机，开始用力凿石板。外面的莫同尘和桂春梅紧紧地拉着绳子，以防万一。透过塞在井口的蒲团，能听见下面传来的咚咚闷声。

大约半小时后，叶钧捅开蒲团，从井里爬了出来：“娘的，老子的虎口都快给震裂了，又麻又疼！”

莫同尘借着手机的光往井下望去，只见那挡在井里的石板有十多厘米厚，被叶钧从中间凿穿，清理出一个大洞来。莫同尘透过洞眼向下望去，黑黝黝的什么也看不到，只感觉有一股寒气喷涌上来。

叶钧捡起一块石头扔了下去，很快就听见“啪嗒”的闷响声。叶钧觉得这井不会太深，而且底下没有水，最多是淤泥湿地。

叶钧故技重演把手机绑到绳子上面，这次连安全套都没有用，就直接往井里放去。绳子放到十五六米的时候，就到了井底。叶钧把手机收上来，发现手机上并没有水痕，下面确实没有水。

三个人回看手机录像，井底很黑，但是手机手电筒的光亮，还没有被黑暗完全吞噬，从录像上还能大致看清井下的情况。

在井底的正中央，直插着一个一米高的石圭。这石圭下粗上细，下方上尖，最上面是一个四面锥体，下面的方柱体直接插在井底的泥土里。井底看起来似乎还铺着朱砂。叶钧这时候才感到后怕，如果刚才自己一个不小心掉下去，就会直接掉在这石圭上，像古代酷刑“骑驴”一样，屁股开花而惨死。

三个人经过简短的商议后，最后决定让叶钧下去看看。叶钧系好绳子，带上工具，蹬着井壁慢慢向井底下去。莫同尘和桂春梅在上面帮他拉着绳子。

下到井底后，叶钧踩着柔软而又潮湿的沙泥，感觉下面真的是直通黄泉，如果没有脚下那层厚厚的朱砂保护，好似随时都会伸上来一只鬼手魔爪把他给拽下去。

叶钧稳定心神后，才发现在这石圭的四面都雕刻着朱红色的篆字大符，龙飞凤舞，蜷曲盘绕，叶钧看不明白这些符都是什么意思。在石圭的上方，约三尺高的井壁上镶嵌着一块方石板，约四十厘米见方。石板上也阴刻着一道朱红色的篆字大符，虽然不知道这符是什么意思，但叶钧还是认出了符中间的那四个字应该是“永固黄泉”。叶钧把这些一一告诉了井上的莫同尘。

叶钧试着去摇晃石圭，纹丝不动，之后又在井底四处检查，并没有其他发现。他用凿子去戳井底的沙泥，发现深厚不见底。

“完蛋了，不会还得往下挖吧！”叶钧在井下沮丧地喊道。

“大叶子……”莫同尘在井口喊。

“干吗，这得挖到什么时候哇！能挖到下辈子了！”

“大叶子，你看上面的石板了吗？”

“我看了！”

“你再仔细看看！”

叶钧又去仔细摩挲那块写着“永固黄泉”四字的石板。石板是被嵌入井壁中的，他确定没有什么问题。

“你敲敲！”

“不用敲了，实的！”叶钧在井下喊道。

井上的莫同尘也没有了头绪。真的要再挖下去吗？恐怕一夜都挖不完。

“老莫，怎么办哪？”井下的叶钧不耐烦地打断了莫同尘的无措。

“上来吧。”莫同尘感觉这句话用尽了自己所有的力气。

“要不咱们……再去别处找找，或者……报警……”桂春梅小心地说出了自己的想法。

“娘的！”井下的叶钧大吼一声，猛地挥锤砸在那块石板上。

“咔”一声细微的脆响，石板从中间裂开一条裂缝，有东西喷了出来。这一锤猛挥下去，叶钧胸中的憋闷之气得到了宣泄，反而使他冷静下来。

他凑近石板的裂缝处仔细观察，发现从里面溢出一些灰白色的粉末。他用手揩了一点，再用手指捻捻，又放在鼻子下闻闻，似乎是有些年头的老石灰。

“老莫，等下！”叶钧兴奋地大喊。

说着，他就挥锤去猛击那石板，石板看起来并不厚，出现了更多的裂缝，更多的粉末喷了出来。叶钧不停地锤击，然后又用凿子撬。把石板全部移走后，叶钧发现石板后面是一个方方正正的洞，洞里面严严实实地塞满了石灰。可能由于时间太长，石灰的颜色都已经变成了灰白色。

叶钧手凿并用，往外面扒拉石灰，很快在这石灰堆里露出一个油布包裹。包裹用牛皮绳紧紧扎着。叶钧把包裹从石灰洞里掏出来，清理了上面的石灰粉末，然后打开一层层裹着的油布，里面露出了一个红木匣子。匣子表皮厚厚的包浆油光可鉴。在匣子的顶部雕刻着精美古朴的花纹，丹山碧水，七星拱斗。

“老莫，找到了！”

原来那块“永固黄泉”的石板后面，被人在井壁上掏了一个方方正正的洞，在其内壁铺上石板，组成了一个石匣，石匣里面塞满夯实了石灰，而那个匣子就被油布层层包裹好藏在里面。

看来，即使到了最后一步，当初那个藏匣子的人也没有忘记设计自己的对手，为其设置迷魂阵，误导其继续向井下挖掘，而真正的匣子却藏在那个看似“说明”的石板后面。夯实的石灰不仅能起到防潮的作用，而且能坚实地填满空隙，防止有人敲壁探听虚实。可见当初藏匣子的人，是何等的心思缜密和小心谨慎。

“先上来！”莫同尘在上面兴奋地喊道。

“好，拉我上来！”

叶钧把匣子重新包好，系在自己的腰带上，摇了一下绳子，示意莫同尘可以拉他上去了。他自己手脚并用撑着井壁往上爬，莫同尘和桂春梅则奋力拉绳子，把他往上拽。

“砰！”就在这时，大殿的门被撞开了！两个黑影冲了进来，一道光射在莫同尘的脸上，他两眼一黑，一阵眩晕。

“把东西交出来！”光源背后一个粗暴的声音命令道。

桂春梅一哆嗦，手中的绳子松了，莫同尘被绳子拽了一个趔趄，依靠井栏的阻挡才重新站住。

莫同尘两手死死拽着绳子：“糟糕！”

2. 大蒜的执着

刚才，莫同尘和桂春梅把注意力都集中在井下，而忽视了门外的情况。大蒜和三五一路尾随而来，早已在门外狩猎多时。

“选得真是时候。”双手抓着绳子，一脚抵着井栏的莫同尘心里苦叹道。

“我操……”井下传来叶钧惊恐的喊叫声。叶钧一个趔趄，差点直接掉到井底那个尖尖的石圭上，还好他反应机敏，用两腿和后腰抵住井壁，形成一个支撑才阻止了下坠，否则真的会屁股开花，当场挂在里面。叶钧被吓出一身冷汗，破口大骂。

“老莫，你妈的……”

上面的莫同尘没有搭话，等他适应了脸上的光照后，才看清对面的两个人就是已经被叶钧验身的假保安。粗壮的大蒜一只手拿着手电筒照着莫同尘，另一只手拿着一根防爆警棍。瘦小的三五则拿着一把水果刀在一旁乱挥，吓得桂春梅躲在了柱子后面。

“你们想干吗？”莫同尘死死拽着绳子。

“把东西交出来，快点！”大蒜命令道。

“快点，交出来！”三五也跟着颤抖地喊道，不知道是紧张还是兴奋。

“你们是谁？”莫同尘想要周旋，他感觉手中的绳子突然泄力了。

“别废话，把东西交出来，咱们井水不犯河水！”大蒜说。

“井水不犯河水！”三五附和道。

“龙头是不是你们偷的？”莫同尘问。

“废什么话，别逼我下狠手哇！”大蒜挥舞着手中的棍子。

“我爷爷在哪儿？”莫同尘仍然不管不顾地问。

“废什么话，拿出来！”大蒜上去就是一棍子，冲着莫同尘的脑袋砸过去。莫同尘躲闪不及，头被砸得嗡嗡的疼。

“那也得等他上来呀！”莫同尘嚷着。

“把东西绑到绳子上拉上来，人在底下待着，别要诈呀！”大蒜命令道。

莫同尘不动也不说话，站在那里瞪着大蒜。

大蒜恼怒了，又抡起了棍子大吼：“找死呀！”

旁边三五举着水果刀也是一顿乱挥，吓得桂春梅又闪又躲，吱哇乱叫。

“老莫，都他妈什么时候了，还要钱不要命啊！”井下突然传来叶钧的喊声，“不就是一箱子黄金嘛，赶快给大哥不就得了！钱比命重要哇！”

听到井下是一箱黄金，大蒜和三五的眼睛都亮出光来，即使在黑暗中也都闪闪的。

“操！”大蒜咬牙切齿骂了一句，没想到那俩厮骗自己，说好的是一个木盒子，居然是一箱子黄金。“妈的，连外国人都不讲诚信！”大蒜在心里咒骂。

“快点，快点，拿上来！”大蒜喊道，被骗的不快很快就被有黄金的亢奋替代了。

“大哥，我把黄金给你们，你能放了我们吗？”井下的叶钧喊道。

“老子图财不害命！”大蒜说。

“对，我们也不劫色……”三五附和道。

“大哥，你不会骗我们吧？”井底的叶钧一边嘴上讲条件，一边把自己身上的绳子解下来，死死捆在那个石圭上。

“黄金给我，立马放你们走！”大蒜很仗义地承诺，亢奋得眼睛都红了。

“大哥，我信你！老莫使劲儿拉吧，把黄金给大哥，破财保命啊！”

虽然不知道叶钧葫芦里卖的什么药，莫同尘还是一脸不情愿地开始用力拉绳子。纹丝不动！莫同尘深吸一口气，又加了一把劲儿，还是纹丝不动。

“老莫，使劲儿拉呀！使劲儿！就像咱们去年拔河夺冠军那样使劲啊！”叶钧在井下大声嚷。

莫同尘明白叶钧什么意思了。去年他们系跟别的系拔河比赛，中途绳子断了，对面系的一个同学摔出了尾椎骨裂。

莫同尘死命地拉绳子，依然纹丝不动。莫同尘求助似的看了大蒜一眼。

“阿梅，老莫，使劲儿啊！”叶钧手脚并用，支撑着井壁偷偷地往上爬。

大蒜让桂春梅过去帮忙。桂春梅走到莫同尘旁边，和莫同尘一起拉绳子，绳子还是纹丝不动。“小心，绳子会断。”莫同尘向桂春梅窃语道。

“我操，老莫，平时让你锻炼，你连体育课都逃！使劲儿啊，这都拉不动！”叶钧在井下手脚并用，还不忘撺掇两声。

“大哥……”莫同尘气喘吁吁地求助。

“唉，来，来，来……”大蒜一脸鄙视，也过来拉绳子，“哟呵……”绳子依然纹丝不动，大蒜又招呼三五过来拉绳子。四个人使出了吃奶的劲儿，甚至还低声喊起了号子，还是没有多大动静。不过越是这样，大蒜反而越高兴，这底下的箱子有多沉，黄金就有多少哇！

“来，再来！一二三……”大蒜太阳穴青筋暴动，眼球暴突，绳子都陷入虎口的肉里。

“来，再来！一二三……”

“嘭！”绳子如一条黑蛇从井口飞出，直奔屋顶而去。站在莫同尘和桂春梅后面拉绳子的大蒜和三五“哎哟”一声，向后面仰去。大蒜的脑袋猛地磕到后面的墙上，眼前一黑，金星乱飞，直接瘫倒在地上，只剩下哼哼的份儿。倒是省得莫同尘和从井里飞速跃出的叶钧再动手。

与此同时，三五一个趔趄栽倒在地上，早有准备的桂春梅抄起一个蒲团就捂在他的脸上，接着一屁股坐上去。任凭蒲团底下的三五怎么挣扎，桂春梅就是死坐着不放。等莫同尘和叶钧过来帮忙时，蒲团底下的三五已经口吐白沫，意识模糊。

这时，莫同尘发现了绳子另一头的活扣，才彻底知道了叶钧葫芦里卖的什么药。绳子并没有被拉断，而是因为石圭下粗上细，在猛力有节奏的拉拽下，绳子脱扣了。

有惊无险，逆袭翻盘。三个人气喘吁吁地看着彼此，忽然都笑了。旁边躺着哼哼唧唧的大蒜和吐着白沫的三五。

莫同尘担心爷爷的安全，连气都没有喘匀实就去审问大蒜和三五。三五已经意识模糊，莫同尘只好去摇晃大蒜。

“喂，我爷爷呢？”

“嗯啊，嗯啊……”躺在地上的大蒜双眼紧闭，嘴唇发白，脑袋后面被撞了一个大血包。

“说呀！他在哪儿呢？”

莫同尘拼命摇晃着大蒜。莫同尘的摇晃使大蒜一阵眩晕，随后开始呕吐，这反而使他清醒些。

“山里。”大蒜嘴里唾沫血丝呕吐物混掺着，无力地应了一句。

“哪个山里？”

大蒜呻吟着没有说话。

“你们抓他干吗？”

大蒜还是没有说话。

“不老实是吧！”叶钧抓起一把香灰捂在了大蒜的口鼻上。大蒜惊吓中，吸进去香灰，引发了剧烈的咳嗽，香灰被他喷得老高，眼泪鼻涕全出来了，混着香灰在脸上和了泥。

“快说，老头儿在哪儿？”叶钧抓着大蒜的衣襟摇晃着，“你们把他怎么样了，抓他干吗？”

大蒜又咳嗽又打喷嚏，被叶钧这么一晃，脑袋更晕了，想吐。“找宝，找宝……”大蒜用自己仅有的力气喊出这两个字，想阻止叶钧的摇晃。

“他现在怎么样了？”

“好……好……”

“你们在找什么宝？”

“嘘！”桂春梅突然让大家噤声。她快速跑到门后，向外面张望。东隐院方向有几道灯光摇晃着，正向这边移动。“有人来了，快走！”

“你们把我爷爷藏哪儿了？”莫同尘焦急地问道。

“说呀！”叶钧猛地摇了一把大蒜，“靠……”

叶钧用力过猛，大蒜的后脑勺被重重磕到地砖上，昏死过去了。

“快点！”桂春梅跑回来，拉扯莫同尘和叶钧让他们赶快走。

莫同尘在匆忙中检查了大蒜的身体，从他的口袋里摸出一部手机。在桂春梅的催促声中，捡起地上的手电筒，和桂春梅、叶钧一起溜出了伏魔殿，跳下基台直接向后山跑去。

3．审讯

等许文涛接到正一观道长的电话，和警察一起赶到正一观，核实完情况，确定那三个人不是剧组的人，而是莫同尘他们时，已经是一个小时后的事。

许文涛和警察立即向大上清宫赶去，并在路上向夏所长汇报了情况，要求增派人手，立即包围大上清宫。许文涛他们赶到大上清宫后，根本没等工作人员开门，而是直接翻墙而入，向善恶分界井扑去，之后，转身又直奔伏魔殿。

但还是晚了，等他们赶到伏魔殿，只剩下地上躺着的大蒜和三五。两个人身上还穿着景区保安人员的制服。

一个警察用手电筒照了下两个人的脸，确定他们就是那两个假保安。

“你们来找什么？”警察用手电筒照着大蒜的脸问道，大蒜嘴眼紧闭不语。警察拍了两下他的脸颊，确定他昏过去了。

许文涛拿着手电筒走向镇妖井,发现井中间的青石板被人砸开了。他用手电筒往井下照了照，黑不见底，一股寒气喷薄而来。

“天罡地煞不会又出来了吧！”旁边有人小声嘀咕道。许文涛注视着井底，没有搭话。

很快，大蒜和三五被警察拖走了。许文涛决定去井下看看。他系好绳子，小心地向井下而去。弄清楚井下的情况，拍完照片上来，他随即赶往旁边的东隐院。

东隐院里，大蒜和三五已经得到紧急救治，清醒过来了。夏所长也赶到了。审讯随之展开。

“叫什么名字？”警察问道。

“他叫大蒜！”三五说。

“我叫他三五，他是做传销的！”大蒜说。

“真名！”

“杨志强。”

“佟小宝。”

“你们和天眼什么关系？”

“天眼，什么天眼？”大蒜第一次听说这个名字。

“我们不知道哇！”三五也是。

“别打马虎眼，就是跟你们一块的那一男一女，怎么认识的？”

“哦，我们都是网上认识的。”大蒜答道。

“那张和光呢？”

“张和光？不知道哇！”

“你们来龙虎山干什么？”

“找宝。”

“找什么宝？”

“我们要龙头，他们要盒子……”

“什么盒子？”

“一个装满了黄金的盒子。”大蒜说。

“装了好多黄金的盒子！”三五咽着唾沫。

“妈的，被他们涮了！”大蒜恨恨地说道。

…………

4．匣子

油布被一层层缓缓打开，三个人屏息凝神，大气也不敢出地盯着眼前的包裹，好像里面裹着的是熟睡的婴儿，一不小心就会把他弄醒弄哭。

油布包裹被打开后，一个红木匣子显露出来。看得出来这个匣子气韵古朴、沧桑庄雅，已经有足够的年头。三个人鸦雀无声，甚至都忘了呼吸。

“这就是朱允炆的匣子吗？”半晌，桂春梅才喃喃说道。

“这里面的东西真的能预测未来？那咱以后是不是就能买彩票了！”叶钧显得很兴奋。

莫同尘将匣子小心捧起来，仔细观察着。上好的红木，厚厚的包浆，油润细密，古朴庄雅，每一面都雕刻有精美的图案花纹。除了盒顶的“丹山碧水，七星拱斗”外，侧壁四面雕刻的均是天师的传说故事，分别是“丹成龙虎现”“老君授箓”“天师斩蛟”和“鹤鹿蜂猴”，和爷爷的那些手绘画几乎一模一样，只是在某些细节上有所不同。这可能是不同时代的匠人们，针对同一表现内容，在实际创作过程中多多少少加入了自己的理解和创造的缘故，但在表现的核心内容上却是一模一样的。

莫同尘仔细端详着匣子，到现在他也不敢完全相信这一切都是真的。他像置身于某种不真实的时空中，又像是在做梦。爷爷、张中、天师、朱允炆、朱元璋，许许多多人的命运都曾因它而改变吗？莫同尘有一种难以言说的穿越历史的感觉。

“打开看看哪！”叶钧早按捺不住了。

“恐怕一时半会儿打不开。”莫同尘说。

这个匣子虽然表面看起来和普通匣子无异，像是用几块木板常规制作而成，但仔细观察就会发现，这个匣子是用一种特殊的榫卯结构拼合而成的。只有依照口诀，按照一定的步骤、角度、力道才能将它打开。可以说，这个匣子本身就是一个密码保险柜，组成匣子的木板之间的相互关系就是密码。没有经过专业训练并熟知其操作口诀的人，很难将它打开。这其实就是一个精巧的鲁班锁装置。

叶钧不相信，动手去揭匣子的顶盖，顶盖竟然纹丝不动，像是被牢固地粘在匣身上面，不管叶钧怎么用力，就是没有一点松动的迹象。叶钧又把匣子端到耳旁用力摇晃，里面没有一点声响。

“这里面不会又塞满了石灰吧……要不咱们找把斧子劈开吧！”叶钧边摇晃边说。莫同尘连忙阻止了他这粗暴的想法。先不说光这匣子本身就是一件珍贵的文物，就算不考虑匣子本身的价值，难保这精密的设计里没有自毁装置，就算没有自毁装置，谁又敢保证暴力劈开时不会损坏里面的东西？

“那现在怎么办？”

“是呀，现在怎么办？爷爷让找的匣子找到了，爷爷又在哪里？”

莫同尘暗忖。

“唉，你说这里面的东西是不是真的能预测未来？”叶钧还是不甘心又去摇晃匣子，“老莫，我们现在怎么办哪？”

莫同尘沉思不语。

“我们去找警察！”桂春梅说道。

“那不行，这东西到警察手上，还由得了我们！”叶钧说。

“那你说怎么办？”

“我们用它去赎人呗，交换！”

“跟谁，天眼？”

“还能谁？”

“不行，不行，这太危险了！”桂春梅拒绝了叶钧的建议，“再说了，我们去哪儿找他们，连警察都找不到他们。”

“不能给他们。”莫同尘说道。

“那交给警察？”桂春梅问。

“老莫，你不救你爷爷了？”

“救，但不能把匣子给他们！既然我爷爷当初没有把匣子交给他们而是留给了我，那就一定是不想让他们得到，所以现在更不能给他们！”

“那怎么救哇！老莫，你不会打算让你爷爷当护宝英雄，光荣献身，当烈士吧？到时候再发面大锦旗……”

“我们去换。”莫同尘说。

“这不是一个意思嘛！”叶钧不解。

莫同尘拿出刚才在大蒜身上摸出的手机，拨打了通讯录里仅有的一个号码。电话接通了，里面传来一个女人的声音。莫同尘报上身份后，那边很快换成了沉稳优雅的男声。

“我爷爷在哪儿？”莫同尘问道。

“哦，看来你值得被期待，有其爷必有其孙。”死神没有想到莫同尘会给他打电话，但他还是那样从容淡定、气定若闲，似乎一切都是未来可期。

“你要的东西在我手上，想要的话就拿我爷爷换。”莫同尘开门见山。

“哦，很好，很公平。”死神的声音还是那么的松弛优雅，如时间流逝。

“还有那对龙头。”

“好哇！”

“让我爷爷跟我说话。”

“令孙真是一个好商人。”死神说着把手机递到了张和光面前。

“爷爷，爷爷，是你吗？”电话里莫同尘焦急地问道。张和光的嘴张翕了几下，才叫出了一句：“小同！”

“爷爷你别着急，我马上来救你！我找到匣子了，我马上来救你！”莫同尘安慰着爷爷。

“住嘴，不要来救我，千秋固绝对不能给他们！”张和光喊道。

“爷爷……”

“都是我的错，我真后悔一辈子研究这个，都是我的错……”说着，张和光流出了泪水。“千万别给他们，不用管我，快去报警！”

死神把手机拿开了，但莫同尘还是听到了爷爷的要求。

“我相信你不同意你爷爷的看法吧！你爷爷可是一位优秀的历史专家和文物专家。听说，他已经是你在这个世界上唯一的亲人了，不是吗？”

“你想怎么样？”莫同尘大吼，死神的最后一句话刺痛了他。

“匣子给我，你们爷儿俩享受天伦之乐。”

“好！我去哪儿找你？”

死神走出小屋，望着黑暗中的苍茫群山，虽然在此处看不到泸溪河，但是如果仔细听，帐篷节现场的巨大音乐声，还是在一丝一缕地飘来。

“小莫同学，喜欢音乐吗？”死神问道。

“直说吧，别绕弯子！”

“帐篷节现场见。”

“好！一言为定！”

“小莫同学，你是个聪明人，不用我提醒吧！”死神做了最后的警告。

“不见不散！”

莫同尘说完挂断了电话。在挂断的瞬间，他听到了电话里传来爷爷的怒吼声：“兔崽子，别换！”

莫同尘理解爷爷的心情，毕生的研究和心血，到头却换来这样的结果。不管匣子里面装的是什么，那一定是一个可怕的物件，一定是爷爷不愿意看到的。谁都知道预测未来意味着什么，无论它落到谁的手上都会是一个诅咒，都会是一场灾难。它本不应该出现在这个世界上，它本不应该再被任何人使用，它本应该永远禁锢在幽暗的黄泉之下。他知道爷爷的决绝，即使牺牲自己的生命也在所不惜。但他不想放弃，因为自己在这个世界上只有爷爷这唯一的亲人了。

“怎么干？”叶钧问。

“换。”莫同尘说。

“我知道换，怎么换？对方可是冷血杀手，我们能全身而退吗？别丢了宝贝又没救到你爷爷！他们讲诚信吗？”

“我有个办法！”桂春梅说道。

5. 神秘的客人

“或许也是这样一个夜晚吧，星月暗淡，四野沉寂……”张和光用他那已经有些混沌的脑子想着。

那是永乐六年的一个晚上，第四十三代天师张宇初和弟弟张宇清正在书房里批阅道书，忙着编修《道藏》[①]。自从两年前，永乐皇帝朱棣命令编修《道藏》以来，两兄弟已经度过了无数个这样的夜晚。无论何时，编修《道藏》都是一件异常困难的浩大工程，不仅卷帙浩繁，且内容包罗万象，两兄弟这两年来为此可谓披星戴月，殚精竭虑。

那天晚上，正当两兄弟像往常一样批阅道书时，突然有一位不速之客来访。这位陌生的客人看起来年纪不大，三十出头的样子，虽然一身粗衣布袍，却掩饰不住身上的非凡气质。

这位客人随身携带着一个包裹，进来后没有表明身份也没说明来意，只是沉默地看着天师。天师也没有特意询问，而是挥手让所有人退下，包括自己的弟弟张宇清。

① “道藏”是道教书籍的总称，包括周秦以下道家子书及六朝以来的道教经典。它是道教经籍的总集，是按照一定的编纂意图、收集范围和组织结构，将许多经典编排起来的大型道教丛书。文中所指为留存至今的《正统道藏》，共计四百八十函，五千三百零五卷，是我国现存最大的一部道教丛书。它是研究道教文化和历史的重要文献，更可贵的是，它还收录了许多诸子百家的著作，有些是久已失传的古籍。

当众人离开后，天师随即在书房里安排小宴招待了客人。两个人在酒席上对饮无语，直到仆人端来一道名叫“黄角鱼焖豆腐”的菜，却被天师风轻云淡地说成是“黄袍拜君王”介绍给客人时，才化解了刚刚的尴尬，客人才默契地有了回应。

随即，客人打开了身边的包裹，里面是一个精美古朴的红木匣子，上面雕刻的都是关于天师的典故传说。之后，两个人在书房里密谈了一夜，没有人知道他们都谈了些什么，即使天师的弟弟，后来承袭天师之位的张宇清，也没能知道这场谈话的全部内容。

临天亮，这位神秘的客人悄悄离开了天师府，离开了龙虎山，带着自己的随从一路向南而去。他离开时，并没有将那个匣子带走，而是留给了天师张宇初。

不知道这位神秘的客人是带着怎样的心情离开天师书房的。这个匣子曾是他逃离南京之后，所有的希望和信念。这几年来，不管自己在南方各地如何兜圈子，隐匿逃亡，他都没有放弃希望，因为他知道，无论自己如何迂回，只要能顺利到达龙虎山，找到匣子的主人，说服他襄助自己，就像当初襄助自己爷爷那样，自己就一定能重新夺回大明江山。

可惜他这几年来一直孜孜以求的这趟龙虎山之行，还是让他失望了，也可能是让他释怀了。那天，天亮之前，当他推开天师书房的门离开时，第一眼感受到的不知道是黎明时的曦光，还是黎明前的黑暗。

跟随这个匣子留下的，可能还有他这么多年的希冀、幻想、愤懑和不甘。不过，在推开房门的那一瞬间，这一切似乎都不再困扰他了。他离开了，一路向南，翻越武夷山。有人说他从此隐匿于闽地的山林中，也有人说他乘桴出海。总之，他就这样永远地消失在历史的长河里，再也没有掀起一朵浪花。

而那个留下来的匣子，也得以让张宇初完成自己父亲——第四十二代天师张正常的夙愿。五十六年前，这个匣子——千秋固，父亲曾千方百计想讨回来，现在终于回到了天师府。只是他不知道的是，这并不是一切的结束，而是新一轮争夺和较量的开始，是大风浪袭来之前短暂的宁静。很快，一个人的到来，就打破了宁静，局面变得凶险起来。

同年十月，就在那位神秘的客人离开后不久，朱棣的特使胡濙以寻仙的名义来到了龙虎山，拜谒了天师，传达了朱棣的谕旨，命令天师寻访仙人张三丰。

对于这位特使这两年在南方各地的寻仙工作，天师早有所耳闻。至于胡濙所要寻访的其实就是废皇帝朱允炆，天师当然也心知肚明。这在当时并不是什么秘密。但天师更知道，朱棣为什么一定要找到这个毫无翻盘可能的傻侄子。找到朱允炆不是目的，真正的目的是找到他逃离南京时带走的那个匣子，那个让朱棣忌惮的匣子。现在胡濙来龙虎山寻仙了，而“仙人”刚刚离开，匣子刚刚回到天师手中。天师难免不安起来。

胡濙颁布完寻仙谕旨后，并没有马上离开，而是在龙虎山盘桓了数日。天师不敢怠慢，每天小心招待着，并安排自己的弟弟张宇清陪其游览了龙虎山的各处景致和山上的宫观道院。这段游山经历，想必后来被张宇清用在了洪太尉身上。

胡濙在龙虎山停留数日后，拜别天师又一路向南，翻越武夷山向闽地而去。当他经过武夷山时，兴之所至，还曾赋诗一首：“武夷形胜一蓬莱，山下停舟几往回。未尽平生游览意，云缣写入画图来。”这首诗后来被收入《武夷山志》中。

胡濙离开了，天师的心却安不下来。他知道新一轮的博弈开始了。

他意识到，千秋固不能再像以前那样简单收藏在天师府里了，而是必须为它再找一个新的地方，以确保它真的能“千秋永固，再不出世”。

这个地方必须是现在的胡濙找不到，朱棣找不到，也是后世所有觊觎它的人都找不到的地方。无论以后世事如何更替轮回，都需要确保没有人再打它的主意。因为他知道，它的每一次出世都伴随着反噬的厄运，都会有无数的生灵遭受涂炭。这也是先前的天师，自己的先祖们将其封固起来的原因。

那究竟要将它藏在哪里？如何为这个匣子找到一个“千秋永固”的藏匿之地，成为天师两兄弟最心忧的头等大事，毕竟一刻不将它藏好，随时都会有万分凶险。这个问题困扰了两兄弟无数个日日夜夜，甚至一度影响了他们编修《道藏》的工作。

直到一年后，张宇初在编修《道藏》时，偶尔看到了一本名叫《宣和遗事》的小册子，书中记载的故事使他顿悟了。虽然他不能把匣子藏在一个谁永远也找不到的地方，但他可以把它藏在一个谁永远也不想去找的地方；他不能为这个匣子上一把谁也打不开的锁，但他可以在每个人的心里上把锁。

张宇初把自己的“顿悟”告诉了弟弟张宇清，两兄弟慎重地密谋了很长一段时间后，终于决定实施一个惊天的计划，一个能影响百世的计划，一个使任何对千秋固有野心的人都畏而却步的计划，同时这也是一个工程量浩大且艰难的计划。

于是，两兄弟借着编修《道藏》的掩护，开始偷偷实施这个计划。可惜计划实施后的第二年春天，哥哥张宇初感觉自己大限已到，将天师之位传给弟弟张宇清后，便羽化仙逝。

张宇清继承天师之位，是为第四十四代天师。他继承哥哥遗志继续编修《道藏》，同时抓紧实施那个计划。直到他十六年后仙逝，也没有最终完成《道藏》的编修工作，但市面上却出现了一本署名施耐庵，名叫《水浒传》的书。

这本书里面的大部分故事，早被宋元以来的评书、杂剧艺人讲演了上百年，多为当时人所熟知。但在这本书里，作者将曾经艺人们分散讲演的独立单篇故事，如《青面兽》《智取生辰纲》《宋江》《花和尚》《武行者》《征方腊》等连贯成了一个完整体系化的长篇故事，而且在故事的开篇第一回，新增加了一个《张天师祈禳瘟疫，洪太尉误走妖魔》的故事，为那些英雄好汉增加了一个厉害的神魔前世背景。其实这个故事就脱胎于龙虎山本地的传说。

相传，张天师曾经受玉皇大帝之命，率领天兵天将收服了犯上作乱的天罡地煞，将他们打入了镇妖井里。这个故事至今在龙虎山还能听到。只不过在原来的传说中，张天师收服的不只是三十六天罡、七十二地煞，还有十个人罡，共计一百一十八个魔君，而不是一百零八个。

除了上述这些，这本书里还存在着许多的纰漏和不实，尤其是在开篇第一回中，这让后世许多学者困惑不解，成为一段学术公案。张和光曾经也困惑不解，但现在却深谙其中的玄机，只是他不知道还有没有机会说出来罢了。

夜越来越深了，天眼已经离开，只剩下张和光在这孤寂黑暗的小屋里。他不知道自己今晚会是什么结局？像那晚的朱允炆一样失望、失败，还是像天师那样神奇逆转？他不知道自己还有没有机会见到小同，还有没有机会向他说声对不起……

张和光的意识在崩坍，越来越模糊，犹如快速崩解的冰山，沉寂到混沌之海幽暗的海底。他想挣扎，他想自救，但是已经晚了……一阵剧烈的心慌、眩晕、颤抖猛烈地袭击了他。

在张和光失去意识的最后一刻，他感觉到有人闯了进来……

第九章　暗夜下的彩虹

一切发生得太快，桂春梅都来不及提醒叶钧。而这边倒地的死神，一个灵巧的肘击，打在莫同尘的面门上，莫同尘顿时鼻血如注。死神见睡神得手后，迅速翻身跃起，追着睡神也消失在彩色的烟雾中。

1. 救援

东隐院内，许文涛和夏所长审讯完大蒜和三五后，立即组织人手，向两个人交代的“象鼻山内山顶的房子”出发。

“还真会找地方！”许文涛感叹着，和大家匆匆离开大上清宫，向象鼻山赶去。

象鼻山是龙虎山重要的自然风景游览区之一。在这里，有一座山峰状如大象，约一百米的硕大象鼻凌空而降，像是从大地里汲水，因而得名象鼻山。

整个象鼻山游览区，分为南北两段，有东门、南门两个入口。东门以北为北段游览线；东门到南门之间，为南段游览线。许文涛和夏所长将人员分成两组，许文涛带一组人从南门进入，夏所长带一组人从东门进入，目标就是象鼻山里的虚靖堂。

虚靖堂是第三十代天师张继先的修炼之所。这位张继先天师就是《水浒传》里的“虚靖天师”，因其道法高深，博学睿智，深受宋徽宗赏识，被封为“虚靖先生”。这里也是《水浒传》里描写的，洪太尉五更时分，香汤沐浴，新鲜布衣，入山寻访天师的目的地。只不过，当年的洪太尉“有眼不识真天师”，不但路遇大虫长蛇，被吓得“三魂荡荡，七魄悠悠”，还被天师化作道童戏弄一番后，当面错过，径直下山去了。

虚靖堂位于象鼻山的南段游览线上。这里峰崖崔嵬，赤壁峭立，藤萝倒挂，瀑布留响，原本是龙虎山景区一个重要的游览线路，但随着景区的不断开发和发展，加上这里山路崎岖险恶，需要爬陡坡峭壁，钻洞涉水，游客稍有不慎就容易出现意外，所以现在这条游览线已经处于废置状态，即使白天也是人迹罕至，区域内也没有监控设施。而虚靖堂就处在这片区域中央腹地的一处山顶之上，也已经废弃。

许文涛他们沿着崎岖的山路，匆匆向虚靖堂进发。他们现在所走的就是当初洪太尉所走的路线。虽然早没有了骇人的大虫长蛇，但蛇虫还是有的。许文涛顾不上这些，他只想尽快赶到虚靖堂。一方面，他想尽快抓住天眼的人，追回龙头；另一方面，他很担心桂春梅的安危。这个疯丫头，要是跟着那小子去交换人质，将会非常危险。天眼

的人心狠手辣，他已经见识过了。想到这里，许文涛不免心里一紧，回头催促大家再快点。

许文涛等人接近虚靖堂时，不得不分散行动，慢慢向虚靖堂下靠拢。“这里真是一个躲藏的好地方！”许文涛感叹道。荒废的虚靖堂屹立在山顶，似乎早被人遗忘。这里居高临下，峭壁光秃，视野开阔，很难藏身。你要是往上爬，只有被上面的人迎头痛击，脑袋开花的份儿。

此刻，许文涛在等待着路的另一头，从东门过来的夏所长等人。他观察着山顶上的虚靖堂，静谧寂静，黑漆一片，宛如伫立在三界之外，不在轮回之中。

虚靖堂不是一栋单独的山顶小屋，而是一个封闭的院子，有院门，有正堂，有偏屋。院门朝西，正堂坐北朝南，深隐在院子里。从山下面，不要说正堂里的情况，即使院子里的情况也看不见。

很快，夏所长他们从路对面悄悄聚拢过来。简单商议后，也没有更好的办法，只能硬爬上去，见机行事了。

许文涛等人鱼贯爬上虚靖堂，院子里漆黑静谧，没有一点生命迹象，只有长在院子里的荒草，偶尔随风摇晃着。他们全神戒备，小心向正堂摸去。黑暗中，许文涛有那么一瞬间，感觉被那两个小子骗了。

等大家终于摸到正堂门口，向里面望去，朦胧中发现好像有一个人坐在椅子上，脑袋耷拉着。许文涛冲了进去，打开手电，发现了被绑着的张和光。他大汗淋漓，双眼紧闭，面色苍白，已经处于半昏迷状态。许文涛猛然想起张和光房间冰箱里的胰岛素针剂，来不及解开他身上的绳索，直接连人带椅子一起侧放在地上，以保证张和光的脑部供血。见张和光还有微弱的呻吟，许文涛迅速去摸张和光口袋，却一无所获。

“谁有糖！”许文涛大喊，没有人吱声。

“饮料，饮料有吗？”还是没有人吱声。

这时，一个警察看到了地上垃圾堆里的可乐瓶，还有一小口没喝完。“这个可以吗？”

许文涛接过可乐，将仅有的那点儿可乐灌进了张和光的嘴里。病情凶险，许文涛知道糖尿病人一旦陷入昏迷将十分可怕，如果抢救不及时，就会造成大脑不可逆的损伤，并有极大的风险引发死亡。

“赶快救治！”许文涛大喊。

2. 帐篷节

当桂春梅三人商量好计策，驾着小舟顺河而下到达桃花洲帐篷节现场时，已是夜里 12 点，帐篷节的篝火音乐晚会正渐入高潮。

舞台前，开阔的临河沙滩上，燃烧着巨大的瓦子灯篝火，熊熊的火舌有一丈多高，大有吞噬天空之意。一圈又一圈的游客围着篝火欢跳着，歌唱着，吼叫着。舞台上的乐队电音喧嚣，歌手在卖力演唱。

河畔的露营区，五颜六色的帐篷鳞次栉比、密密麻麻排列着，像一条热带鱼身上的鳞片。帐篷里透出的暖暖光亮和河面上的粼粼波光形成对映。露营区内人声鼎沸，跳舞、唱歌、打牌、烧烤、谈笑、游戏，还有魔术师、马戏小丑和 cosplay 团队在巡游表演，当然最高兴的还是小孩子们，在帐篷间嬉戏奔跑着……

三个人来到篝火晚会现场，按照计划在人群的最里圈分散开，彼此之间保持距离，形成一个三角形占位。这样，他们互为犄角，既能相互呼应，又能相互预警。他们每个人胸前都背着一个鼓鼓囊囊的背包。千秋固——那个匣子就在某个人胸前的背包里。

面对天眼这样阴险强大的敌人，站在光亮之处恐怕是最安全的。三个人跟着跳舞的人群，在篝火旁扭动着身体，两眼却不停地观察着周围的人群和彼此。“三仙归洞”，莫同尘忽然想起了这个词。他觉得现在就是在和天眼玩三仙归洞的把戏。他们三个是碗，千秋固就是碗底的小球，天眼则需要猜猜看，球究竟在哪个碗里。

这时候，叶钧突然发现，天眼两个人像是从黑暗中幻化出来一样，已如鬼魅般站在莫同尘两侧，随着音乐的节拍，轻轻扭动着身体。

叶钧紧张地盯着对面，莫同尘和死神在你来我往用言语较量着。“但愿一切顺利，老莫能成功……”叶钧在心里暗暗祈祷。这时，叶钧发现，刚才还站在莫同尘身旁的睡神，脸上挂着邪魅的笑容，正往自己这边移动。

叶钧向旁边看了一眼，不远处的桂春梅不见了。他感觉自己的后背渗出了汗珠。他抱着胸前的背包，想往人群里缩。

“想上台参与游戏的朋友们，请举起你们热情的双手……”

听到舞台上主持人的喊声，叶钧“噌”地蹦起来举手，并大声招呼主持人注意。“好，这位背包的帅哥！”听到主持人召唤，叶钧匆匆挤过人群，一路小跑上了舞台。

睡神停住脚步，在忽明忽暗、跳闪摇曳的火光中，饶有兴致地看着舞台上的叶钧。叶钧却紧张地望向莫同尘的方向，之后又焦急地在人群中寻找桂春梅的踪影。

“这位帅哥，可以先把背包放一边！”台上的主持人说道。

叶钧摇头，表示自己背着就可以。女主持人调戏叶钧：“这包里不知道是给哪个女孩买的礼物，真金贵呀！”

台上的五位观众自报家门，开始了第一个游戏——我唱我最嗨。看着叶钧在台上大声唱着："两只老虎，两只老虎，跑得快，跑得快，一只没有眼睛，一只没有耳朵，真奇怪，真奇怪……"台下的观众肆意大笑，捧场的口哨声此起彼伏。

在叶钧扎耳朵的歌声中，死神和睡神离开了，消失在喧嚣的夜色中。在离开时，睡神还不忘抬手给叶钧一个开枪的手势，并眨了下眼睛，好像在说："算你小子机灵，等着瞧！"只有莫同尘还怔怔地站在原地。

叶钧的《两只老虎》获得台下观众的一致好评。在震耳的噪声支持声中，叶钧获得本轮奖品——一个龙虎山悬棺吓一跳礼盒。下台后，叶钧抱着自己的奖品直奔莫同尘而去。

"成功了吗？"

莫同尘摇头。

"那接下来怎么办？"

"去河对岸，找一个有标志的帐篷。"

"他们要求的？"

"嗯。"

"什么标志？"

"他们没说。"

"可恶！桂春梅呢，看见了吗？"

莫同尘依然摇头，他刚才也发现桂春梅不见了，这正是他临时中止预设计划的一个原因。没有桂春梅在，原来的那个"飞云阁计划"根本没法实施。

"这丫头去哪儿了？"

"可能躲起来了吧！"

“别管她了，我们先过去！”叶钧说道。

莫同尘望望四周，还是没有发现桂春梅的踪迹，于是两个人离开篝火晚会现场，向河对岸的露营区走去。

河水静谧流淌，天上繁星垂穆，莫同尘和叶钧踩着吱吱呀呀的浮桥，向河对面走去。他们小心地向前张望着，莫同尘不时回头眺望，希望能看见桂春梅突然跟上来，但是一直走到桥对岸，她都没有出现。

3．交易

五颜六色的帐篷像开在河畔草地上的小花，一直绵延到黑暗的尽头。

莫同尘和叶钧在这些密密麻麻的帐篷中穿梭，他们不知道要找哪顶帐篷，只知道这个帐篷有特殊的标志。他们只能盲目地走着，细心地观察着。

“帐贴”一直是龙虎山帐篷节的一大特色，每位来这里露营的游客，都可以从组委会那里领到一张 A3 纸大小的“帐贴”。露营的人可以在上面写任何自己想说的话，画任何自己想画的画，可以介绍自己，展示自我宣言，亮出自己的口号，然后贴到帐篷外面，用于交友，招募兴趣相投的“混账人”。

两人在帐篷中间转悠时，发现了很多有意思的“帐贴”。除了求交友，许愿祈福外，更多的是搞怪搞笑的，像什么“我先裸睡了，你随意”“用我身上十斤肉，换我期末考试第一”这样的，也有“我是挖掘机小能手，你是蓝翔吗”，等等。如果在平时，这肯定是叶钧最喜欢的活动，可惜今天他不会有兴致。

“老莫，等一下！”

叶钧叫住莫同尘，晃晃手中刚刚赢得的奖品。“我先把它藏起来，拿着怪累的。”莫同尘点头同意。两个人在一片隐秘的竹林后面把奖品藏好，继续寻找那顶有特殊标志的帐篷。

终于在一个边缘的山坳里，密密的竹林掩映中，莫同尘发现了一顶暗红色的帐篷。两人走近后发现，帐篷外面的帐贴上画着一个大大的圆圈，圆圈中间是一个“×”——天眼的标志。帐篷里没有亮灯，漆黑一片。莫同尘拉开帐篷门帘，往里一看，空的。

莫同尘猛地回头，死神和睡神不知道什么时候已经站在自己身后不远处，刚好封住了出路。更糟的是，桂春梅在睡神手上，被她死死擒着。

“糟糕！”莫同尘迅速扫了一下周围的环境，背后山坳，左右竹林丛生，交错掩映，形成了一个天然的包围圈，很不容易脱身。最容易逃跑的路线是刚才进来的方向，却被死神和睡神封死了，手上还有一个桂春梅。

“你们想干什么？”

“给交易增加一个筹码，换一送一如何？”死神悠然地说道。

“你们……我爷爷呢？”

“把千秋固给我，你会很快见到你爷爷。”

“我要先见到我爷爷！”

“你觉得你有谈判的资格吗？”

睡神加大了手上的力度，桂春梅像是被铁钳夹住的雀鸟，只有痛苦挣扎和呻吟的份儿。

“你们，卑鄙！”除了咒骂，莫同尘也没有别的办法。

“把千秋固给我，这位美丽的lady给你，是一个慷慨的赠品，然后你就能见到你爷爷了，小莫先生不会拒绝吧！”死神仍然是那样的优雅绅士。

“你先说我爷爷在哪儿？”莫同尘看了一眼痛苦的桂春梅。

“Gentleman都遵守规则。”死神向莫同尘伸出手，慢慢向他移动脚步。

“你先告诉我爷爷在哪儿！”莫同尘吼道。

死神停住了脚步，眼里射来寒冷的光：“你不希望，这位美丽的lady香消玉殒吧！”睡神腾出一只手，做出准备重击桂春梅后脑干的架势。

“你们，你们……给他们……”莫同尘说道。

“老莫……”旁边的叶钧不甘心。

“给他们，快点，给他们！”莫同尘冲叶钧大吼。

“好！”叶钧也急了。

“待会儿咱们同时，我把包扔给你们，你们同时放人！”叶钧说完，向前走了两步，打开自己的背包，把里面的油布包裹层层打开，露出一个古朴斑驳的木匣子，“明白吗？”

看到对面点头，叶钧把匣子重新包好，放进背包里，开始数数：“一……二……三……走你……”叶钧向前猛走两步，抡起背包扔了过去，背包越过对面人的头顶，向身后飞去。

睡神推开桂春梅，转身去追飞出去的背包，死神也转身看向背包。就在这一刹那，叶钧拉过桂春梅，三个人一起夺路而出，向露营区跑去。他们在露营区内，猫着腰一阵猛跑。确定没有人追上来后，三个人躲进了叶钧先前藏奖品的竹林后面，一屁股坐在地上，呼呼喘着粗气。

“对不起……”桂春梅内疚地向莫同尘道歉，“我真没用，我害你……”

此刻喘着粗气，连说话都困难的叶钧连连摆手，想打断桂春梅的道歉。“假的，假的……”他好不容易吐出几个字。

看桂春梅还不明白，叶钧用手扒拉开竹林底下厚厚的枯竹叶，露出了那个奖品——龙虎山悬棺吓一跳的包装盒。打开包装盒，露出了里面的千秋固。

“该说抱歉的是我，让你遭受这样的危险！”这时，莫同尘喘着粗气对桂春梅真诚地道歉。

“你们……怎么……”看着桂春梅惊讶的样子，莫同尘和叶钧竟然哈哈笑了，抓起地上的枯竹叶向对方身上扔去。

随后，叶钧向桂春梅讲述了事情的经过。

在篝火晚会现场，天眼出现后，为了防止背包里的千秋固被抢，自己急中生智跑到舞台上参加游戏，之后竟然得了一个奖品，就是这个悬棺吓一跳。之后，由于桂春梅不见了，莫同尘不得不临时放弃原来的计划，按照天眼的要求，来露营区找他们。到达露营区后，为了以防万一，叶钧把悬棺吓一跳和千秋固互换了一下，把真千秋固藏在了这里。

“他们一定被吓了一跳！”叶钧哈哈笑着，想着那两个人小心翼翼打开匣子，却猛地弹出来一个僵尸。

“你怎么被他们抓了？”莫同尘关心地问。

“是呀，我一转眼你就没了！”叶钧也问。

“我……我……”

“快说呀，怎么回事？”

原来，在篝火晚会现场，桂春梅看见天眼两个人突然出现在莫同尘身旁，她就意识到了危险，本能地往人群里躲。后来，她又看见叶钧惊慌失措地跑上舞台，更意识到他们的“铁三角”并没有想象的那么有效。于是，她干脆挤出人群，在黑暗的角落里躲了起来，想静观其变，伺机而动。

后来，她见莫同尘怔怔地站在原地，而天眼两个人志得意满地向浮桥方向走去。她就知道事情出现了意外，计划有变。为了变被动为主动，她决定偷偷跟踪天眼，看看他们去哪儿，也许能找到张和光的藏身地，到时候就能更主动。可没想到，刚跟过浮桥，桂春梅就被发现了，被他们不动声色地引到那个偏僻之处。

“那现在怎么办？”叶钧问道。

“去飞云阁，还是按原计划。”莫同尘思考后说。

“好，刚才这么一折腾效果更好！”叶钧狡黠地一笑。

三个人商定后，立即动身，由桂春梅带领着去往河对岸的飞云阁。此刻，跟在桂春梅身后的莫同尘和叶钧并不知道，刚才桂春梅的讲述并不是全部事实。她挤出人群，藏在黑暗之处，并不是因为害怕，而是为了打电话。

4. 彩虹

飞云阁在泸溪河西岸，和东岸的露营区隔河相对。它面临泸溪河，背靠悬崖绝壁，建在邻水石坪上。这座木结构双层楼宇初建于宋代，是龙虎山及周边地区重要的佛事场所，供奉着号称江南第一大佛观世音的金身像。

龙虎山名扬海外的古越崖葬悬棺表演，每天就在飞云阁前表演，这里也就成为近距离观看悬棺表演的最佳场所。而进入飞云阁的道路，只有一条在临河绝壁上凌空凿出的小径。这条小径仅容一人通过，很多地方都需要弯腰侧身才行。小径的半道上，还装有一个铁栅栏小门。

桂春梅选择这样一个绝境之地来进行交换，看似对天眼更有利，但其实她有自己的绝妙打算。

天眼来了以后，莫同尘会手持千秋固站在飞云阁的最里面，自断逃跑退路，以示诚意，承诺只要张和光安全离开后，他就交出千秋固。等天眼交出张和光后，再由桂春梅带着他撑船先行离开，并报警。

桂春梅和张和光离开后，叶钧则会迅速沿着绝壁小径往回跑，把小径上的铁门锁上，并守在外面阻止天眼出来。

与此同时，利用叶钧制造的动静，最里面的莫同尘将迅速沿着隐藏在飞云阁角落里的云梯向上爬。这个云梯平时只供工作人员使用，并不被外人所知。云梯的最后一段垂直 90 度，直通外面岩壁上的洞穴，可以形成“一夫当关”之势，足以支撑到警察的出现，即使再不济也能够跃身跳河逃跑。这样，不仅可以救出张和光，保下千秋固，还可以困住天眼，可谓一箭三雕，精妙至极。但为了保险起见，必须尽量缩短天眼的思考时间，以防他们识破其中玄机，这也是当初莫同尘不用手机通知死神，而执意想在现场告诉死神的原因。

桂春梅三个人小心地在帐篷间穿行，想回到刚才的浮桥，过河去对面的飞云阁。但没走多远，桂春梅就急声招呼大家蹲下。顺着桂春梅指示的方向，莫同尘看见不远处天眼的两个人正保持着一定的距离，在帐篷间搜寻着。

三个人不得不后退，躲藏到一顶巨大的帐篷后面。这个帐篷是组委会用来放置物料的。见帐篷没有人看守，三个人钻了进去，向外观察着。而天眼一直在附近转悠，并没有离开的意思。

“怎么办？这样等下去也不是办法。”桂春梅说道。

莫同尘没有吭声，仍旧观察着外面的动静，叶钧则打量着帐篷里的物料。

“要不咱们报警吧！”桂春梅建议。

莫同尘拒绝了桂春梅的建议，理由是现在还不知道天眼把爷爷藏在哪里，此刻报警不是一个明智选择。

突然，叶钧向身旁几个蛇皮袋走去，解开其中一个看了一下，扭头对莫同尘和桂春梅狡黠地说道：“我们要不要更嗨点……”

叶钧招呼两个人过来看，之后三个人拿起蛇皮袋里的东西装满了自己的背包和口袋。最后，似乎是觉得还不够，三个人干脆一人拖起一个蛇皮袋来。

三个人拖着东西，溜出帐篷，分散开，保持成三角形，在帐篷间穿行，边走边将袋子里的东西一袋袋送给帐篷里的露营者。

“哥们儿，拿去玩……哥们儿，拿去玩……”叶钧边派送边说，“不够的话，那边大迷彩帐篷里还有很多，自己拿，别客气……”

三个人猫着腰，迂回着，一点点向北边的浮桥靠近……

突然，叶钧看见睡神正站在前方不远处，冷冷地看着自己，于是他直起身，猛地转身往回走。睡神立即追了上来，越追越近，伸手就去摘叶钧肩上的背包……

“嘭！”突然，桂春梅斜冲出来，冲着睡神脸上就是一把红色粉末，一团红雾升腾，猝不及防的睡神被笼罩其中。还没等睡神反应过来，莫同尘也冲过来，冲着要赶过来支援的死神就是一个黄色的“粉末炸弹”。

叶钧更是从蛇皮袋里掏出两袋粉末，一蓝一紫，直接往天上撒，边撒边喊：“彩虹大战开始了！来这领粉末呀！”

“大帐篷里有粉末呀！快点去拿呀！彩虹大战开始了！”桂春梅也跟着喊叫。

三个人一边叫喊着，疯狂地往天眼身上及四周扔彩色粉末，一边开溜。周围的露营者也反应了过来，一时间露营区沸腾了，五颜六色的彩雾一团团升起，很快，整个露营区就笼罩在这彩色的雾中。红的、黄的、蓝的、绿的、紫的，各种颜色的“彩色炸弹”此起彼伏。每个人身上、脸上、头发上都沾染了彩色粉末，犹如从奇幻世界里走出来的怪兽，又或是庙宇里的彩绘神像，当然最像的还是那些奇装异服的cosplay者和马戏小丑。

原来，帐篷节第二天有一场“彩虹大战”活动，这些五彩粉末是组委会为明天活动准备的，结果被叶钧提前使用了。只见现场各种彩雾飞扬，人声鼎沸。很多人原本就知道第二天有彩虹大战，所以自己就准备了很多彩色粉包，铆足了劲儿准备明天大干一场，结果全用到今天晚上了。

没有彩色粉，但有水枪的，就在滋水枪，甚至有人拿着啤酒瓶在喷啤酒，还有人干脆提着水桶去河边打水，玩起了“泼水节”游戏，混合着彩色粉雾，又来了一场彩色“泥石流”。现场一片狼藉，战况惨烈，彩雾弥漫，水花四溅，喧闹雀跃和尖叫声也此起彼伏……

莫同尘三个人借着这“乌烟瘴气”，一边和天眼玩着躲猫猫的游戏，一边向浮桥方向移动。五颜六色的叶钧看着周围自己制造的混乱，一脸得意。

“叶钧，救我！”

这时，叶钧听见了不远处桂春梅的求救声，她被死神抓住了。

“把包给我，否则杀了她！”一头花白的头发变得五颜六色，脸上一大片和了水的蓝色粉污，使死神失去了往日的绅士优雅，显得狰狞可怖。他的手戴着印度的古老兵器虎爪，死死扣在桂春梅的脖颈上。锋利的弯钩已经刺破桂春梅的皮肤，冒出了滴滴血珠。

叶钧环顾左右，无计可施，不知道该怎么办。

“快点！”死神加大手上的力度，桂春梅一声惨叫。

“啊——”叶钧一声痛苦的长号，不得已又一次抡起背包，扔向死神，只是这次里面是真的千秋固。

死神推开桂春梅，去接飞过来的背包。

突然，莫同尘从旁边的黑暗中冲了出来，猛地扑倒了正在全神贯注接背包的死神，两个人双双倒地。桂春梅接住飞过来的背包，顺手扔回给叶钧。叶钧接住背包，转身想跑，突然左肩一阵钻心的疼痛，眼前一黑，差点晕了过去，手上的包被人抢走了。

原来睡神不知道什么时候已经悄悄潜伏在叶钧身后，就在叶钧转身的一瞬间，一拳打断了叶钧的左锁骨，抢过包，消失在滚滚的彩雾中……

一切发生得太快，桂春梅都来不及提醒叶钧。而这边倒地的死神，一个灵巧的肘击，打在莫同尘的面门上，莫同尘顿时鼻血如注。死神见睡神得手后，迅速翻身跃起，追着睡神也消失在彩色的烟雾中。

桂春梅反应过来，连忙跑向在地上打滚的叶钧。看着哀号不已，又不让自己碰的叶钧，桂春梅痛心不已，却手足无措，懊恼自责。突然，有一只手搭在了她的肩膀上。

“啊——”桂春梅彻底愤怒了，转身就胡乱地向背后的人打去。

“梅梅，是我，梅梅，是我，安全了，安全了……”浑身五颜六色的许文涛紧紧抱住了发狂的桂春梅，告诉她：“我们找到张和光了，龙头也找到了。”

5. 水浒传

“你是说《水浒传》是天师写的？”

“确切地说，是天师参与了《水浒传》的创作，首先你要明白整个《水浒传》的成书过程……”

第二天上午，在医院里，并无大碍的张和光向莫同尘等人讲述了《水浒传》和张天师的故事。

如果说《红楼梦》有“红学”，那么《水浒传》也应该有“水学”。这本书所隐藏的问题一点都不比《红楼梦》少，直到现在连它的作者、成书年代、书名的含义、版本的繁简流变等基本问题都没有明确的定论，一直为学者们争论不休。说《水浒传》是元末明初施耐庵所写，只不过是在必须要给大众一个简单明确答案时的“标准答案”。但只要你稍加了解，就会发现这里面很多的问题早已乱成一锅粥。

《水浒传》并非一人一时之著作，基本上是现在学术界的共识。从南宋到清初这段漫长的时间内，有不同的人参与了这部书的创作和编纂工作，而第四十四代天师张宇清就是其中一位参与者，他参与创作的目的，就是隐藏千秋固，使后世所有的人都找不到它，确切地说是不敢去找。

如果不考虑最早的口头传说阶段，《水浒传》的形成至少经历了四个创作时期。水浒的故事最早脱胎于《宣和遗事》，也叫《大宋宣和遗事》，现在多认为是宋人所作，元人或有增益。宣和是宋徽宗最后一个年号，在这本记载宋徽宗宣和年间相关故事的小册子里，第一次出现了宋江、晁盖、方腊等人的故事，只不过当时宋江的主要活动地点不是梁山，而是京西河北、太行山一带。当然，那时候的宋江烧杀抢掠，也不是什么正面人物。《宣和遗事》全书六万余字，和水浒故事相关的也就三千字，这是最早的水浒故事蓝本。

在这个蓝本的基础上，元明时期，逐渐出现了许多有关水浒英雄故事的短篇笔记，这些笔记多是讲述某个英雄的独立故事或是具体某一段的水浒故事，如《青面兽》《花和尚》《武行者》《智取生辰纲》《宋江杀阎婆惜》等。当然，在这个时期，这些水浒英雄故事也被当时的说书人、杂剧艺人带到了大江南北，成为当时市井的热门话题和娱乐消遣。

在这之后，是《水浒传》成书的关键阶段。在这一阶段，第四十四代天师张宇清奉哥哥遗命，把市面上流传的单篇水浒故事连接续写成了一个完整的长篇故事，并增加了前传，即《水浒传》的开篇部分，将龙虎山的相关传说和镇妖井的故事，大张旗鼓地增加了进去，其目的就是隐藏千秋固在镇妖井里这个秘密，制造畏惧的环境和心理暗示，使人对其望而却步，不敢轻举妄动，这也造就了《水浒传》最早的完整版。

之后，这版《水浒传》又历经后世郭勋、余象斗、杨定见、金圣叹等人的反复修改和增删，才有了今天的《水浒传》。其中，“征方腊”“平辽”“田虎王庆”等故事，就曾经被后续的创作者们，反复改动和增删过。

想当初，天师两兄弟一定为如何藏匿千秋固苦恼不已，他们日思夜想都没能找到一个妥善的藏匿之地，以确保现世和后世的人都永远找不到它，使它能千秋永固，不再出世。直到他们意识到，这个世界上根本不存在一个无论谁都永远找不到的地方，但是却可以有一个因为畏惧等原因，人人都不想去找的地方。这样的地方才是千秋固完美的藏匿之地。之后，他们便想到大上清宫的镇妖井和先天师收服天罡地煞的故事。

天师两兄弟巧妙地将这个故事和当时已经广为流传的水浒英雄的故事融合起来，并为他们增添了一个神魔化的前传，其目的就是将镇妖井妖魔化、畏惧化、禁忌化。他们明白，天师收服天罡地煞打入镇妖井的故事，仅仅是龙虎山当地人知道是远远不够的，必须借着水浒英雄的故事，让全天下人都知道，知道的人越多，流传得越广，效果就越好，震慑力也就越高，千秋固在镇妖井里便越安全。

天师深谙人心之敬畏。在那个时代，人们对鬼神都饱含着敬畏之心，供奉着正经神仙的庙宇自然要叩拜，镇压着妖魔鬼怪的处所人们则更是唯恐避之不及。

于是，这些水浒英雄的故事犹如蒲公英一样，带着妖魔化的种子，四散飞扬，在每个人心上扎根发芽，生长出了敬畏之花。天师利用此法，在每个人心上都贴了一道禁锢之符，使人们对镇妖井望而却步，不敢有半点非分之想，更不要说想去打开它。这就是当时天师的天才之策。

其实，早在20世纪80年代，就有人发现了《水浒传》开头部分是另有人补写的端倪，并在当时的杂志《文学遗产》上专门撰写文章来讲述。在这篇《〈水浒〉源流管窥》的文章里，作者就认为《水浒传》前十三回（严格地讲是十二回半）是由另外的人补写的，只是其观点当时并不被人关注。

听完张和光的讲述，在场的人都惊呆了，没想到这《水浒传》后面还隐藏着如此的惊天秘密。桂春梅虽然从小就听说过天师收服天罡地煞打入镇妖井的故事，而且到现在她还能详细生动地讲出来，但是她却从来没想过这背后还有这样的鬼神筹划。

关于《水浒传》的种种争议，莫同尘也有所了解，比如就其成书年代来说，除了标准答案“元末明初”外，很多学者也认为它成书于明代，至于明代什么时候，学者们通过对书中地理、历史、文献记载、行政建制、官名、士兵装备等不同方面的考证研究，给出了不同的答案。有人认为成书于洪武年间，也有人认为成书于永乐中后期到宣德初期，还有人认为成书于弘治初到正德初这二十年，另外也有很多人认为成书于嘉靖年间。现存最早的《水浒传》版本就是嘉靖年间的。总之，在学术界这个问题尚没有定论。

除了成书年代，关于“施耐庵”本人究竟是谁，也和《金瓶梅》的作者“兰陵笑笑生”一样，是一个长期争论不休的问题。在众多候选人中，无论是施彦端、罗贯中、杨维桢，还是其他人，都没有足够的证据证明自己就是“施耐庵”，反而证伪的证据更多。以风传度最高的施彦端为例，除了相关的族谱、墓志铭不断被专家存疑证伪外，还有另外一个很大的硬伤，就是这个传说能写出巨著《水浒传》的人，在历史上居然没有留下任何其他的只言片语、诗文作品，因此也让很多人对其文学能力颇为怀疑。当然，在这些探讨争议中，就有人猜测《水浒传》的成书过程和龙虎山天师存在着某种关系。

如果这种说法成立，就像爷爷说的那样，由张宇初和张宇清两兄弟来完成这样的工作，真是再合适不过。作为浩浩巨著《道藏》的编纂者，张宇初和张宇清两兄弟被誉为历代天师中最学识渊博、文采飞扬的两位天师。

可即便这样，莫同尘对于天师写作《水浒传》仍有困惑。

那就是，在《水浒传》里，虽然有地理和气候上各种各样的纰漏和错误，但如果开篇是天师所续写，那么里面的一些错误就绝对不应该存在。

在《水浒传》第一回里，除了范仲淹的生平错误外，另一个大的错误就是洪太尉要请的“虚靖天师”是历史上的第三十代天师，本名张继先，生于1092年，卒于1127年，终年三十六岁，是宋徽宗时代的人，其“虚靖先生”也是宋徽宗所封赠，但在《水浒传》里，“虚靖天师”竟然出现在宋仁宗嘉祐三年，即1058年，比其真实的出生年月早了三十四年，而那时历史上真实在位的天师应该是第二十七代天师张象中。像《水浒传》中描写的那样，张象中也是一位少年天才天师，七岁奉诏入朝，被宋仁宗召见赐座，咨问道法对答甚妙，特赐紫衣，命继承天师之位。从宋仁宗到宋徽宗也相差了四代皇帝。

除此之外，在《水浒传》第一回里，写到伏魔殿时，介绍说乃是前代“老祖大唐洞玄国师封锁魔王在此”。但是在整个唐代，都没有一位“洞玄国师”，倒是在唐末第二十代天师张谌，元代时被追封“冲玄洞真孚德真君”。如果《水浒传》开篇出自天师之手，天师应该对自己的家族宗谱比谁都了解才对，这样的错误是绝对不会犯的。

莫同尘把自己的疑惑告诉了爷爷。张和光看着困惑不解的莫同尘慈爱地笑了，然后问了他一个问题。

“你还记得《道德经》第十一章讲了什么吗？”

众人哑然，叶钧机灵地去查手机，还没等他查到，张和光就背诵出来。

“三十辐共一毂，当其无，有车之用。埏埴以为器，当其无，有器之用。凿户牖以为室，当其无，有室之用。故有之以为利，无之以为用。”

“有以为利，无以为用。”莫同尘说道。

“是的，有无相生，真假互彰，天师才能撇开干系，天罡地煞镇妖井的传说才能更有效果。”张和光说道。

“那天师就是施耐庵吗？”叶钧问。

张和光看了他一眼，沉吟了一会儿说：“这样说吧，在所有对‘施耐庵’三字的解读中，很多人都忽视了这三个字的原有字义。施，安放、设置。耐，适宜、禁得起、受得住。庵，舍也。三个字联系起来就是……”

“放到合适的地方！”叶钧抢先说道。

张和光点点头，还想说什么。这时，许文涛进来了。他告诉了大家昨晚最后的结果。企图逃跑的死神和睡神在桃花洲景区门口，被韩队长和夏所长带领的特警队包围，逃跑无望的死神首先杀死了睡神，然后企图自杀，结果被警察击中，现在重伤昏迷，还躺在重症监护室里。医生说，很可能永远醒不过来了。

“那匣子呢？”桂春梅问道。

“找到了，完好无缺。”

听到这样的话，大家都松了一口气，气氛瞬间活跃起来。

“但是……”许文涛欲言又止。

“但是什么？”桂春梅问。

“经过省文物局的初步检测，可以确定里面是空的，而且也可以确定这个匣子近期没有被打开过，就这样封存了至少上百年。”

张和光陷入了沉默，大家也跟着不吭声。

“爷爷，那个匣子里面究竟藏着什么？”莫同尘问道。

张和光没有吭声，还是沉默着。

“是《透天玄机》吗？还是别的什么？”

“我不知道。”张和光淡漠地说。

“爷爷,你相信这世界上存在着能预测未来,压缩时间的神器吗？”

张和光不置可否。

看到张和光无碍，许文涛说完情况，待了一会儿就离开了。等许文涛走后，莫同尘还是忍不住问了一个问题：

“爷爷，既然匣子里没有东西，也不想让它再出现在世上，那为什么不把匣子直接毁掉？”

“因为匣子里的东西还在世上。”张和光盯着窗外淡漠地说道。

“那东西究竟是什么？”

“也许是一面镜子。”

“镜子？”

尾　声

一个月后，许文涛来北京拜访了张和光，并带来了千秋固的最新消息。

千秋固已经被专家打开了，确实如先前判断的那样，里面是空的，但可以确定的是里面曾经放着东西。在它的内壁上还篆刻有铭文，介绍这个匣子的用途和匣内的所藏之物。许文涛带来了一份铭文的照片，交给了张和光。

这些铭文验证了张和光的推测。这个名叫“千秋固”的匣子里，装的的确是一面镜子，一面名叫“六鼻镜”的古镜。

据铭文介绍，这六鼻镜来自西藩国，在唐时传入中土，为长安某富商所有，据传这镜子能“脱时间之桎梏，行天眼之窥判”，后在黄巢之乱中流失。直到五代末期，才在兜转流传中为龙虎山天师所得。天师忌惮其威能，如任凭其在世间流传，恐滋生孽缘贪欲，祸患人间，使人世永不得安宁，故造木匣千秋固使其千秋封固，收藏于天师府内，永不出世。

关于六鼻镜，在古籍上也有记载，只不过是寥寥数笔，说“京城王氏有镜六鼻，常有云烟，照之则左右前三方事皆见。黄巢将至，照之，兵甲如在目前”。不过在张和光看来，这六鼻镜也不是什么神鬼怪诞之物，而是某种当时不为所知，领先于那个时代的高科技而已，不过是当时的人不理解其功能原理罢了。至于这镜子究竟是如何“脱时间之桎梏，行天眼之窥判”的，恐怕暂时是不能知道了。

在送许文涛离开的时候，叶钧问他和桂春梅的关系怎么样了。许文涛一脸憨笑挠头说，还是原来的老样子。叶钧立马就是一顿鄙视讥讽。最后，许文涛说桂春梅邀请他们去龙虎山玩，要好好给他们做一次导游。许文涛自己也热切欢迎他们去玩，同时希望他们能帮忙撮合一下自己和桂春梅。

“那不能白撮合呀！”叶钧说道。

“那哪能让两位白出力呀！必须好吃好喝招待着。”

“龙虎山都有什么来着，上次被追着赶着还真没吃好！”

“那多了，像泸溪活鱼板栗鸡、上清豆腐石鸡汤、翘头炒肉长寿草、荠菜羹来香菇肉、龙虎苦菜柚皮香，还有黄袍拜君王，另有杨梅天师板栗酒，绝对热情招待。”

“嗯，能给我介绍个仙姑妹子吗？”叶钧挤眉弄眼地问道。

“管吃管喝还介绍妹子，你这是乾隆皇帝的待遇呀！吃喝可以，不过介绍妹子……你看现在我自己还单着呢！”

“去，去，去，走吧，真没劲！”叶钧扬手打发许文涛离开。

看着许文涛离开的背影，莫同尘忽然问了叶钧一个问题。

“你知道龙虎山为什么有那么多乾隆的传说，乾隆为什么那么爱去龙虎山吗？”

“为啥？好吃好喝找妹子呗！”

莫同尘笑了，他告诉了叶钧一个史实。

其实乾隆皇帝是第一个在正史里为朱允炆翻案的。他在编修《四库全书》时，曾特意下诏将《明史》建文帝“本纪”中的“燕王遣中使出帝后尸与火中，越八日壬申葬之”改为“棣遣中使出后尸于火，诡云帝尸”，也就是说将原来的“燕王朱棣命令太监将火堆里的建文帝和马皇后的尸体拉出来，过了七天也就是建文四年六月二十日将其埋葬了”，改为“朱棣派太监从火堆里捞出马皇后的尸体，诈称这是建文帝的尸体”。这就是正大光明地承认了建文帝并没有死，而是逃了。

“那乾隆为什么去龙虎山？”

“你觉得呢？”

“啊！乾隆去龙虎山是为了……”

“从第五十六代天师张遇隆开始，乾隆不断地对几位天师又赏又赐又不断地惩罚打压，不断地微服私访龙虎山还不断地将天师叫到北京，或在六下江南时召见天师，你觉得乾隆在折腾啥，还真以为是为了那个传说中的龙虎山的‘夏雨荷’？”

“这……你爷爷告诉你的？”

莫同尘不置可否，转身往回走。叶钧连忙跟上。既然说到乾隆，叶钧想起了一件“正经事”。他认为自己好好的一趟游玩，结果就这么被莫同尘给毁了，他要莫同尘赔。

“我怎么赔？我也没钱。”

“谁要你钱，你得陪我再去玩一趟！”

“还得上课呢！”

“上什么课？这次你必须逃课陪我玩一次，假期我还不稀罕呢！”

“去哪儿？”

“你说咱们是继续我未完成的南京之旅呢，还是重返龙虎山赴约桂春梅呢？”叶钧在一旁叨叨，莫同尘懒得搭理他。“唉，老莫，你说那个匣子里的东西，现在它会在哪儿呢？”

“明孝陵。”

“啊……”

（完）